LUUANDA

JOSÉ LUANDINO VIEIRA

Luuanda

Estórias

2ª *reimpressão*

COMPANHIA DAS LETRAS

Copyright © 2004 by Editorial Nzila, Luanda.
Edição apoiada pela Direção-Geral do Livro, dos Arquivos e das Bibliotecas

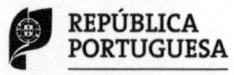 

A editora manteve a grafia original, observando as Regras do Acordo Ortográfico da Língua Portuguesa de 1990.

Capa
Mariana Newlands

Foto de capa
Reza Webistan / Corbis / Latin Stock

Revisão
Arlete Sousa
Ana Maria Barbosa

Dados Internacionais de Catalogação na Publicação (CIP)
(Câmara Brasileira do Livro, SP, Brasil)

Vieira, José Luandino
   Luuanda : estórias / José Luandino Vieira. — 1ª ed. — São Paulo: Companhia das Letras, 2006.

   ISBN 978-85-359-0918-0

   1. Ficção angolana (Português) I. Título.

06-6681   CDD-869.3

Índice para catálogo sistemático:
1. Ficção : Literatura angolana em português   869.3

Todos os direitos desta edição reservados à
EDITORA SCHWARCZ S.A.
Rua Bandeira Paulista, 702, cj. 32
04532-002 — São Paulo — SP
Telefone: (11) 3707-3500
www.companhiadasletras.com.br
www.blogdacompanhia.com.br
facebook.com/companhiadasletras
instagram.com/companhiadasletras
x.com/cialetras

Para Linda

Mu'xi ietu iá Luuanda mubita ima ikuata sonii...

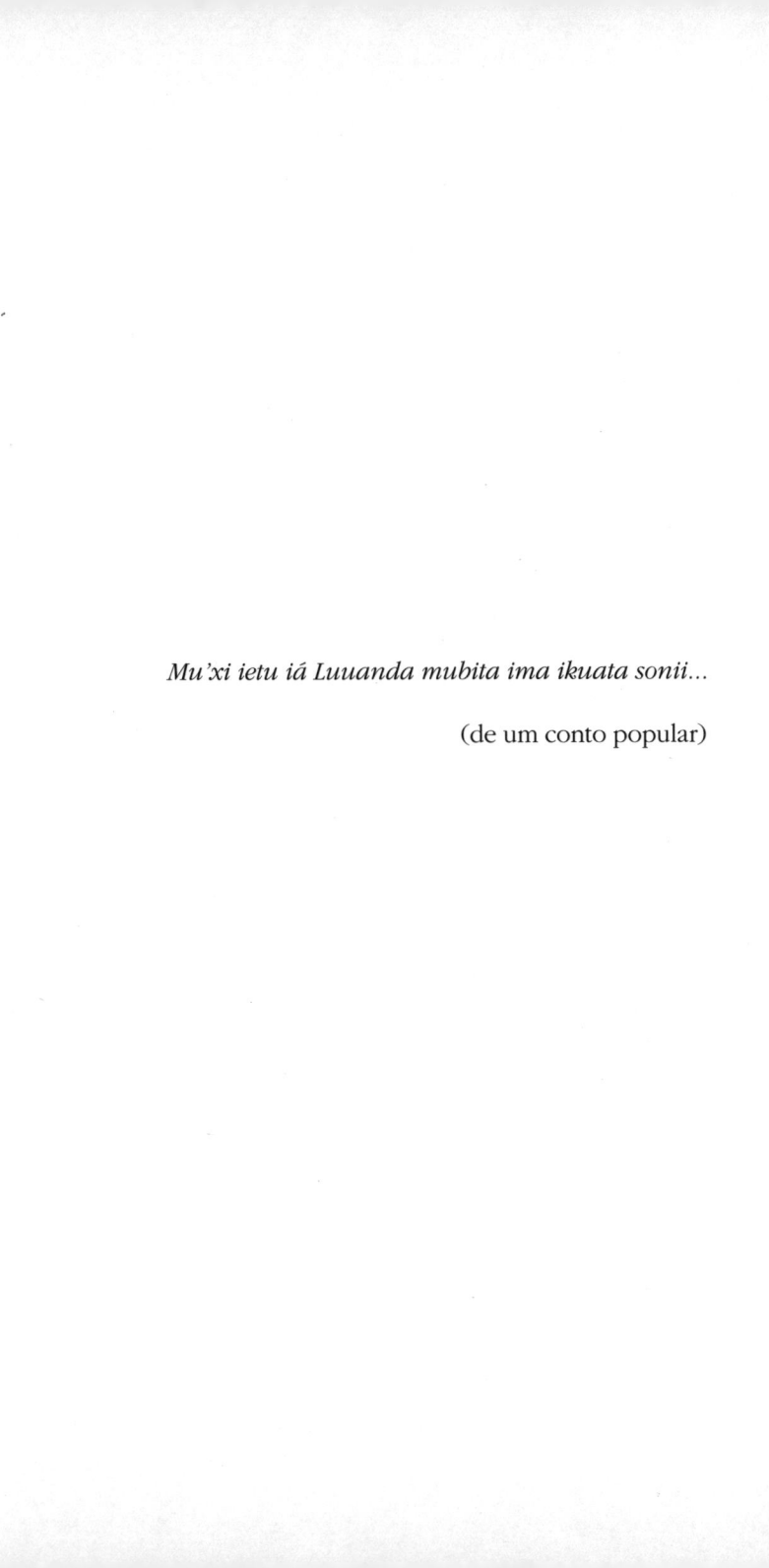

(de um conto popular)

Sumário

Vavó Xíxi e seu neto Zeca Santos, *11*

Estória do ladrão e do papagaio, *45*

Estória da galinha e do ovo, *107*

Glossário, *133*

Vavó Xíxi e seu neto Zeca Santos

Tinha mais de dois meses a chuva não caía. Por todos os lados do musseque, os pequenos filhos do capim de novembro estavam vestidos com pele de poeira vermelha espalhada pelos ventos dos jipes das patrulhas zunindo no meio de ruas e becos, de cubatas arrumadas à toa. Assim, quando vavó adiantou sentir esses calores muito quentes e os ventos a não querer mais soprar como antigamente, os vizinhos ouviram-lhe resmungar talvez nem dois dias iam passar sem a chuva sair. Ora a manhã desse dia nasceu com as nuvens brancas — mangonheiras no princípio; negras e malucas depois — a trepar em cima do musseque. E toda a gente deu razão em vavó Xíxi: ela tinha avisado, antes de sair embora na Baixa, a água ia vir mesmo.

A chuva saiu duas vezes, nessa manhã.

Primeiro, um vento raivoso deu berrida nas nuvens todas fazendo-lhes correr do mar para cima do Kuanza. Depois, ao contrário, soprou-lhes do Kuanza para cima da cidade e do Mbengu. Nos quintais e nas portas, as pessoas perguntavam saber se saía chuva mesmo ou se era ainda brincadeira como noutros dias atrasados, as nuvens reuniam para chover mas vinha o vento e enxotava. Vavó Xíxi tinha avisado, é verdade, e na sua sabedoria de mais--velha custava falar mentira. Mas se ouvia só ar quente às cambalhotas com os papéis e folhas e lixo, pondo rolos de poeira pelas ruas. Na confusão, as mulheres adiantavam fechar janelas e portas, meter os monas para dentro da cubata, pois esse vento assim traz azar e doença, são os feiticeiros que lhe põem.

Mas, cansado do jogo, o vento calou, ficou quieto. Durante algum tempo se sentiram só as folhas das mulembas e mandioqueiras a tremer ainda com o balanço e um pírulas, triste, cantando a chuva que ia vir. Depois, pouco--pouco, os pingos da chuva começaram a cair e nem cinco minutos que passaram todo o musseque cantava a cantiga d'água nos zincos, esse barulho que adiantou tapar os falares das pessoas, das mães gritando nos monandengues para sair embora da rua, carros cuspindo lama na cara das cubatas, e só mesmo o falar grosso da trovoada é que lhe derrotava. E quando saiu o grande trovão em cima do musseque, tremendo as fracas paredes de pau a pique e despregando madeiras, papelões, luandos, toda a gente fechou os olhos, assustada com o brilho azul do raio que nasceu no céu, grande teia d'aranha de fogo, as pessoas juraram depois as torres dos reflectores tinham desaparecido no meio dela.

Com esse jeito choveu muito tempo.

Era meio-dia já quase quando começou ficar mais manso, mesmo com o céu arreganhador e feio, todo preto de nuvens. O musseque, nessa hora, parecia era uma sanzala no meio da lagoa, as ruas de chuva, as cubatas invadidas por essa água vermelha e suja correndo caminho do alcatrão que leva na Baixa ou ficando, teimosa, em cacimbas de nascer mosquitos e barulhos de rãs. Tinha mesmo cubatas caídas, e as pessoas, para escapar morrer, estavam na rua com as imbambas que salvaram. Só que os capins, aqueles que conseguiam espreitar no meio das lagoas, mostravam já as cabeças das folhas lavadas e brilhavam uma cor mais bonita para o céu ainda sem azul nem sol.

Na hora que Zeca Santos saltou, empurrando a porta de repente, e escorregou no chão lamacento da cubata, vavó pôs um grito pequeno, de susto, com essa entrada de cipaio. Zeca riu; vavó, assustada, refilou:

—Ená, menino!... Tem propósito! Agora pessoa de família é cão, não é? Licença já não pede, já não cumprimenta nos mais-velhos...

— Desculpa, vavó! É a pressa da chuva!

Vavó Xíxi muxoxou na desculpa, continuou varrer a água no pequeno quintal. Tinha adiantado na cubata e encontrou tudo parecia era mar: as paredes deixavam escorregar barro derretido; as canas começavam aparecer; os zincos virando chapa de assar castanhas, os furos muitos. No chão, a água queria fazer lama e mesmo que vavó punha toda a vontade, nada que conseguia, voltava sempre. Viu bem o melhor era ficar quieta; sentou no caixote e, devagar, empurrou as massuícas no sítio mais seco para fazer o fogo, adiantar cozinhar almoço.

Lá fora, a chuva estava cair outra vez com força, grossa e pesada, em cima do musseque. Mas já não tinha mais trovão nem raio, só o barulho assim da água a correr e a cair em cima da outra água chamava as pessoas para dormir.

— Vavó?! Ouve ainda, vavó!...

A fala de Zeca era cautelosa, mansa. Nga Xíxi levantou os olhos cheios de lágrimas do fumo da lenha molhada.

— Vamos comer é o quê? Fome é muita, vavó! De manhã não me deste meu matete. Ontem pedi jantar, nada! Não posso viver assim...

Vavó Xíxi abanou a cabeça com devagar. A cara dela, magra e chupada de muitos cacimbos, adiantou ficar com

aquele feitio que as pessoas tinham receio, ia sair quissemo, ia sair quissende, vavó tinha fama...
— Sukua'! Então, você, menino, não tens mas é vergonha?... Ontem não te disse dinheiro 'cabou? Não disse para o menino aceitar serviço mesmo de criado? Não lhe avisei? Diz só: não lhe avisei?...
— Mas, vavó!... Vê ainda!... Trabalho estou procurar todos os dias. Na Baixa ando, ando, ando — nada! No musseque...
— Cala-te a boca! Você pensa que eu não lhe conheço, enh? Pensa? Está bom, está bom, mas quem lhe cozinhou fui eu, não é!?

Tinha levantado, parecia as palavras punham-lhe mais força e juventude e ficou parada na frente do neto. A cabeça grande do menino toda encolhida, via-se ele estava procurar ainda uma desculpa melhor que todas desses dias, sempre que vavó adiantava xingar-lhe de mangonheiro ou suinguista, só pensava em bailes e nem respeito mesmo no pai, longe, na prisão, ninguém mais que ganhava para a cubata, como é iam viver, agora que lhe despediram na bomba de gasolina porque você dormia tarde, menino?...

— Juro, vavó! Andei procurar trabalho...
— O menino foste no branco sô Souto, foste? Te avisei ainda para ir lá, se você trabalha lá, ele vai nos fiar almoço!... Foste?

Zeca Santos fechou a cara magra com as palavras da avó. Na barriga, o bicho da fome, raivoso, começou roer, falta de comida, dois dias já, de manhã só mesmo uma caneca de café parecia era água, mais nada. Vavó quase a chorar lhe sacudiu da esteira com a vassoura para ele ir embora procurar serviço na Baixa e, quando Zeca saiu, ainda falava as palavras cheias de lágrimas, lamentando, a arrumar as coisas:

— Nem maquezo nem nada! Aiuê, minha vida! Esta vida está podre!...

Agora, recolhida no canto, continuava soprar o fogo; a lata de água fervia, mas nada que tinha para pôr lá dentro.

— Mas, vavó, vamos comer?

— Ih?! Vamos comer, vamos comer!... Vamos comer mas é tuji! Menino trouxeste dinheiro, trouxeste, para comprar as coisas de comer?... Todos dias nas farras, dinheiro que você ganhaste foi na camisa e agora vavó quero comer, vavó vamos comer é o quê?! Juízo, menino!

Continuou abanar o fogo com raiva, a lenha já estava arder muito bem, cheia de estalos, fazendo mesmo pouco fumo, mas vavó não podia ficar ainda calada. Lamentou outra vez:

— Aiuê!... Não te disse para ir no sô Souto? Cadavez se você ia lhe ajudar, ia nos fiar outra vez, cadavez quem sabe...

— O branco sô Souto, o branco sô Souto! Vê só, vavó, vê ainda, mira bem!

Zeca Santos estava tirar a camisa amarela de desenhos de flores coloridas, essa camisa que tinha-lhe custado o último dinheiro e provocado uma grande maca com vavó. Na pouca luz da cubata e do dia sem sol, as costas estreitas de Zeca apareceram com um comprido risco vermelho atravessado. Vavó levantou com depressa e passou as mãos velhas e cheias de calos nas costas novas do neto.

— Aka! Como é o menino arranjaste?... Diz só! Fal'então!?

Mas ele já tinha vestido outra vez a camisa. Virado para vavó Xíxi, empurrou-lhe devagar para ir no caixote dela e, sentando o comprido corpo magro na mesa pequena, começou falar triste, disse:

— Vavó me disseste para eu ir lá e eu fui. Verdade! Nem mesmo a chuva que tinha começado a chover e a fome estava-me chatear nessa hora...

Sô Souto recebera-lhe bem, amigo e risonho, pôs mesmo a mão no ombro dele para falar:

— Pois claro! Para o filho de João Ferreira tenho sempre qualquer coisa. E a avó, vai bem? Diz ela não precisa ter vergonha... a conta é pequena, pode vir ainda cá...

Tinha desaparecido depois, na direcção do armazém, arrastando a barriga dele dentro da camisola suja e Zeca Santos distraiu-se a olhar a bomba da gasolina com tambor e manivela de medir, não era automática como as da Baixa, não senhor. E dois vidros amarelos, cada qual marcando cinco litros...

— Juro, vavó, não fiz nada, não disse nada! Só tinha-lhe pedido para trabalhar na bomba de medir gasolina, mais nada... Só para comer e para te fiar comida ainda, vavó! E ele estava rir, estava dizer sim senhor, eu era filho de João Ferreira, bom homem e depois nem dei conta, vavó...

Zeca Santos queria chorar, os olhos enchiam de água, mas a raiva era muita e quente como tinha sido o grito do cavalmarinho nas costas dele e esse calor mau secava as lágrimas ainda lá dentro dos olhos, não podiam sair mesmo.

— ... me arreou-me não sei porquê então, vavó! Não fiz nada! Quando eu fugi, ficou me gritar ia pôr queixa no Posto, eu era gatuno como o Matias que andava lhe roubar o dinheiro da gasolina quando estava trabalhar lá...

— Ih!? Mas esse menino está preso mesmo, mentira?

— Sim, vavó! Foi ele que lhe levou no Posto. E estava-me gritar eu era filho de terrorista, ia-me pôr uma queixa, não tinha mais comida para bandidos, não tinha mais fiado...

Vavó Xíxi Hengele, velha sempre satisfeita, a vida nunca lhe atrapalhava, descobria piada todo o dia, todos os casos e confusões, não queria acreditar essas coisas estava ouvir, mas as costas do neto falavam verdade. Um branco como sô Souto, amigo de João Ferreira, como é ele ia ainda bater de chicote no menino só porque foi pedir serviço? Hum!... Muitas vezes Zeca tinha começado com as manias antigas, o melhor era procurar saber a verdade inteira...

— Mas ouve ainda, Zeca! Você não lhe tiraste nada? Nem mexeste mesmo nas roupas da porta, só para ver?...

Cautelosa, com toda a esperteza e técnica dos anos que tinha vivido, vavó Xíxi começou explorar o neto, pôr perguntas pareciam à toa mas eram para descobrir se ele falava mentira. Zeca não aceitou: saltou da mesa, os sapatos furados puseram um barulho mole no chão de barro, e gritou raivoso, defendendo-se:

— Vavó, possa! Não sou ladrão! Não roubei nada! Só queria o serviço, juro, vavó!

Os grandes soluços, as lágrimas brancas a descerem na cara magra dele, a cabeça encostada na mesa e escondida nos braços, todo o corpo a tremer sacudido com a dor desse falso, com a raiva que a fome trazia, calaram a boca de vavó.

Lá fora, a chuva tinha começado cair mais fina e vagarosa, parecia era mesmo cacimbo e muitas pessoas já que adiantavam sair, os monas com suas brincadeiras de barcos de luando e penas de pato nas cacimbas do musseque. Junto com os estalos da lenha a arder e o cantar da água na lata, os soluços de Zeca Santos enchiam a cubata com uma tristeza que, pouco-pouco, começou atacar vavó, fez a cabeça velha ficar abanar à toa, pensando essa vida assim, sem comida, trabalho nada, no choro do neto, nessa vez parece ele tinha razão. Mas também Zeca não ganhava mais juízo; quando estava ganhar o vencimento no emprego que lhe correram, só queria camisa, só queria calça de quinze em baixo, só queria peúga vermelha, mesmo que lhe avisava para guardar ainda um dinheiro, qual?! Refilava ele é que ganhava e só farra, farra, acordar tarde, sair nas corridas até que lhe despediram. Uma grande ternura, uma grande vontade de lhe deitar no colo como nos tempos do antigamente, de monandengue chorão e magrinho, adiantou entrar no coração dela, velho e cansado; para disfarçar, foi, sem barulho, desembrulhar o pacote ela tinha trazido da Baixa.

A chuva já estava calada e um fresco vento molhado punha pequenas ondas nas águas barrentas das cacimbas, sacudia as gotas das folhas dos paus. Os zincos despregados batiam devagar com esse sopro. O barulho do papel a desembrulhar debaixo da mesa, as costas dobradas de vavó, os pés dela, descalços e grossos, espetados no chão vermelho de lama, obrigaram Zeca Santos a levantar a cabeça ainda cheia de lágrimas. Tudo parecia-lhe agora mais claro, mais leve, sem tantas sombras; a dor na barriga já não estava lá, era só fresco, vazio, nesse sítio, parece mesmo não tinha mais nada, era oco aí, como as coisas dentro da cubata estavam também a ficar. E o olhar bom de vavó, desembrulhando o jornal na frente dele, vinha de longe, parecia ela mesmo uma sombra.

— Zeca! Olha ainda, menino... Parece estas coisas é mandioca pequena, vou lhes cozer. E tem esta laranja, vê ainda, menino! Arranjei para você...

E foi nessa hora, com as coisas bem diante da cara, o sorriso de vavó cheio de amizade e tristeza, Zeca Santos sentiu uma vergonha antiga, uma vergonha que lhe fazia querer sempre as camisas coloridas, as calças como sô Jaime só quem sabia fazer, uma vergonha que não lhe deixava aceitar comida, como ainda nessa manhã: Maneco tinha querido dar meia-sandes, voltara-lhe. Agora enchia-lhe no peito, no coração. Fechou os olhos com força, com as mãos, para não ver o que sabia, para não sentir, não pensar mais o corpo velho e curvado de vavó, chupado da vida e dos cacimbos, debaixo da chuva, remexendo com suas mãos secas e cheias de nós os caixotes de lixo dos bairros da Baixa. As laranjas quase todas podres, só ainda um bocado é que se aproveitava em cada uma e, o pior mesmo, aquelas mandiocas pequenas, encarnadas, vavó queria enganar, vavó queria lhes cozer para acabar com a lombriga a roer no estômago...

Nem Zeca mesmo podia saber o que sucedeu: saltou, empurrou vavó Xíxi e, sem pensar mais nada, antes que as lágrimas iam lhe nascer outra vez nos olhos, saiu a gritar, a falar com voz rouca, a repetir parecia era maluco:

— São dálias, vavó! São flores, vavó! É a raiz das flores, vavó!

A porta, inchada com a chuva, não entrou no caixilho dela. Bateu com força uma vez, duas vezes; ficou depois a ranger, a chorar baixinho essa saída de Zeca. Vavó Xíxi, no meio da cubata escura e cheia de fumo mal soprado, olhava a saída do neto, segurando nas mãos a tremer as raízes de dália e abanando a cabeça num lado e noutro, sem mesmo dar conta, parecia era um boneco de montra de lotaria.

*

... Dona Cecília de Bastos Ferreira, sentada na cadeira de bordão, na porta da casa, vê passar o vento fresco das cinco horas, mas as moscas não lhe largam. É dezembro, calor muito; seu homem, Bastos Ferreira, mulato de antiga família de condenados, saiu já dois quinze dias para negociar no mato perto, acompanhando grande fila de monangambas, fazendo o caminho a pé com os empregados dele, tipoia não gostava, dizia que homem não anda nas costas de outro homem.

O sol desce mangonheiro para trás do morro da Fortaleza e todo o Coqueiros está a se cobrir com uma poeira de luz que faz parecer o mar, lá adiante, vidro de espelho. Mas as moscas pousam-lhe muito e a voz de Cecília Ferreira,

nga Xíxi para as amigas e vizinhas, põe, de repente, confusão no meio das raparigas dentro da casa, cortando, cosendo e engomando panos e roupas de vender.
— Madía, Madí'é!... Venha cá!
E nga Xíxi, dona Cecília, que está morar nos Coqueiros em casa de pequeno sobrado, com discípulas de costura e comidas, com negócio de quitanda de panos, fica-se, gorda e suada, sentindo o bom do vento do abano que Maria está abanar ali mesmo, na cara da rua.
É fim da tarde, as pessoas passam para suas casas e o respeito pelos Bastos Ferreira sai nos cumprimentos, nos sorrisos, no curvar das costas, nas palavras:
— Nga Xíxi, como vai? Vai bem? E o seu homem?
— Gozando o fresco, dona Cecília?... Os meus respeitos!
Tem mesmo o branco Abel, malandro empregado da Alfândega, que chega respeitador e interesseiro para beijar a mão negra da mulher de pele brilhante.
— Os sinceros respeitos a V. Ex.ª deste humilde admirador!
Ri os dentes brancos dela, parece são conchas, xuculula-lhe, mas não é raiva nem desprezo, tem uma escondida satisfação no fundo desse revirar dos olhos bonitos e, no fim, aponta a esteira, quase séria:
— Brinque com o Joãozinho, Abel! Se Bastos Ferreira sabe as suas palavras... você, Abelito, vai sujar as calças!
E despede-o com um muxoxo, a conversa com esse homem pode ser de perigo se lhe dá confiança, o rapaz tem fama. Lá dentro, as discípulas recomeçam o barulho do trabalho, dos risos e cantigas: tinham parado, curiosas, sempre nessa hora gostavam de ouvir os quissendes de nga Xíxi no rapaz da Alfândega.
Dona Cecília continua tomando conta de Joãozinho, monandengue quieto, de grandes olhos quase parados. O vento do fim do dia vem, com as cores do sol a fugir no

mar, cobrir, tapar o Coqueiros, e é um sol muito grande, grande, que cresce, encarnado, a queimar as cores das casas, o verde dos paus, o azul do céu...

... Sentada no chão molhado da porta da cubata, nga Xíxi Hengele, como lhe chamam no musseque — boca dela tem sempre piada, mesmo se é conversa de óbito não faz mal, ela sempre fala de maneira que uns riem, outros não estão perceber —, resmunga num estreito raio de sol fugido das nuvens para lhe bater na cara velha e magra. Vavó pisca os olhos, sente o corpo mole, a boca amarga, a cabeça pesada. Lembra depois os pensamentos, quase estivera a sonhar; um sorriso triste vem-lhe torcer os riscos todos na cara seca. Fala só para o seu coração:

— Nga Xíxi!... Dona Cecília!... P'ra quê eu lembrei agora?!

Ri um riso triste, gasto, rouco do tabaco das cigarrilhas fumadas para dentro.

— Auá! Se calhar é por causa as mandiocas eu comi...

Verdade a barriga está lhe doer. Esses dias todos só água de café e então, de repente, cozinhou aquelas batatas, comeu-lhes todas, muitas vezes era isso que tinha-lhe feito mal. Gosto delas não era bem mandioca, batata-doce também não era, esses são gostos vavó conhece mesmo, mas não aceita lembrar outra vez as palavras do neto saindo, zangado, naquela hora do almoço...

— Oh!... Não vou morrer, e a fome já não tenho...

Mas essas ideias, aparecidas durante o sono, não querem lhe deixar, agarram na cabeça velha, não aceitam ir embora, e a lembrança dos tempos do antigamente não foge: nada que faltava lá em casa, comida era montes, roupa era montes, dinheiro nem se fala... Continua ali a morder-lhe, mesmo agora, não sendo mais dona Cecília Bastos Ferreira. E vavó não resiste, não luta; para quê? Deixa esses farrapos das coisas antigas brincarem na cabeça, porem

pena, tristeza; continua só repetindo, baixinho, parece quer dar sua desculpa em alguém:
— É a vida!... Deus é pai, não é padrasto. Deus é que sabe!...
No sol pequeno, pelejando com as nuvens ainda a tapar o azul do céu, vem um calor fresco da água que caiu. Pelos fios, atravessando o musseque, as piápias estão pousadas em bandos, esquecendo, distraídas, as fisgas dos miúdos. Os pardais já saltam, pardal não sabe andar, e vão assim, pelo chão molhado, apanhar as jingunas de encher os papos. Nos troncos mais novos das mulembas, plim-plaus e rabos-de-junco estão cantar a derrota que dão nos figos desses paus. Marimbondos saem malucos dos ninhos deles, nos cajueiros; os gumbatetes aproveitam o barro para adiantar construir as casas. Das cubatas, as galinhas e os pintinhos já saíram muito tempo, chovia pequeno ainda e todo o chão de sítio de gafanhotos e salalés e formigas está remexido. Só os cães ficaram nas portas, enrolados no fundo dos buracos, aproveitando a areia fresca.
Mas vavó não sente esse barulho da vida à volta dela. Tem o soprar do vento, o bater dos zincos; nalguns sítios, o cantar da água a correr ainda e, em cima de tudo, misturando com todos os ruídos, o zumbir das vozes das pessoas do musseque, falando, rindo, essa música boa dos barulhos dos pássaros e dos paus, das águas, parece sem esse viver da gente o resto não podia se ouvir mesmo, não era nada. Tudo isso é para vavó muito velho, muito antigo, sempre a vida dela lhe conheceu todos os anos, todos os cacimbos, todas as chuvas; e agora, nessa hora, a barriga estava lhe doer, a cabeça cadavez mais pesada, o corpo com frio. Vontade para ir dentro da cubata também já não tem; deixa-se ficar assim mesmo, sentada, as moscas pousadas nos panos pretos, a boca respirando com força o ar novo que está soprar, os olhos quase fechados...

— Boa tarde, vavó Xíxi. Como passa?
Abre os olhos, quer sorrir; o sol na cara não deixa. Conhece nga Tita, fala:
— Ai! Bem 'brigada, menina. Gregório, então?
Nga Tita baixa a cabeça, encolhe os ombros; responde depois, mais corajosa:
— Sempre o mesmo, nga Xíxi. Lá está...
Velha Xíxi encosta as mãos na parede e sua amiga ajuda-lhe a levantar, devagar, com jeito, o reumatismo espera esses dias frescos para atacar, os vizinhos sabem.
— Aiuê, nossa vida. Vida de pobre é assim.
— Pois é, vavó!... Sukuama! Mas ninguém mesmo que me diz quando vai sair, nem nada. Falei no chefe, jurei mesmo meu homem não é terrorista, não senhor, dormia comigo sempre na cama, como é estava andar em confusões e essas coisas que eles querem?...
Vavó Xíxi suspirou, a barriga mordia, estava doer muito.
— É verdade, menina! Mas é assim, os brancos não aceitam...
— Ih! Falou-me eu é que dormia com ele mas ele é que conhecia bem... Veja só, vavó, veja só essa vida!... Bem! Logo-é! Quando vou voltar, paro mais para falar com a senhora.
— 'brigada, menina. Mas diz ainda...
E a voz de nga Xíxi começou com essas palavras a fazer abrir mais os olhos quietos dela. A curiosidade, essa mania de vavó saber mesmo tudo como era, de pôr sempre sua fala, sua sentença, opinião dela saía logo-logo, obrigou-lhe a falar:
— ... Vai longe?...
— Em casa do sô Cristiano, vavó.
— Fazer o quê então, no sô Cristiano?
— Não sabe? Ai, não sabe? Mulher dele lhe nasceu uma menina!

— Ená! Outra? Possa! Esse homem só sabe fazer as raparigas!
— É verdade, vavó! E quis-lhe arrear, veja só. Diz a culpa é dela. No dia mesmo que a pobre pariu, vejam só!
Vavó Xíxi riu: o riso gasto e velho dela parecia mais novo, neste assunto. Os olhos pequenos, escondidos no fundo dos ossos, piscavam muito e toda a cara, iluminada pelo sol que já brilhava, parecia tinha azeite-palma. Nga Tita chegou mais perto para contar: a menina nascera cassanda, isso mesmo vavó, nasceu branca, branca, parecia era ainda filha de ngueta, se ela não lhe conhecia bem na sua amiga Domingas, podia ficar pensar muitas vezes um branco tinha-se enganado na porta da cubata...
Vavó ria, batia as mãos satisfeita, gozando, fechando os olhos, pondo muxoxo, dobrando na cintura para rir ainda com mais força. E quando nga Tita despediu outra vez e saiu, também a rir, pela areia molhada adiante, caminho do Rangel, vavó encontrou a sua coragem antiga, sua alegria de sempre e, mesmo com o bicho da fome a roer na barriga, foi-lhe gritando, malandra e satisfeita:
— Sente, menina! Mu muhatu mu 'mbia! Mu tunda uazele, mu tunda uaxikelela, mu tunda uakusuka...

*

Vinham andando os dois, calados agora no fim de muita conversa na hora do almoço. Maneco, as mãos nas algibeiras do macaco cheio de óleo, fumava; Zeca Santos olhando todos os vidros e os olhos das raparigas que passavam para gozar bem a vaidade que lhe fazia essa sua camisa amarela, florida. Devagar, ao lado do amigo, ia sentindo cada vez mais um fogo a crescer no estômago, a avançar no sangue, trepando na cabeça, pondo nuvem fina de cacimbo na frente dos olhos. Mas era melhor assim.

Tinha esquecido a lombriga a roer, tinha esquecido mesmo vavó e as raízes que queria lhe dar no almoço, tinha esquecido o trabalho que não conseguia arranjar...

Quatro horas eram já quase e, à toa, seguiam no passeio do Catonho-Tonho, direcção do mar. Zeca Santos tinha dado encontro no amigo dele, agarrara-lhe ainda no emprego, nesse dia Maneco estava sair mais tarde, dia de chuva os carros eram muitos lá na estação de serviço e queria fazer umas horas na vez de um amigo. Por isso é que três horas só Maneco veio para almoçar. Saiu logo conversa desse baile do último sábado, a peleja que tinha passado por causa a Delfina, e Maneco gabou Zeca:

— Você arreou-lhe mesmo uma bassula de mestre! Possa! A malta gramou!

Gabado, Zeca Santos endireitou o corpo magro e as orelhas de abano — ele tinha raiva essas orelhas, todas as pequenas gostavam lhe gozar e só depois, quando adiantava falar, elas esqueciam na música das palavras — ficaram a arder, quentes. Espreitou a camisa amarela e continuou, vaidoso, ao lado do amigo, caminho da quitanda.

Nessa hora em que deram entrada aí na loja e Maneco cumprimentou sô Sá pedindo dois almoços, o que custou em Zeca foi aquela mentira que saiu logo-logo, nem mesmo que pensou nada, nem ouviu ainda o bicho do estômago a reclamar, só a vergonha é que começou as palavras que arrependeu depois:

— Ih! Dois almoços!? Já almocei, Maneco!

E mesmo que Maneco não tinha respondido ainda nada, Zeca repetiu, atrapalhado:

— Juro! Comi bem. Estou cheio.

Ai! Mas na sopa de Maneco saía um cheiro bom e quente; a colher descia, subia; aquele barulho dos beiços do lavador de carros a chupar o puré de feijão, tudo isso desafiava Zeca Santos, atrapalhado para disfarçar ainda o cuspo que estava sempre engolir, engolir... Logo-logo veio um guisado de feijão, um cheiroso quitande amarelo parecia era maboque. Mano Maneco comia, sorria, o trabalho de muitas horas pusera-lhe fome grande, mas não parava de falar as pequenas, os bailes, a motorizada cadavez ia lhe comprar mesmo lá no serviço, mas Zeca mirava só os dentes do amigo, amarelos também do azeite, os beiços brilhantes da gordura, e nem que falava, ele mesmo, Zeca Santos, que só sabia esses assuntos de farras e pequenas!... Só que a força da barriga é muita e, na hora das bananas, não conseguiu aguentar. Aí, voz de caniço, falou fingindo não estava dar importância:

— Banana, sim. Fruta eu não tive tempo de comer. O maximbombo, sabe, Maneco...

Mas calou logo a boca, pensou já falara tinha vindo a pé, gostava andar a pé no fim da chuva e ficou espiar se ia ser agarrado na mentira. Maneco, distraído com a comida, não deu conta e Zeca Santos pôde então engolir com depressa duas bananas, nem lhes mastigou nem nada, e o copo de palheto é que ajudou-lhe ainda sossegar o roer da barriga. Sentindo mais calma, o estômago a parar os mexeres dele, o cuspo mais quieto na boca, falou também as miúdas, a Delfina, os bailes...

Fora, o sol já tinha rasgado os últimos bocados de nuvens e espreitava no meio das folhas das grandes árvores velhas. Devagar, fumando Maneco, Zeca Santos feliz com o vinho na barriga, atravessaram a rua de pedra, deixaram os pés levarem-lhes no cais de cabotagem, na muralha onde, nos domingos e outros dias à noite, as pessoas da Baixa vêm passear com as famílias delas. Sentados na frente do mar escuro e vermelho das águas da chuva, Maneco virou as conversas:

— Mas nada que conseguiste ainda?

— Nada, Maneco! — Zeca esquivou contar o chicote de sô Souto, o melhor era mesmo calar essa história.
— Já mais de uma semana que estou procurar trabalho, e nada!...
Acendeu outro cigarro, cuspiu na água antes de perguntar:
— E esse do jornal, já foste?
— Ainda.
— O melhor é mesmo aproveitar hoje, cadavez, quem sabe?...
— Oh! Não vão me aceitar. Estou magrinho assim, eles falam aí no jornal "escritório e armazém". Você já sabe: sai serviço pesado!
Maneco abriu o recorte e leu o anúncio. Em voz alta, devagar, a descobrir ainda cada letra, só segunda classe é que ele tinha, e ler depressa custava. Quando acabou, levantou de um salto parecia era gato, falou gozão pondo uma chapada nas costas de Zeca:
— Vamos, miúdo!
Chamava-lhe sempre de miúdo quando ia-lhe ajudar nalguma coisa, Zeca já sabia, sorriu. Ao lado do amigo, sentindo a cabeça começar andar às voltas e o mar, muito brilhante, a tremer, falou:
— Eu vou sozinho, Maneco. Sim? Você falaste que ias ainda ajudar o teu amigo, fazer umas horas dele, lá na oficina...
Maneco lhe agarrou no braço só, ajudando a atravessar a estrada, e, antes de sair embora, recomendou:
— Ouve ainda, Zeca. Se aí não consegues, passa na oficina. Então, como você mesmo quer, te levo no Sebastião para amanhã ir no cimento... Mas você é quem quer!
O tempo fugia para a noite; o sol, raivoso, queimava; tinha um céu muito azul, nem uma nuvem que se via, e na Baixa, sem árvores, os raios do sol atacavam mal. A barriga

de Zeca Santos já não refilava mas o calor estava em todo o corpo, punha-lhe comichão nos pés, obrigava-lhe andar depressa no meio da gente toda, a sua camisa amarela ia rápida, esquivava os choques, avançando com coragem no anúncio do emprego, arranjando já na cabeça as palavras, as razões dele, ia falar a avó velha, qualquer serviço mesmo que quisessem lhe dar, não fazia mal, aceitava.

Mas na entrada parou e o receio antigo encheu-lhe o coração. A grande porta de vidro olhava-lhe, deixava ver tudo lá dentro a brilhar, ameaçador. Na mesa perto da porta, um rapaz, seu mais-velho talvez, farda de caqui bem engomada, espiava-lhe. Num instante Zeca Santos mirou-se no vidro da porta e viu a camisa amarela florida, seu orgulho e vaidade das pequenas, amarrotada da chuva; as calças azuis, velhas, muito lavadas, todas brancas nos joelhos; e sentiu bem o frio da pedra preta da entrada nos buracos dos sapatos rotos. Toda coragem tinha fugido nessa hora, as palavras que adiantara pensar para dizer a vontade do trabalho e só o bicho na barriga começou o serviço dele outra vez, a roer, a roer. Com medo de sujar, empurrou a porta de vidro e entrou, dirigiu-se ao grande balcão. Mas não teve tempo de andar muito. Um homem grande e magro estava na frente dele, olhando-lhe o papel na mão.

Zeca ia falar, ele só empurrou-lhe na mesa do contínuo:

— Já sei, já sei. Não digas mais. Vens pelo anúncio, não é? Anda para aqui. Xico, ó Xico!

O rapaz da farda veio nas corridas trazendo bloco de papel e lápis e parou na frente dele, à espera. O homem magro observou bem Zeca Santos nos olhos; depois, depressa, desatou a fazer perguntas, parecia queria-lhe mesmo atrapalhar: onde trabalhou; o que é que fazia; quanto ganhava; se estava casado; qual era a família; se era assi-

milado; se tinha carta de bom comportamento dos outros patrões; muitas coisas mais, Zeca Santos nem conseguia tempo de responder completo, nem nada. E no fim já, quando Zeca tremia de frio com aquele ar do escritório e o vazio da barriga a morder-lhe, a voz de todos a fugir, longe, cada vez mais longe, o homem parou na frente dele para perguntar, olhando a camisa, as calças estreitas, com seus olhos maus, desconfiados:
— Ouve lá, pá, onde é que nasceste?
— Nasceu onde? — repetiu o contínuo.
— Catete, patrão!
O homem então assobiou, parecia satisfeito, bateu na mesa enquanto tirava os óculos, mostrando os olhos pequenos, cansados.
— De Catete, hem?! Icolibengo?... Calcinhas e ladrões e mangonheiros!... E agora, por cima, terroristas!.. Põe-te lá fora, filho dum cão! Rua, filho da mãe, não quero cá catetes!...
Zeca Santos nem percebeu mesmo como é saiu tão depressa sem dar encontro na porta de vidro. A cara do homem metia medo, parecia tinha ficado maluco, bêbado, todo encarnado a mostrar-lhe com o dedo, ameaçando-lhe, xingando, e todas as pessoas que estavam passar olhavam o rapaz banzado, quieto, levando encontrões e pisadelas, um miúdo pôs-lhe mesmo uma chapada no pescoço. O homem, na porta, continuava com as palavras dele:
— Icolibengo, hem!? Filho da puta!... Se aqui apareces mais, racho-te os chifres!...
De repente, vendo as pessoas nos passeios começarem a parar e perguntar saber os casos, Zeca Santos sentiu o medo a avisar-lhe no coração, um sinal, parecia tinha dormido e acordava agora no meio do perigo, no escuro. E, com a fome a pôr-lhe riscos encarnados na frente dos

olhos, correu pela Rua da Alfândega, para esquivar na confusão de pessoas, na Mutamba.

*

O sape-sape ficava perto da rua, no terreno onde antigamente estava o Asilo República.

Assim, ali sozinho, de todos os lados as grandes casas de muitas janelas olhavam-lhe, rodeavam-lhe, parecia era feitiço. Sem mais água, só mesmo com a chuva é que vivia e sempre atacado no fumo preto das camionetas, indo e vindo no porto, que ali era o caminho delas, como é essa árvore ainda tinha coragem e força para pôr uma sombra boa, crescer suas folhas verdes sujas, amadurecer os sape-sapes que falavam sempre a frescura da sua carne de algodão e o gosto de cuspir longe as sementes pretas, arrancar a pele cheia de picos? Só mais lá em cima, nas barrocas das Florestas, tinha outros paus. Ali, era só aquele, corajoso, guardando na sua sombra massuícas pretas de fazer comida de monangambas dos armazéns de café, dos aprendizes de mecânico da oficina em frente, mesmo dos homens da Câmara quando vinham com as pás e picaretas e rasgavam a barriga das ruas.

Nessa hora de quase cinco horas as folhas xaxualhavam baixinho e a sombra estendida estava boa, fresca, parecia era água de muringue. Sentado nas pedras negras do fumo, Zeca Santos esperava Delfina mirando, ansioso, a porta da fábrica. Tinha combinado com a pequena, nesse dia ela ia pedir para sair mais cedo, iam dar encontro, Zeca queria adiantar essas falas do baile de sábado. Delfina merengara muito bem com ele e quando o conjunto, depois, rebentou com a música do "Kabulu", ninguém mais lhes agarrou, quase o baile ia ficar só deles os dois, toda a gente parada a assistir-lhes, vaidosos e satisfeitos. Daí é que nasceu a peleja com João Rosa: o rapaz andava perseguir a garota, queria-lhe para ele; mas, nessa noite, Zeca Santos, com a satisfação dos olhos de Delfina, pelejava mesmo que eram muitos. A sorte ficou do lado dele, azar no lado de João porque, lá fora, a luz era pouca. O rapaz usava óculos e falhou o soco na cara; aí, sem custar nada, Zeca caçou-lhe o braço e passou-lhe uma bassula nas costas, mergulhou-lhe em cima da areia.

Mas, mesmo que na peleja Zeca tinha ganhado, o mulato continuou vir buscar Delfina em seu carro pequeno, muitas vezes costumava-lhe trazer também e, nessa hora, era já escuro. Zeca ficava raivado, pensava o silêncio e o escondido do carro, se calhar o sacrista adiantava apalpar as pernas da namorada, muitas vezes, quem sabe?, outras coisas mesmo, o carro estava-lhe ajudar...

Por causa disso, nesse dia tinha decidido. Ou era dos copos do vinho no almoço e mais outro com Maneco depois que falaram no Sebastião, ou era ainda, cadavez, essa promessa de trabalho que arranjara, a verdade agora estava ver tudo com mais confiança, satisfeito quase. Sem querer mesmo, o pensamento do dinheiro para mandar consertar sapatos, muitas vezes umas calças novas, juntava-se com a figura de Delfina, com seu riso e seu falar, seu encostar pequeno e bom, na hora dos tangos, na farra...

Sebastião tinha-lhes recebido bem, Maneco era amigo. Grande, careca quase, o homem falou com voz grossa em Zeca Santos, apalpou-lhe ainda os braços, depois cuspiu. Mas Maneco estava a ajudar-lhe:

— Deixa, Mbaxi! O rapaz precisa...

Sebastião Cara-de-Macaco — Polo ia Hima, como gritavam todos os homens do cariengue, por ali deitados nas sombras das árvores, esperando as camionetas — foi avisando o trabalho era pesado, pega sete horas, despega seis

horas e todo o dia é aguentar os sacos de cimento nas costas, carregar as camionetas, descansar só mesmo para uma sandes de peixe frito. E depois o pior é esse pó toda a hora, ainda que põe lenço na boca, ele entra na mesma.
— E você, rapaz, és fraco! Não quero t'aldrabar!...
Zeca Santos resmungou qualquer coisa, nem ele mesmo que percebeu o quê, o homem fazia respeito com seu largo peito e braços pareciam eram troncos de pau, a voz grossa, as pernas grandes saindo numa calça rasgada em feitio de calção. Apontando em todos os outros por ali sentados ou deitados, Sebastião riu um grande riso de dono e falou-lhes, mais baixo agora:
— Você vai roubar serviço num desses homens!... Mas deixa só! Eu é que escolho quando vêm os camiões... e você vai comigo!
Maneco apertou-lhe a mão para despedir, mas o homem não aceitou. Continuou rir, ria, e falou outra vez. Zeca Santos não percebia porquê o homem ria assim, mas as palavras espantaram:
— Os gajos costumam pagar quarenta, nesse serviço. Já foi sessenta cada dia, mas tem sempre cada vez mais gente aqui para trabalhar e os sacanas fazem batimento...
Olhou para todos os lados, calado e desconfiado agora, e os olhos brilharam na cara achatada de grande queixo.
— Dez paus cada dia, são para mim. Aceitas?
Zeca Santos abriu a boca, mas Maneco já refilava:
— Ená, Mbaxi! Vê ainda o rapaz, pópilas! Tem pessoa de família para comer...
— E eu? Não tenho meus sete filhos? Como vou dar de comer? Enh? E vestir? Se não aceita tem aí quem me dá mesmo metade, se lhe deixo ir no cimento!
Maneco quis ainda protestar, arranjar abatimento, cinco estava muito bem, o rapaz tinha de fazer força, lutar, não estava habituado, merecia o vencimento.

— Por isso mesmo! — riu. — Por isso mesmo! O miúdo vai fazer mangonha, eu é que vou lhe carregar o resto dele...

No meio desse riso assim, que lhe sacudia os músculos dentro da camisola, virou-lhes as costas e adiantou deitar outra vez debaixo da velha árvore onde estava, gritando depois:

— Seis horas, sem falta! Se não, entra outro! E dez paus...

Maneco pôs-lhe um manguito e Zeca Santos foi ainda muito tempo com um peso no coração, nem lhe apetecia falar, antes de despedir o amigo e chegar na porta da fábrica de tabaco, adiantar combinar encontro com Delfina.

Mas agora, com a rapariga ali ao lado, não tinha mais lembrança de Sebastião Polo ia Hima. O calor começava já fugir com medo da noite que vinha, e um vento, guardando o fresco da chuva da manhã, batia o vestido de Delfina de encontro às pernas fortes, ao corpo rijo dela. O capim verde convidava de todos os lados e, molhado como estava, punha cócegas nos pés de Zeca Santos, metendo-se nos sapatos rotos. Ia muito calado, não sabia mais o que dizer a Delfina, tudo quanto estava inventar debaixo do sape-sape, essas palavras doces que nasciam à toa no calor das farras, agora ali não aceitavam sair. Pelo carreiro acima, devagar, sentia as cigarras a cantar nos troncos das acácias, o vento a dançar os ramos cheios de flores, as folhas murmurando uma conversa parecia de namorados, todo o barulho das picas, dos pardais, dos plim-plaus aproveitando os bichos das chuvas. Delfina vinha com um pequeno sorriso escondido, de fazer-pouco, e foi ela quem adiantou interromper esse silêncio:

— Ená! Então você me dá encontro e não dizes nada?
— Oh!... O que eu quero falar você já sabe, Fina!

— Ih!? Já sei? Quando é que falaste? E trabalho, já arranjaste?!
　Sério, com esse assunto, Zeca ficou calado. Delfina sempre lhe falava esses casos do trabalho e mesmo quando ele queria fazer-pouco o João Rosa, cafofo e mais não sei quê, a rapariga refilava, assanhada:
— Você tens é raiva! O rapaz trabalha, tem seu carro dele, e fala-me mesmo para casar comigo...
　Gostava muito de Delfina, queria mesmo ela sabia todas coisas da vida dele, mas como ia-lhe contar então o que tinha sucedido nesses dias de procura de trabalho? Ou mesmo falar esse trabalho de carregar cimento no porto, serviço assim só de monangamba?
　Ela não ia aceitar, ia-lhe deixar naquela hora, naquele sítio, no meio do caminho das barrocas. Também dizer não tinha trabalho, não encontrava serviço, era pior. Delfina continuava falar, sentia-se mesmo na voz dela era só para fazer raiva, dizia João Rosa já tinha-lhe prometido falar no patrão para lhe mudarem no escritório; que ela devia mas é ir mesmo na escola da noite; que, depois, queria se casar com ela, se ia aceitar namoro dele e mais outras conversas, só para irritar Zeca Santos. Essas palavras magoavam-lhe lá dentro, sentia tristeza, vergonha dele mesmo, mas também sorte não tinha, gostava a pequena, o pior é que trabalho de todos os dias custa encontrar. Pensou a tarde já estava a ser boa com esse encontro, pena Delfina estar lhe xingar assim. Medroso, agarrou-lhe no braço e baixando a voz falou como ele sabia:
— Ouve então, Fininha. Você esqueceste o sábado? Aquilo que disseste, enh? Para quê você está se zangar? E depois, falar assim à toa nesse sungadibengo de Rosa, para quê? Eu não fico raivado, qu'é que você pensa? Agora tenho o meu emprego aí com Maneco, na estação de serviço... E depois, você sabe, você viu no baile, Marcelina anda-me chatear...

— Ih! Essa sonsa?! Sukuama! Já viram? Tem nada de cheirar?...

Calou-se logo, Delfina. O sorriso de Zeca Santos estava na frente dela, um sorriso ela gostava e tinha raiva ao mesmo tempo, ficava parecia era cara de gato quando anda brincar com o rato...

Devagar, com toda a técnica ele tinha estudado, desviou-lhe do caminho onde iam, atravessaram um bocado de capim, borboletas e quinjongos saltaram para todos os lados. Sentados debaixo de uma grande acácia, vermelha de flores, Zeca puxou Delfina na cintura, mostrando-lhe só os olhos a rir, uns olhos de criança malandra que ela gostava. Mesmo assim não aceitou: tirou-lhe as mãos atrevidas, arranjou o vestido e ela é que sentou como quis, ali perto, puxando a chita de cores para cima dos joelhos, agarrando-lhe com as mãos por baixo das coxas fortes.

Zeca Santos ficou um tempo deitado a chupar um capim, sem falar nada; depois rastejou parecia era sardão, na direcção de Delfina, mirando-lhe com olhos doces e amigos. A menina nem nada que disse, deixou só a cabeça dele deitar no colo, era bom sentir assim aquele peso, o calor dele contra a barriga, as orelhas de abano a mostrarem bem o feitio da cabeça, os olhos cheios de felicidade. Sem mesmo poder parar-lhes, as mãos dela começaram a pôr festas de sumaúma na carapinha, na pele quente do pescoço, do princípio do peito e Zeca suspirou, falou-lhe mansinho:

— Ai, Fina, meu amor! Se você vem mais com João Rosa não sei ainda o que vou fazer...

— Não venho mais, Zeca, juro sangue de Cristo! Só de você é que eu gosto, só de você, você sabe...

Sorriu; era bom sentir essas falas assim, as festas, o calor das mãos dela na pele toda, nada que ficava no corpo: nem a fome a roer na barriga; nem o vinho a pôr as coisas brancas e leves; só um quente novo, um fresco bom, melhor que o vento que soprava xaxualhando as pequeninas folhas verdes das acácias, empurrando as flores, algumas deixavam cair as suas folhas vermelhas e amarelas, parecia era mesmo uma chuva de papel de seda em cima deles.

— Agora que arranjaste mesmo um bom emprego, Zeca, não fica dormir mais, não?

— Não, Fina!

— Se tu queres eu vou-te acordar de manhã... bato na janela...

Zeca sorriu outra vez, feliz com a amizade.

— Não precisa, Fininha! Agora mesmo vou ter juízo, juro!

— Sukuama! Já é idade, Zeca. Se não vai ter mais juízo, não vou te gostar mais...

Os olhos grandes, claros, de Delfina, mostravam toda a mentira dessas palavras, mas Zeca já não estava ver. Tinha escondido a cabeça no colo, a vergonha não queria lhe largar no coração, a vontade de falar só a verdade na menina, como ela merecia, e a certeza nessa hora que falasse ia lhe perder mesmo quando ela ia saber ele só tinha um serviço de monangamba e, pior, João Rosa, seu *Morris*, suas delicadas falas a quererem-lhe roubar a pequena, tudo isso pelejava na cabeça fraca dele, no coração fraco de Zeca Santos.

E essa dor foi tão grande, o roer na barriga a atacar outra vez, a fazer fugir as coisas boas na frente dos olhos dele, que tudo começou a girar à roda, a cabeça leve, o estômago a doer, na boca um cuspo amargo e azedo, toda a barriga pedia-lhe para vomitar, deitar fora as bananas e o vinho que lhes azedara, e, nessa hora, sentiu medo. Levantou os olhos grandes, de animal assustado, para Delfina, e as mãos procuraram o corpo da namorada para agarrar sua última defesa, seu último esconderijo contra esse ataque assim de todas as coisas desse dia, desses dias atrasados, contra esse receio de vomitar logo ali. Sentiu, debaixo dos dedos, as mamas pequenas dela de repente apertadas, e a outra mão espetou-se com força e medo, com raiva, na coxa negra e forte que o vestido, desarrumado, não tapava mais.

As cigarras calaram a cantiga delas, uma pica fugiu do pau onde chupava flores: Delfina, com toda a força dela, pôs uma chapada na cara do namorado, e Zeca, magrinho e mal deitado, rebolou até no tronco da acácia.

Quase a chorar, agarrando o vestido aí no sítio onde os dedos dele tinham rebentado os botões, Delfina zuniu-lhe todas as palavras podres que a cabeça inventava, que a sua boca sabia, insultou, cuspiu-lhe:

— Você pensas eu sou da tua família, pensas? Que sou dessas, deita no capim, paga cinquenta, vem dormir comigo? Pensas? Seu sacana, seu vadio de merda! Vagabundo, vadio, não tens vergonha! Chulo de sua avó, seu pele e osso!...

Mas Zeca Santos nem percebia bem o que estava a passar. O vómito grande juntava-se na barriga, apertou-lhe com as mãos para poder respirar, mas não teve mais tempo de levantar: Delfina empurrou-lhe outra vez contra o tronco da acácia, saindo depois a correr pelo capim abaixo, borboletas e gafanhotos fugiam dos seus pés irritados, as cigarras calavam-se com as palavras que foi gritando sempre, enquanto Zeca podia ouvir:

— Vadio de merda! Homem só no dia do casamento, sabes, rosqueiro? No dia do casamento, na cama, não é como os bichos no capim, seu pele e osso dum raio!...

Para os lados do colégio das madres o sino começou tocar devagar e o sol, na hora de dar fimba no mar, descia vermelho e grande. O vento a soprar, brincalhão, nos troncos dos paus, trouxe nas orelhas dele, doridas da chapada, o grito de Delfina, lá de baixo, do princípio do morro, só as cores bonitas do vestido de chita é que se viam bem no meio das folhas:

— Não tens vergonha, seu merda?! Estás magrinho parece és bordão de ximbicar! Até faz pena!...

Com os vómitos, Zeca Santos nem deu conta da teimosa alegria que queria nascer, rebentar, debaixo dessas palavras que a boca de Delfina falou sem saber mais porquê.

*

No silêncio da cubata, com a luz da tarde a misturar no escuro da noite, vavó Xíxi sente os passos do neto chegar, empurrar a porta com jeito, devagar, como o neto nunca fazia. A figura dele, alta e magra, ficou desenhada na entrada com a luz da rua nas costas. Zeca teve de abrir bem os olhos para habituar no escuro e andou muito cauteloso.

— Vavó?! Vavó, onde está?

Deitada na esteira, vavó continuou gemer e o neto correu no canto onde ela estava tapada, a tremer.

— O que é então, vavó? Diz ainda! Está doente? É o quê?

— Aiuê, minha vida! Aiuê, minha barriga! Morro!...

Zeca foi na porta outra vez e abriu-lhe bem. A luz da rua, luz do dia morrendo misturada na outra claridade dos reflectores, olhos grandes acesos em cima das sombras de todos os musseques, entrava com medo naquele escuro tão feio. Vavó já tinha se encostado na parede, o cobertor a tapar as pernas e a barriga.

— Então, menino, conta só! Não tenho nada, fala!...

O neto percebeu nessas palavras o mesmo desses dias todos, a razão que sempre fazia vavó perguntar, adiantar saber se tinha encontrado serviço, se já tinha ganhado qualquer coisa para comer. E ficou com vergonha ali, na frente dela, de falar aquele trabalho, serviço de monangamba do porto e mesmo assim o vencimento de dividir com o homem da praça. O melhor era calar a boca, não falar esses casos; ir no trabalho; receber dinheiro e adiantar comprar coisas de comer; depois, pôr uma mentira de outro serviço.

— Nada que arranjei ainda, vavó. Procurei, procurei, nada! Mano Maneco ainda m'ajudou... Meu azar, vavó!

— Comeste, menino?

— Ih!? Comi o quê então? Nada, vavó!

— Aiuê, minha barriga! Menino tinha razão mesmo. Mas a lombriga estava me roer, não podia mais parar...

Contou então, com as lamentações dela, sempre a falar também ele não tinha mais juízo, senão nada disso que ia suceder, é assim, uma pessoa fica velha e pronto! os mais novos pensam é trapo de deitar fora, pessoa tem fome, come mesmo o que aparece e depois, no sono, lhe atacam essas dores na barriga, parecia estava mesmo arder lá dentro, pior que jindungo, mais pior que fogo...

Zeca Santos ouvia sem atenção; na cabeça não saía mas é Delfina, aquele quissende dela, essa confusão sem querer, assim à toa mesmo, como ia lhe desfazer? Agora, apostava, a rapariga não aceitava mais conversa dele, quando desculpasse que estava doente não ia lhe aceitar, ia lhe chamar de mentiroso e vadio. Uma tristeza pesada agarrava-se, teimosa, dentro dele. E o olho, vermelho e inchado da chapada, estava doer, piscar, tudo na frente dele eram duas coisas. Vavó continuava:

— Pois é! Eu não lhe avisei, menino? Não lhe avisei para ir na missa, no domingo? Padre Domingos perguntou o menino, eu é que desculpei a doença.

— Sukuama! Mas padre Domingos ia me dar de comer? Ia me dar o serviço, vavó?

A dor do olho a inchar zangou Zeca, começou tirar a

camisa amarela, depressa, quase lhe descosia, e vavó aproveitou logo:

— Isso, menino! Agora rasga, não é? Comeste o dinheiro aí na camisa de suingue, agora rasga?!... Aiuê, minha vida, estes meninos não têm juízo, não têm mais respeito nos mais-velhos...

Zeca Santos quis acalmar, a cabeça começava também a doer muito:

— Mas vavó, ouve então! Não começa assim me disparatar só à toa. Verdade eu fiquei dormir, não fui na missa, e depois?...

Vavó Xíxi quase saltou, encostou bem na parede, para levantar faltava pouco:

— E depois? E depois? O menino ainda pergunta, não lembra já todos os dias está me chatear: "vavó, comida então?", "vavó, matete onde está?", "vavó vamos comer é o quê?". Não lembras? Anh!... E padre Domingos, ele mesmo podia te arranjar emprego.

— Ora possa! Serviço de varrer a igreja, não é? Não preciso!

— Cala-te a boca, menino! Coisas da igreja, não falas assim!

Zeca Santos aceitou, já sabia nessas horas não adiantava falar em vavó. Se continuava, ainda iam se zangar. Sentia o coração pesado desse dia de confusão e o olho magoado picava, doía, inchado, mas o que fazia mais sofrer era o medo que Delfina não ia lhe perdoar, mesmo que não tinha culpa, ia lhe trocar por João Rosa e isso punha-lhe triste. Na barriga o bicho antigo já não roía mais. Era só uma dor quieta, funda, parecia estavam-lhe queimar ali. Com a camisa na mão procurou prego de lhe pendurar e, num instante, a cara dele, magra e comprida, ficou na claridade da porta.

— Ená, Zeca! — vavó tinha agora outra voz, admirada, mais amiga. — Chega aqui então...

Sorria; na sua cabeça velha as ideias começaram a se juntar devagar, a arranjar sua significação, a lembrar essa conversa, nem deu importância, até já tinha-se esquecido, é verdade Delfina, aquela menina de nga Joana, esteve passar ali na cubata, seis horas quase, adiantou perguntar o neto Zeca e, quando vavó gemeu que não tinha voltado ainda do serviço, a menina saiu nas corridas, nem obrigada nem nada, não pôs mais explicações...

— Sente ainda, Zeca?!... O olho assim encarnado, é o quê? Pelejaste?

Zeca levou logo-logo a mão na cara para esconder, mas já era tarde: vavó tinha visto bem e, na cabeça dela, as ideias começaram brincar.

— Ih! Então não disse na vavó, o branco sô Souto...

— Sukuama! O branco sô Souto você falaste foi o chicote nas costas, Zeca!...

— Pois é, vavó. É nas costas. Vavó viu bem. Mas o rabo do chicote passou aqui em cima, de manhã não estava doer, agora parece mesmo a falta de luz está-lhe fazer inchar...

Mas vavó Xíxi já estava levantada. A cara dela, amachucada e magra, toda cheia de riscos, ria, enrugando ainda mais a pele, quase as pessoas não podiam saber o que é nariz, o que é beiços. Só os olhos, uns olhos outra vez novos, brilhavam.

— Ai, menino! Menino anda mesmo com teu azar, Zeca! Até mesmo no olho, chicote te apanhou-te! Azar quando chega...

Zeca Santos percebeu, dentro destas palavras, a troça de vavó Xíxi. Não podia jurar mesmo, mas aquela cara assim, a pressa de levantar na esteira, as palavras que não falavam direito, mostravam vavó já sabia Delfina tinha-lhe posto aquela chapada na cara. Mas como, então? Quem podia lhe contar? Ninguém que assistiu. Só se foi mesmo Fina que passou ali na cubata. Com esse pensamento, uma mentira grande que ele sabia afinal, Fina não tinha mesmo confiança com vavó para lhe pôr essas conversas, o coração de Zeca ficou mais leve, bateu mais com depressa e os olhos procuraram para ver bem na cara a confirmação da sua sorte. Mas nga Xíxi já estava outra vez abaixada, remexendo as panelas vazias de muitos dias, e Zeca deixou-se ficar distraído, gozando a felicidade de pensar Delfina tinha passado ali.

Diferente, outra vez macia e amiga, a voz de vavó perguntou do meio das panelas e quindas vazias:

— Olha só, Zeca!? O menino gosta peixe d'ontem?

Espantado, nem pensou mais nada, respondeu só, guloso:

— Ai, vavó! Está onde, então?... Diz já, vavó, vavó sabe eu gosto. Peixe d'ontem...

A língua molhada fez festas nos beiços secos, lembrou as postas de peixe assado, gordo como ele gostava, garoupa ou galo tanto faz, no fundo da panela com molho dele, cebola e tomate e jindungo e tudo quanto, como vavó sabia cozinhar bem, para lhe deixar dormir tapado, só no outro dia, peixe d'ontem, é que se comia. Os olhos de Zeca correram toda a cubata escura, mas não descobriu; só vavó estava acocorada entre panelas, latas, quindas vazias.

— Ai, vavó, diz já então! A lombriga na barriga está me chatear outra vez! Diz, vavó. Está onde então, peixe d'ontem?

De pé na frente do neto, as mãos na cintura magra, vavó não podia guardar o riso, a piada. De dedo esticado, as palavras que estavam guardadas aí na cabeça dela saíram:

— Sente, menino! Se gosta peixe d'ontem, deixa dinheiro hoje, para lhe encontrar amanhã!

Zeca, banzado, boca aberta, olhava vavó mas não lhe via mais. Só a boca secava com o cuspo que queria fugir na barriga, o sangue começava bater perto das orelhas e a tristeza que chegava dessa mentira de nga Xíxi apagou toda a alegria que tinha-lhe posto o pensamento de Delfina passando ali na cubata. O olho da chapada doía. No estômago, a fome calou, deixou de mexer, só mesmo a língua queria crescer na boca seca. Envergonhado, se arrastou devagar até na porta, segurando as calças que tinha tirado para dobrar.

Por cima dos zincos baixos do musseque, derrotando a luz dos projectores nas suas torres de ferro, uma lua grande e azul estava subir no céu. Os monandengues brincavam ainda nas areias molhadas e os mais-velhos, nas portas, gozavam o fresco, descansavam um pouco dos trabalhos desse dia. Nos capins, os ralos e os grilos faziam acompanhamento nas rãs das cacimbas e todo o ar estava tremer com essa música. Num pau perto, um matias ainda cantou, algumas vezes, a cantiga dele de pão-de-cinco-tostões.

Com um peso grande a agarrar-lhe no coração, uma tristeza que enchia todo o corpo e esses barulhos da vida lá fora faziam mais grande, Zeca voltou dentro e dobrou as calças muito bem, para aguentar os vincos. Depois, nada mais que ele podia fazer já, encostou a cabeça no ombro baixo de vavó Xíxi Hengele e desatou a chorar um choro de grandes soluços parecia era monandengue, a chorar lágrimas compridas e quentes que começaram correr nos riscos teimosos as fomes já tinham posto na cara dele, de criança ainda.

Estória do ladrão e do papagaio

Um tal Lomelino dos Reis, Dosreis para os amigos e ex-Lóló para as pequenas, vivia com a mulher dele e dois filhos no musseque Sambizanga. Melhor ainda: no sítio da confusão do Sambizanga com o Lixeira. As pessoas que estão morar lá dizem é o Sambizanga; a polícia que anda patrulhar lá, quer já é Lixeira mesmo. Filho de Anica dos Reis, mãe, e de pai não lhe conhecia, o comerciante mais perto era mesmo o Amaral. Ou assim disse, na Judiciária, quando foi na justiça. Mas também podia ser mentira dele, lhe agarraram já com o saco, lá dentro sete patos gordos e vivos e as desculpas nasceram ainda poucas.

Um amigo dele é que lhe salvou. O Futa, Xico Futa, deu-lhe encontro lá na esquadra, senão ia lhe pôr chicote o auxiliar Zuzé.

Começou assim:

Entrou meia-noite e meia já passava, o saco tinha ficado no piquete, os patos lá dentro a mexerem, cuacavam, cadavez estavam perceber tinham-lhes salvado o pescoço. Zuzé dormia nessa hora e sempre ficava raivoso quando lhe acordavam só para guardar um preso. Foi o que sucedeu. Cheio de sono, os olhos vermelhos parecia era tinha fumado diamba, deixou as mãos à toa revistarem o homem, resmungando, xingando só para ele ouvir. Dosreis nem que mexia nada; quieto, os braços em cima da cabeça, no coração a raiva desse sungaribengo do Garrido aumentava, crescia, arreganhava. Apostava quem queria, jurava mesmo, sabia, o coxo tinha-lhe queixado...

— Elá! Isso aqui é o quê então? Pópilas! Se eu fico dormir...

Ria, o sono tinha-lhe fugido logo dando encontro com a pequena faca de sapateiro, no bolso de trás. Dosreis, caçado, disfarçou arranjando os trapos do casaco todo roto e desarrumado da revista.

— Você és bandido, não é?...
— Bandido não sou, não senhor!
— Cala-te a boca mas é! Você é bandido... Vamos!

Mas Dosreis não admitiu, não gostava ninguém que lhe empurrava. Tinha as pernas dele para andar, não era assim um cipaio qualquer que ia lhe enxotar, mesmo que estava na esquadra não fazia mal. Refilou:

— Sukua'! Um aço assim pode se matar uma pessoa? Você tens cada uma... Xé! Não empurra! Sei o caminho!
— Anda lá! 'tas arreganhar?
— Não empurra, já disse. Cipaios, tens a mania...

E foi aí mesmo já dentro da cadeia que aumentou a confusão. Zuzé arreou-lhe uma chapada no pescoço e Dosreis saltou, quis lhe dar soco, mas, no escuro da cela, os trapos do casaco amarraram-lhe e o auxiliar pôs-lhe uma chapada na cara. Nessa hora, toda a gente já estava acordada com o barulho e adiantava refilar, xingar para o escuro, uns vieram separar ainda, outros só falavam asneiras de insultar famílias nesses sacristas, vinham assim acordar o sono leio, sem respeito...

— Ená, seu sacana! Você pensas podes abusar autori-

dade, pensas? Dou-te com o chicote, ouviste, se você não ganhas juízo! Já se viu, um velho todo velho e ainda quer pelejar...
— Velho é trapo! Não tenho medo de cipaio...
As palavras ainda não tinham acabado e já lhe arrenganhara uma cabeçada, de repente, na zuna, ninguém que podia pensar um corpo magro e pequeno, todo amarrado com os farrapos ia mesmo fazer aquela corrida parecia pacassa. Zuzé nem teve tempo de fugir, só pôs as mãos para aguentar a cabeça do homem quando bateu na barriga dele. Aí é que apareceu o Futa para desapartar, e salvou o Lomelino mesmo na hora.
— Elá, Dosreis! Calma então!
Agarrou-lhe os braços atrás das costas, puxando com a força dele, de levantar barril cheio, sozinho, o Lomelino ficou no ar a mexer as pernas, parecia era um boneco de brinquedo. Os outros queriam apaziguar o Zuzé, ele estava raivoso, então concordavam ele tinha razão, ninguém que podia dar-lhe cabeçada assim no serviço, era um polícia para lhe respeitarem e ele jurara se iam lhe largar punha chicotes nesse cap'verde...
— Deixa lá o homem, sô Zuzé... Está bêbado, não vês ainda?
— Ih?! Bêbado? Esse bandido, ponho-lhe chicotes!
— Pronto já! Ambul'o kuku, mano! Eu conheço-lhe bem, o homem só está com raiva da prisão... compreendes?
A voz de Futa era assim como o corpo dele, quieta e grande e com força para calar os outros. Calaram mesmo; só que Zuzé agora queria — e isso ninguém que podia lhe convencer do contrário, eram as ordens de ordem de serviço — o Lomelino tinha de tomar banho, todos os bêbados quando entram têm de ir em baixo do chuveiro para passar as manias... Mas ninguém que lhe ouvia já, só go-

zavam, com olhares malandros no auxiliar, e falavam baixinho para Dosreis: não havia direito, um homem como ele, assim civilizado e limpo, a roupa estava velha, verdade, mas não adiantava, fazerem-lhe tomar banho no cacimbo, uma da manhã, parecia era um qualquer!... E isso era ainda para lhe verem arreganhar outra vez, xingar o cipaio, adiantarem gozar mais um pouco.

Nessa hora, Xico Futa já ia acompanhar o Zuzé na porta, falando, todo abaixado em cima dele, Zuzé era um cambuta metade de bocado de cana só, explicando sabia o homem e a família, era um bom, só que agora parecia tinha qualquer coisa para lhe fazer ficar raivoso. Conhecia-lhe bem, de visita mesmo, jurava era um pacífico.

— Aka! Um bom, assim com as cabeçadas?... Não precisa m'intrujar só, mano Futa. Hoje eu deixo, o amigo estás pedir, senão...

Tudo estava ficar sossegado outra vez; muitos, já tinham-se deitado para dormir; Futa, nas grades despedia com o auxiliar, aproveitava acender cigarro na beata do outro. Mas não acabou, não, porque a raiva na cabeça de Dosreis era grande e não sabia como ia-lhe fazer para sair, a porta que era preciso abrir para chegar o ar limpo e o sol quente outra vez. Só tinha lembrança do saco dos patos, sete patos gordinhos assim a dormir lá no piquete, nem chegara-lhes a ver. Atacara no escuro, devagar, um a um meteu no saco, cheio de cuidado para não assustar os gansos, esses é que fazem mais barulho que todos, na noite não presta para lhes roubar. Essa lembrança é que doía, pior que o sítio da chapada do cipaio aí na cara, em cima dos pelos brancos da barba. Tinha de ser mesmo o Garrido que lhe queixara, não podia ser outro ainda, para lhe agarrarem logo-logo, nem que chegara no Rangel, no sítio de deixar o saco, o jipe deu-lhe encontro ainda perto da quitanda da Viúva. Azar! Mas esse sungaribengo ia-lhe pagar, jurava. E depois também, esse outro com a mania das chapadas só porque deu-lhe encontro com a faquinha...

— Ximba não usa cueca! — berrou-lhe, parecia era monandengue.

Alguns saltaram nas tábuas para lhe segurar, não deixaram Dosreis chegar nas grades, Futa agarrou-lhe em baixo dos braços, rindo no Zuzé para fazer desculpar, pondo dedo na testa a querer dizer. Depois, devagar, passeando na prisão enquanto o sono estava vir tapar os corpos ajuntados três-três cada tábua da cama, o amigo falou-lhe como mais novo para ouvir a sabedoria do mais-velho, mas a verdade é quem estava a conselhar era o Futa mesmo. Um bocado escuro, uma falta de luz estava entrar na janela alta e a claridade pouca trazia sono com ela. Lomelino puxava o fumo quente, nessa falta de barulho da noite só o arder do tabaco misturava-se com o respirar das pessoas. Sentaram na ponta da tarimba, o grosso braço de Futa nas costas de Dosreis para proteger, parecia era asa de galinha tapando pintinho.

— Então, compadre... está melhor?

O riso cabobo de Lomelino barulhou no meio do escuro e o outro riu também, cheio de vontade.

— Sukua', avô! Você estás velho mas arreganhas...

— É! Esse sacana do cipaio... Mal que cheguei, nem esperou nem nada, deu-me com a chapada logo-logo! O qu'é eu ia fazer? Ficar-me? Possa! Lomelino dos Reis não leva porrada sem devolver, mano Futa! Chapada da cara, nem minha mãe, Deus Nosso Senhor Cristo lhe conserve!

Mas tinha já alegria nessas palavras. Xico Futa espreitava o trabalho do *Francês-1*, o arder quente na boca desprotegida do velho, esse pequeno e vagaroso aquecer do cigarro que traz a calma e a vontade de rir. O cacimbo, silencioso, adiantava entrar na janela, parecia era chuva pequena, pequenina, de brincar só.

— O rapaz não é mau, sabe, mano. Lhe conheço bem... Mas não deve lhe refilar... ele quer é mesmo mandar, a gente deixa...

Era assim o auxiliar Zuzé, como foi lhe contando mano Futa, explicando todas as fraquezas, ensinando, para Dosreis saber, como é podia lhe cassumbular um pão mais, na hora do matabicho, só precisava falar bem mesmo, conversa de pessoa igual, quando Zuzé entrava, de manhã, para cumprimentar com a voz grossa dele:

— Bom dia meus senhores!

Nem uazekele kié-uazeka kiambote, nem nada, era só assim a outra maneira civilizada como ele dizia; mas também depois ficava na boa conversa de patrícios e, então, aí o quimbundo já podia se assentar no meio de todas as palavras, ele até queria, porque para falar bem-bem português não podia, o exame da terceira é que estava lhe tirar agora e por isso não aceitava falar um português de toda a gente, só queria falar o mais superior. E na hora de adiantar escolher as duas pessoas, ou quatro, tanto faz, para saírem com os baldes de creolina e pano lavar as prisões dos brancos, essa simpatia era muito precisa, para escapar...

— Cabeçada não, mano Dosreis! Cabeça só! Usa cabeça, o rapaz é bom... Chicote ele não põe, só quando lhe mandam para obedecer. E aí mesmo, cadavez arranja maneira de esquivar... Lhe conheço...

O cacimbo chovia misturado com a luz, na janela estreita. O barulho dos sonos, o cheiro pesado de muita gente num sítio pouco, o correr da água na retrete, de não deixar dormir mais a pessoa que fica só pensar os casos da vida, tudo passeava junto na sala escura. O cigarro de Lomelino já tinha-se gastado, mas as palavras de amizade de Xico Futa também aqueciam, ajudavam a tapar os buracos do casaco roto.

O amigo ensinou-lhe ainda nada que devia recusar fazer se era no refeitório, esse trabalho não estava igual de limpar o chão, era melhor. Aí, Zuzé deixava-lhes ficar todo tempo para lavar a louça e a mesa de cimento com devagar, podiam até assobiar e cantar com pouca força, e só depois, quando o serviço estava acabado, ele vinha todo de farda esticada...

— Deixa só, mano Lóló! O gajo aí parece é chefe! A investigar, passa dedo, mira nas canecas, cheira nas panelas... Deixa-lhe só, mano! Não dá-lhe corrida. Aguentas aí em sentido, direito se você pode e sempre que ele diz uma coisa, fala "sim, sô Zuzé" ou "sim, sor auxiliar"...

E o resto, Dosreis viu ele mesmo com os olhos dele, no outro dia. Zuzé mandou-lhes entrar e todo pão e a carne e a comida que estava sobrar falava eles podiam comer ou mesmo levar na cela, se queriam. Cambuta e grosso, puxava a cigarreira, *Francês* numa parte, com-filtro na outra, e facilitava escolhendo com o dedo:

— Tirem daqui!

Um cigarro assim sabia bem, mais melhor que muitos em liberdade mesmo, fumado com os amigos e companheiros de trabalho, bebendo e conversando. Verdade podia-se continuar chamar cipaio no Zuzé se ele não estava ali, mas no coração essa palavra já não queria dizer o mesmo.

Com essas conversas a noite descia na manhã, a luz da madrugada começava despir as sombras dentro da sala, os barulhos do dia a nascer calavam todos os silêncios da prisão.

— Tens sono, compadre?

— Nada! A chapada acordou-me no coração e mesmo que você gaba assim esse teu amigo, a raiva ainda não dormiu...

— E os casos que lhe trouxeram... como é então?

A cara dele, larga e achatada, estava séria, queria aguentar, segurar a vontade, mas derrotou-se rindo:

— O Zuzé falou lhe agarraram com um saco de patos... Verdade mesmo?

Falar uns casos desses, de roubo de patos e azar de ser caçado na polícia, sem ficar parecer era pouco jeito de capianguista ou falta de conhecimento do serviço, só mesmo Lomelino dos Reis. Por isso começou logo-logo sem desculpa, falando quase sem mostrar vontade, a conversa desse sacrista do Kam'tuta que tinha-lhe posto queixa, senão ninguém que ia lhe agarrar mais, a criação era um negócio ele sabia bem...

— Você lembra esse gajo, não é?

Que não, não lhe conhecia, não lembrava mais esse tal Kam'tuta, devolveu o Xico, pensando talvez aí mesmo estavam nascer mas era as mentiras do Lomelino.

— Sukua'! Um rapaz coxo, estreitinho, puxa sempre a perna aleijada. Mulato.

— Não lembro, mano!... Aleijado... espera...

Só se fosse esse o tal que tinha um caixote de engraxar ali mesmo na frente do Majestic, espera só, um mulato-claro, o nome dele é Garrido, olhos azuis, quase um monandengue ainda, não é? Que sim, ele mesmo, confirmou Dosreis; e explicou a alcunha que estavam lhe chamar nos miúdos era o Kam'tuta, você percebe, mano, o rapaz tem vergonha de dormir com as mulheres por causa a perna assim, e depois...

Vejam a vida: quem podia mais adivinhar um sonso como aquele era ainda um bufo para pôr queixa nos companheiros? Mas, no mesmo tempo, a dúvida também nasceu na cabeça de Futa, essas estórias de fanguistas de criação são sempre assim: quando lhes agarram é só de queixa porque eles sabem, nunca que deixam rasto para a polícia, são mestres etc.

— Olha ainda Dosreis! Pensa bem, não lhe acusa assim à toa, no rapaz...

— Acusar à toa? Eu? Você me conhece, mano Xico, você sabe eu sou um homem duma palavra, não falo se não tenho a certeza... O gajo queixou. Se não, como iam me dar encontro? Como?...

Mas uma coisa é o que as pessoas pensam, aquilo que o coração lá dentro fala na cabeça, já modificado pelas razões dele, a vaidade, a preguiça de pensar mais, a raiva nas pessoas, o pouco saber; outra, os casos verdadeiros de uma maca. E isso mesmo disse-lhe Xico Futa. Depois, os casos ficaram mesmo bem sabidos: no fim da tarde desse dia, o Garrido Kam'tuta adiantou entrar também na esquadra, na mesma prisão que eles dois.

Mas, antes, na Judiciária, passou assim:

O Lomelino disse: sim, senhor, era o Lomelino dos Reis; pai, não sabia; mãe, Anica; o mesmo que já tinha falado na patrulha antes de lhe mandarem na esquadra. A casa dele explicou, mas também desviou e a polícia, com a preguiça, o caso não era de muita importância, roubo de sete patos, não ligou muito. Só que lhe agarraram no casaco roto e velho, o chefe queria lhe pôr até chapadas, para ele falar quem eram os outros que ajudavam-lhe no capiango. Mas nada. Dosreis não gostava falar os amigos e só foi explicando melhor, baralhando as palavras de português, de crioulo, de quimbundo, ele sozinho é que tinha entrado lá, agarrado os bichos para o saco e tudo. Porquê? Ora essa, mulher e dois filhos, sô chefe, mesmo que os meninos já trabalham e a mulher lava, não chega, precisa arredondar o orçamento...

— Arredondar o orçamento, seu sacana!? Com a criação dos outros...

— Oh, sô chefe, criação minha eu não tenho!...

Riu-se, mais contente. Xico Futa tinha-lhe falado os polícias andavam raivosos, qualquer palavra punham logo chapada, mas até nesse caso os homens estavam gozar o assunto, nem que ligaram muito, não queriam perguntar saber quem ia lhe comprar os patos, ninguém que rouba assim à toa sete bicos para guardar no quintal... E isso, se eles queriam, ele falava mesmo, sabia o Kabulu tinha um primo era da polícia e não iam lhe fazer mal, mas assim ficava amarrado; Lomelino conhecia os truques todos e quando andava com a mangonha e não gostava mais fazer nada, o comerciante tinha de lhe adiantar uns fiados por conta...

Mas o que é bom para o preso, polícia não pergunta. Escreveram nome do que deixou-se ser roubado, era Ramalho da Silva, para devolver os patos, mas aquele que ia lhe receber, nada. Tanto que, aí, Dosreis pensou o melhor era ainda sair na dianteira dos casos, falar mesmo que não lhe perguntaram.

— Ená, sô Zuzé! Meu azar, mano Futa! Praquê eu pensei assim? Nem que disse o nome, nem nada. Puseram-me logo uma chapada, arreganharam para calar a boca, a polícia já sabia, se estava a armar em esperto ia sair chicote cavalmarinho. Pronto! Nessa hora calei, pópilas! Com a força, conversa não adianta, meus amigos...

Zuzé aproveitou para meter a parte dele, ainda doía-lhe no coração a cabeçada antiga:

— Ih! Então você não aproveitou para lhe arrear a cabeçada?

— Não goza-me, senhor! Tem pena um velho como eu, sô Zuzé... Cabeçada no polícia branco? Você pensa eu só fui preso agora? Elá! Já conheço muito...

Na última vez — contou —, tinham-lhe posto socos e chicotes mesmo, mas o caso era outro, mais complicado, ele ficou sofrer também seis meses por causa o Kabulu. Esse branco tinha feitiço dele, ninguém que lhe agarrava, mesmo que lhe queixavam o nome.

— Ih!? Feitiço, tuji! É mas é o primo dele...

Pois é. Mas mesmo com primo na polícia podiam lhe

agarrar para adiantar pagar a multa, e nada disso que sucedia nunca. E depois o azar conta no negócio das pessoas, e o azar com Kabulu não pelejava. Até no dia da última prisão — dezembro de 61, passei Natal na cadeia, Deus Nosso Senhor me perdoe — aquele caso dos barris de quimbombo e mais alguns de candingolo, o feiticeiro tinha-se escapado; ele, Lomelino dos Reis, é que sofreu na cadeia e o sacrista nem cigarros nem nada estava lhe mandar.

— Como é você percebe, sô Zuzé, os casos assim? Sempre todos os dias, naquela hora, ele ia lá p'ra vigiar o serviço no quintal do quimbombo, a hora era a mesma que eles chegaram, seis horas sem falta, e nada! Nesse dia não apareceu, só quem adiantou vir foi a polícia?! Como é?...

Sô Zuzé também não percebia; disfarçou metendo dedo nas panelas, pondo cara de importância, revistando os cantos do refeitório à procura dum lixo para xingar, fazer vaidade do cargo. Lomelino lamentava:

— Esse homem não me larga mesmo, mano Xico. Como é eu vou fazer? Cadavez sinto com remorsos, quando vou na igreja com os meninos, nos domingos... Eles sabem!

— Deixa! Vida de pessoa está escrita, não adianta!...

— Naquele mês, depois desse caso do quimbombo, até procurei trabalho de vender gasolina e arranjei. Mas o gajo foi-me intrigar, arreganhou ia falar no patrão eu era um gatuno, falar os meus casos...

— Pois é, Dosreis! Você, com essa pele de branco, não vão saber você é cap'verde...

— E depois, isso tem nada?

— Tem, mano Dosreis, tem! Assim podem dizer você mesmo fabrica, você é que é o dono. Se é preto e tem muitos barris, não podem lhe aceitar, mas assim até é bom...

Xico Futa falava, procurava um caminho para desamarrar a língua do amigo. Sentia faltavam ainda palavras, casos que Lomelino não queria contar. Porque lhe conhecia bem, não gostava as maneiras dele agora, sempre sacudido, raivoso, parecia estava zangado, gato encostado na parede com cão a atacar. E já nem olhava mais as pessoas na cara, os olhos sempre no chão, parecia tinha um peso em cima da cabeça, e isso não era que Xico Futa conhecia, de homem direito nas conversas e no serviço dele, mesmo que era do capiango ou outro. Mas Dosreis não queria, não aceitava fazer sair o que tinha guardado, mesmo que no peito agora estava-lhe roer uma dúvida, começou inchar muito tempo, desde a hora da manhã, quando voltou da justiça. Gostava falar tudo, mas não era com o Zuzé ali, sentia vergonha de pôr esses casos na frente do auxiliar. Com Xico Futa, seu amigo, era diferente, podia falar de igual, profissão era a mesma, cubata era vizinha, fome de um era a fome do outro, e só ele mesmo é que podia lhe tirar essa vergonha que estava crescer.

— Ouve então, Xico...

Parecia o vento sacudia-lhe na voz e batia as folhas na garganta, tão tremida estava sair embora. Os olhos agora eram os velhos olhos de Lomelino, mas cheios de água de vergonha no meio do escuro do refeitório. Só que não lhes aguentou assim, baixou outra vez para começar sorrir. Porque era essa a verdade: também era para rir o caso, estava mesmo a pensar a cara de banzado do rapaz quando lhe agarrassem e lhe trouxessem na esquadra para falar aqueles casos dos sete patos, ele nem que sabia nada, não tinha-lhe deixado ir por causa era aleijado. O Garrido ia adivinhar a queixa era dele, Lomelino dos Reis, o homem ele chamava de seu mais amigo, o único que podia ler e lhe percebia ainda as confissões do coração feito pouco pelas pequenas, as maneiras delicadas de falar, gozo de todos; apostava ele ia chorar talvez, porque tinha coração bom de monandengue.

— Estás rir de quê então, compadre Dosreis?

— De vergonha, mano, de vergonha!
E falou.

As palavras saíam devagar, cheias de tristeza, também custava confessar, mesmo quando é amigo que está ouvir e da profissão ainda, percebe todos os casos, doía dizer tinha falado o Garrido Kam'tuta lá na justiça, que sim, o rapaz ajudara-lhe no serviço, ficou de polícia para avisar as patrulhas se viessem e tudo era uma grande mentira porque até nem tinha aceitado o mulato nesses casos por causa era aleijado e não podia nem saltar quintal nem fugir se ia passar berrida. Mas mais pior era que os polícias nem tinham perguntado nada, não sabiam nada, sentiu bem naquela hora estava ser bufo, ninguém que lhe queixara, só o azar que dera-lhe encontro nessa noite e a patrulha desconfiou um saco tão grande. Até falou o resto, pôs o nome e tudo, Garrido Fernandes, cubata dele ali para cima, perto do Rangel, sozinho que morava num canto de favor até, na casa duma madrinha.

— Oh! Deixa lá, mano! Agora se você volta lá na justiça, fala tudo é mentira, não adianta agarrar o rapaz, ele nem é do grupo nem nada...

— Pois é! Mas o meu medo é se lhe dão encontro com qualquer coisa, lá em casa... E depois?

Mas a conversa teve que acabar nessa hora. No corredor, o carcereiro, zangado, estava berrar o nome dele; guardou depressa as sandes de carne no meio dos farrapos do casaco e saiu nas corridas, despedindo à toa.

— Lomelino dos Reis?

Vinha a voz lá de longe, da porta. Duas e meia já eram, o sol espreitava a rir nas grades, o amarelo comia o escuro feio do corredor. Dosreis correu, atrapalhavam-lhe os trapos da roupa.

— Esse sacana dos patos nunca mais vem? És tu? Depressa!

Com depressa, depressa, batucava também o coração de Lomelino e a vontade de falar na justiça, as queixas que tinha posto no Kam'tuta eram um falso.

*

Dizia Xico Futa:
Pode mesmo a gente saber, com a certeza, como é um caso começou, aonde começou, porquê, pra quê, quem? Saber mesmo o que estava se passar no coração da pessoa que faz, que procura, desfaz ou estraga as conversas, as macas? Ou tudo que passa na vida não pode-se-lhe agarrar no princípio, quando chega nesse princípio vê afinal esse mesmo princípio era também o fim doutro princípio e então, se a gente segue assim, para trás ou para a frente, vê que não pode se partir o fio da vida, mesmo que está podre nalgum lado, ele sempre se emenda noutro sítio, cresce, desvia, foge, avança, curva, para, esconde, aparece... E digo isto, tenho minha razão. As pessoas falam, as gentes que estão nas conversas, que sofrem os casos e as macas contam, e logo ali, ali mesmo, nessa hora em que passa qualquer confusão, cada qual fala a sua verdade e se continuam falar e discutir, a verdade começa a dar fruta, no fim é mesmo uma quinda de verdades e uma quinda de mentiras, que a mentira é já uma hora da verdade ou o contrário mesmo.
Garrido Kam'tuta veio na esquadra porque roubou um papagaio. É verdade mesmo. Mas saber ainda o princípio, o meio, o fim dessa verdade, como é então? Num papagaio nada que se come; um papagaio fala um dono, não pode se vender; um papagaio come muita jinguba e muito milho, um pobre coitado capianguista não gasta o dinheiro que arranja com bicho assim, não dá lucro. Porquê então roubar ainda um pássaro desses?

O fio da vida que mostra o quê, o como das conversas, mesmo que está podre não parte. Puxando-lhe, emendando-lhe, sempre a gente encontra um princípio num sítio qualquer, mesmo que esse princípio é o fim doutro princípio. Os pensamentos, na cabeça das pessoas, têm ainda de começar em qualquer parte, qualquer dia, qualquer caso. Só o que precisa é procurar saber.

O papagaio Jacó, velho e doente, foi roubado num mulato coxo, Garrido Fernandes, medroso de mulheres por causa a sua perna aleijada, alcunhado de Kam'tuta. Mas onde começa a estória? Naquilo ele mesmo falou na esquadra quando deu entrada e fez as pazes com Lomelino dos Reis, que lhe pôs queixa? Nas partes do auxiliar Zuzé, contando só o que adianta ler na nota de entrega do preso? Em Jacó?

É assim como um cajueiro, um pau velho e bom, quando dá sombra e cajus inchados de sumo e os troncos grossos, tortos, recurvados, misturam-se, crescem uns para cima dos outros, nascem-lhes filhotes mais novos, estes fabricam uma teia de aranha em cima dos mais grossos e aí é que as folhas, largas e verdes, ficam depois colocadas, parece são moscas mexendo-se, presas, o vento é que faz. E os frutos vermelhos e amarelos são bocados de sol pendurados. As pessoas passam lá, não lhe ligam, veem-lhe ali anos e anos, bebem o fresco da sombra, comem o maduro das frutas, os monandengues roubam as folhas a nascer para ferrar suas linhas de pescar e ninguém pensa: como começou este pau? Olhem-lhe bem, tirem as folhas todas: o pau vive. Quem sabe diz o sol dá-lhe comida por ali, mas o pau vive sem folhas. Subam nele, partam-lhe os paus novos, aqueles em vê, bons para paus-de-fisga, cortem-lhe mesmo todos: a árvore vive sempre com os outros grossos filhos dos troncos mais-velhos agarrados ao pai gordo e espetado na terra. Fiquem malucos, chamem o tractor ou arranjem as catanas, cortem, serrem, partam, tirem todos os filhos grossos do tronco-pai e depois saiam embora, satisfeitos: o pau de cajus acabou, descobriram o princípio dele. Mas chove a chuva, vem o calor, e um dia de manhã, quando vocês passam no caminho do cajueiro, uns verdes pequenos e envergonhados estão espreitar em todos os lados, em cima do bocado grosso, do tronco-pai. E se nessa hora, com a vossa raiva toda de não lhe encontrarem o princípio, vocês vêm e cortam, rasgam, derrubam, arrancam-lhe pela raiz, tiram todas as raízes, sacodem-lhes, destroem, secam, queimam-lhes mesmo e veem tudo fugir para o ar feito muitos fumos, preto, cinzento-escuro, cinzento-rola, cinzento-sujo, branco, cor de marfim, não adiantem ficar vaidosos com a mania que partiram o fio da vida, descobriram o princípio do cajueiro... Sentem perto do fogo da fogueira ou na mesa de tábua de caixote, em frente do candeeiro; deixem cair a cabeça no balcão da quitanda, cheia do peso do vinho, ou encham o peito de sal do mar que vem no vento; pensem só uma vez, um momento, um pequeno bocado, no cajueiro. Então, em vez de continuar descer no caminho da raiz à procura do princípio, deixem o pensamento correr no fim, no fruto, que é outro princípio, e vão dar encontro aí com a castanha, ela já rasgou a pele seca e escura e as metades verdes abrem como um feijão e um pequeno pau está nascer debaixo da terra com beijos da chuva. O fio da vida não foi partido. Mais ainda: se querem outra vez voltar no fundo da terra pelo caminho da raiz, na vossa cabeça vai aparecer a castanha antiga, mãe escondida desse pau de cajus que derrubaram mas filha enterrada doutro pau. Nessa hora o trabalho tem de ser o mesmo: derrubar outro cajueiro e outro e outro... É assim o fio da vida. Mas as pessoas que lhe vivem não podem ainda fugir sempre para trás, derrubando os cajueiros todos; nem correr sempre muito já na

frente, fazendo nascer mais paus de cajus. É preciso dizer um princípio que se escolhe: costuma se começar, para ser mais fácil, na raiz dos paus, na raiz das coisas, na raiz dos casos, das conversas.
Assim disse Xico Futa.
Então podemos falar a raiz do caso da prisão do Kam'tuta foi o Jacó, papagaio mal-educado, mesmo que para trás damos encontro com Inácia, pequena de corpo redondo que ele gostava, ainda que era camuela de carinhos; e, na frente, com Dosreis e João Miguel, pessoas que não lhe ligavam muito e riam as manias do coxo. O resto é o que me contou ele mesmo, Kam'tuta; o que falou o Zuzé, auxiliar, que leu na nota da polícia; mais o que eu posso saber ainda duma pequena como a Inácia e dum papagaio de musseque.
Na boca estreita de Garrido Fernandes tudo é por acaso. E as pessoas que lhe ouvem falar sentem mesmo o rapaz não acredita em sim, não acredita em não. Uma vez falou tudo o que ele queria não saía mais certo e tudo o que ele não queria também o caso era o mesmo, só passava-se tudo por acaso.
Então, por acaso, vamos lhe encontrar na hora das cinco e tal no dia de ontem desse dia em que agarraram o Lomelino carregando o saco com os patos proibidos, metido na sombra da mandioqueira do quintal da Viúva, esperando Inácia. Não que a pequena tivesse-lhe marcado encontro, nada disso, essa sorte ele não tinha ainda; mas era aí mesmo, com a dona da quitanda do falecido sô Ruas, que a rapariga trabalhava. Garrido Fernandes gostava ir lá de tarde, na hora dos poucos fregueses, para provocar as palavras, mirar bem o corpo redondo dela, toda a hora procurar ganhar coragem para falar o gostar que tinha, a vontade de dizer as coisas bonitas, ficava-lhes inventando de noite, no canto da cubata da madrinha onde estava

morar de favor. Porque toda a gente sabia o Garrido gostava a pequena e isso era o riso para todos os outros que queriam apalpar a moça na cara dele, convidar Inácia para ir na cama deles, pôr indirectas que lhe feriam mais que os olhos dela, de onça, brilhantes, mais que a voz mesmo, Inácia queria lhe fazer má, mas, até xingando, era bom sentir-lhe.
— Katul'o maku, sungadibengu...
Era só mentira dela. Garrido nunca que tentou nem tocar com um dedo na pequena, ela punha esses truques só para os amigos lhe gozarem, chamarem-lhe de saliente, conquistador, de suinguista, as miúdas não resistiam no atrevimento das mãos dele... Kam'tuta sofria, mas não eram as coisas que lhe diziam, não. Era ainda porque pensava isso estava doer mas era na Inácia, fazerem-lhe pouco assim na frente dela. E porquê? Ora!... Ali, na quitanda, era assim sem lhe ligar; mas na hora do fim da tarde, quando o sol quente está para esconder e o escuro vem com os passos manhosos dele, Inácia gostava ir em baixo da mandioqueira e ficar pôr conversas, deixar ele dizer muitas coisas nunca que tinha-lhes ouvido falar noutros, palavras que lhe descobriam o que não podia ser mas ia ser bom se pudesse ser, viver uma vida como Garrido prometia com ela ele arranjava, nem que se matava num trabalho qualquer, não fazia mal. Mas, depois, já com a tristeza da mentira dessas palavras ela gostava ouvir, pareciam vinho abafado, doce e quente, Inácia começava gozar, xingava-lhe a perna coxa, o medo de ele deitar com as mulheres e, nessa hora, adiantava pôr todas as manias, todas as palavras e ideias a senhora estava lhe ensinar ou ela costumava ouvir, e jurava, parecia ela queria se convencer mesmo, ia se casar mas era com um branco, não ia assim atrasar a raça com mulato qualquer, não pensasse.
Garrido fugia embora, semana e semana ficava-lhe ron-

dar, vigiar, sem outra coragem para falar, envergonhado. O corpo virava magro, nem a barba que fazia nem nada, os olhos dele, bonitos olhos azuis da parte do pai, cobriam de um cacimbo feio e, muitos bocados das noites sem dormir, pensava o melhor mesmo era se matar.

Mas Inácia não estava má de propósito, adivinhava o sofrimento, chamava-lhe outra vez. Só os monandengues, sabedores dos casos, não paravam: zuniam-lhe cadavez pedradas, cadavez insultos, fazendo pouco a perna aleijada:

— O Kam'tuta, sung'o pé!

Também quem inventou essa mania de lhe insultar foi a Inácia: num fim de raiva berrou-lhe assim e toda a gente ficou repetir todos os dias, até o papagaio Jacó, que só falava asneira de quimbundo, aprendeu. E isso é que doía mal no Garrido. Nas pessoas, ele desculpava; nos monas, esquivava as pedradas; nos mais-velhos, falava eles tinham coração de jacaré ou calava a boca para não passar maca, não era medo, mas ninguém que aceitava lutar mesmo que lhes provocava; e, então, com a Inácia, ficava parecia era burro mesmo: escondia a cabeça no peito magro e punha cara de miúdo agarrado a fazer um malfeito.

Mas a nossa hora chega sempre.

Nesse dia, Kam'tuta tinha-se resolvido. Agarrara uma coragem nova, toda a noite, toda manhã nada que dormiu, só pensando essas conversas para falar na Inácia: ia-lhe convencer de vez para viver com ele, gostar dele, deitar na cama dele, tinha de matar essa cobra enrolada no coração, essa falta de ar que estava lhe tapar nos olhos, no peito, feitiçar-lhe a vida, nada que podia fazer mais. Até tinham-lhe corrido num emprego, serviço de guarda, só ficava pensar a Inácia, a pele dela engraxada via-lhe brilhar no meio dos fogos da fogueira, os risos dela a estalar na lenha e os capianguistas tinham vindo, carregaram cinco sacos de cimento, nem deu conta do barulho nem nada, e o patrão levou-lhe na esquadra, ele é que pagou os casos.

Assim, lá estava no fim da tarde e a maca só passava com o papagaio Jacó, bicho ordinário que sempre queria lhe morder e dasatava insultar. Todos os dias tinha aquela luta: de um lado, sentado nas massuícas, Garrido Fernandes, quileba, magro das razões da alcunha como falavam os amigos e as pequenas por ali, arrumando a sua perna aleijada em qualquer lado, parecia era de borracha; do outro lado, nessa hora pendurado no pau de mandioqueira, o papagaio Jacó. De cor cinzenta, sujo de toda a poeira dos anos em cima dele, era mesmo um pássaro velho e mau, só três ou quatro penas encarnadas é que tinha no rabo. E nem merecia olhar-lhes, o bicho deixava aí secar o cocó dele, todo o dia andava passear, coçando os piolhos brancos, daqueles de galinhas, tinha muitos, gostava ir nas capoeiras. Mas isso Kam'tuta alegrava-se só de ver os galos porem-lhe uma surra de bicadas, o coitado tinha de voar embora, atrapalhado, com as asas cortadas.

Nessa posição estavam se mirando, raivosos: olho azul, bonito e novo, de Garrido, no fundo da cara magra, espiando; olho amarelo, pequeno, parecia era missanga, no meio dos óculos de penas brancas, do Jacó, colocados no mulato, vigiando as mãos armadas de pequenas pedras.

Kam'tuta pensava, conhecia papagaio da Baixa era diferente; tinha até um, numa senhora, assobiava hino nacional e fazia toque de corneta do batalhão e tudo. Quando lembrava esse, até tinha pena do Jacó, ranhoso e se coçando cheio de bichos.

Papagaio louro
de bico encarnado
có... có... có... có...

O pássaro cantava, rematava dois assobios seguidos, de cambular as pequenas, mas sempre com os olhos amarelos bem no mulato, para esquivar as pedrinhas ele estava lhe arrumar. E até refilava com aquela voz de garganta que todos papagaios têm nesses casos. Só que acrescentava, punha mais insultos de quimbundo, até avó e avô ele sabia xingar.

Assim distraído, arrumando-lhe as pedrinhas, Garrido nem deu conta a Inácia já estava lá na porta, a espiar, a gozar a luta. De propósito, ela chamou-lhe:

— Kam'tuta!

Pronto! Jacó larou, sacudindo e abrindo as asas a bater nas folhas de mandioqueira, parecia era acompanhamento de conjunto de farra, esticou pescoço dele, quase pelado, tão velho, e desatou gritar, misturando assobios, insultos, cantigas:

O Kam'tuta... tuta... tuta... tuuuu...
Sung'ó pé... pé... pé... péééé...

A raiva do bicho, de lhe agarrar no pescoco, cresceu; nessa hora Garrido estava mesmo pensar morar no musseque nem para pássaro papagaio é bom, andava ali só à toa, catando os milhos e as jingubas lá dentro na quitanda, bebendo com as galinhas, passear só no chão, na casa nem poleiro próprio com corrente nem nada, nem gaiola bonita de dormir... Mas o vento soprava de fora, de propósito para desenhar as grossas coxas novas debaixo do vestido de Inácia, e Kam'tuta ficou a ver a pequena atravessar no quintal, no andar desenhava-se o corpo redondo, as mamas gordas e direitas nem que mexiam, só os dentes brancos riam nele.

— Ih! É você, Garrido? Já chegaste?

Nada, nem uma palavra para lhe responder sabia.

— Elá!... Não olha-me assim. Fico envergonhada...
— Não goza, Inácia...
Sentou o largo, redondo, duro mataco desenhado no fundo do vestido, Kam'tuta ficou pensar era sempre assim, só um pano em cima da pele, cadavez mesmo cuecas nada... e isso pôs-lhe um arrepio, ficou a correr o corpo todo até na perna aleijada, mas fugiu embora logo mirando os olhos, quietos e amigos, diferentes da provocação desse corpo cheio de sumo. Jacó desatou a xingar-lhe outra vez com os cantares dele, mas Inácia foi lhe dar umas jingubas, falando docinho, parecia até gostava era do bicho.
— Então, querido! Pronto ainda! Toma, toma... Você sabe eu gosto de você... Hum! Meu bichinho...
Garrido não aguentava essas palavras assim no papagaio, jurava sentia-se roubado, um bicho indecente receber esse amor e ele ali sem nada, até parecia Inácia estava fazer de propósito. Falou isso mesmo, mas a pequena pôs-lhe os olhos mansos nos olhos azuis e só perguntou:
— Você pensa isso de mim? Você, que me gostas?!
— Não, Inácia! Falei mal, não penso nada. É só porque o bicho é porco!
— Porco? Sukua'! Jacó é limpo. Não é, meu amor, meu papagaizinho?...
E continuava; a dor crescia no peito de Kam'tuta, ela parecia não percebia estava magoar-lhe lá dentro, doía. Até punha um tremer nas ancas para lhes remexer roçando a cara dela no cinzento-sujo do papagaio.
— Inácia, ouve então! Me liga só um bocado!
— Um bocado só, juro!
Jurou e riu, afastando para levar o Jacó no quintal das galinhas, o bicho estava reclamar água, água, misturando cada vez essa palavra com muitas asneiras.
Devagar, maré a encher, Garrido adiantou. Com receio, primeiro coisas à toa que não mostravam o que ele queria;

depois, os casos da vida assim sem descobrir trabalho de trabalhar mesmo, só uns biscates nos amigos, arranjar sola rota, tomba, salto, e, quando lhe deixavam, também ia nuns serviços de noite, aí já que adiantava ajuntar umas macutas. E enrolava as palavras para desviar, meter no caminho que queria; Inácia já sabia: o rapaz sempre começava assim, medroso, com receio do quissende, mas cinco minutos nem que passavam a conversa já era aquela ele gostava, tinha estudado noites e dias sem parar, pergunta e resposta de Inácia, podia-lhe intrujar até, fazer ela ir a reboque para onde as conversas eram melhores para ele.

— Sente, Garrido! — se lhe tratava de Garrido, já estava aceitar as conversas. — Você fala bem, és mesmo um vigarista, rapaz! Mas se eu ia-lhe aceitar, como é as pessoas iam falar?

— Não liga nas pessoas!

— Ih! Diziam já, um aleijado mesmo, nem que trabalha nem nada, só no capiango, como é ele vive e faz comer a mulher dele?

— Procuro trabalho de trabalhar!

— Você sempre fala isso, mês e mês, e até hoje, nada! Pra ser chulo de sua mulher você não quer, não é?

— Por acaso não, Inácia, nem pensas nisso!

— Mas é assim que iam te falar! Sukua'! Que eu recebia dos outros para você comer, Garrido. Não esquece a sua perna!

— Oh! Nem fala a perna, merda!

— Já estás disparatar? Sempre que te falo as verdades, você disparata-me logo, não é?

— Não zanga, Naxinha, desculpa ainda! Não queria...

— Naxinha é a mãe!

A voz estava irritada, Kam'tuta sentia já no peito o medo ela ia se zangar.

Passavam sempre assim também as conversas. Muito

bem que ele aguentava quando falava só as coisas imaginadas de noite; mas depois, quando as conversas vinham nos casos de verdade mesmo, da vida de todos os dias, ele refilava as ideias de Inácia, ela só estava pensar na comida, na casa, no amor não falava, e o fim era sempre o mesmo: ficava ainda com a dor de perder as palavras do Garrido, essas que lhe faziam sonhar, e ela não queria aceitar. Então magoava-lhe, e se ele adiantava continuar mesmo que lhe xingava assim, punha-lhe quissende para ele ir embora.

Garrido tinha jurado, nessa hora quando veio, ia sair com resposta de sim ou não. Se sim, para dormir na cama dele; se não, nunca mais lhe falar e procurar matar o quissonde que lhe ferrava no peito. Por isso não desistiu logo-logo, continuou a conversa dele, mas mais nada que podia voltar ao princípio. Inácia já estava má, com as falas de meio-riso na boca, provocadora.

— Olha até, Garrido! — ainda lhe falava assim, a zanga estava só principiar. — Já te falei uma vez eu vou ser como a minha senhora, ouviste?!

Uns olhos de cão batido miravam-lhe lá no fundo da cara dele, lisa, da barba feita com cuidado, parecia era monandengue. E esses olhos assim ainda raivavam mais Inácia, faziam-lhe sentir o rapaz era mais melhor que ela, mesmo que estava com aquelas manias de menino que não dormiu com mulher, não sabe nada da vida, pensa pode-se viver é de palavras de amor. Por causa essa razão queria-lhe magoar, envergonhar-lhe como cadavez gostava de fazer.

— E olha mais, Kam'tuta...

A cabeça dele caiu e a pele lisa ficou cheia de riscos em todos os lados, a fome não enchia as peles e a tristeza punha-lhe velhice, mesmo que era um mais novo.

— ... aviso-te, enh?! Ficas avisado! Quando eu vou com

a minha senhora, você nem que me cumprimenta, ouviste? 'tás perceber? Nem que t'atreves a cumprimentar! Senão t'insulto mesmo aí no meio da rua!

— Pronto, está bem, Inácia.

— Cala-te a boca, eu é que falo! Ou você pensa eu vou vestir os vestidos minha senhora me dá embora, vestir sapato de salto, pôr mesmo batom — se eu quero, ponho, ouviu? Ponho! —, para ser ainda cumprimentada por um qualquer à toa como você? Pensas?

Os olhos azuis estavam outra vez colocados na cara dela e mostravam o princípio de um sorriso na boca estreitinha. Não tinha mais vergonha esse sungaribengo, a gente insulta-lhe e ele fica sorrir com cara não sei de quê, parece é maluco. Também era bom, quente, ver uma amizade assim, nada que lhe acabava, mesmo que ela punha chapadas, apostava ele um dia ia voltar. Sentiu, nessa hora, vergonha das palavras que tinha-lhe falado, mas não queria ainda desculpar, senão o rapaz ia pensar tinha-lhe convencido. Mas não podia esconder todos os pensamentos, nos grandes olhos tinha muito brilho, cresciam no meio da cara bonita e larga, de pele bem esticada, parecia iam-lhe era ocupar toda, tudo, com essa luz que davam.

— Pronto, Inácia, desculpa então...

Garrido atreveu isso com consentimento dos olhos dela. Inácia não respondeu, ficou olhar só, na cabeça dela estava passar confusão, não sabia mais como é ia lhe tratar nesse homem assim diferente, não se zangava, era fraco, a gente podia lhe insultar e tudo, mas nas palavras dele tinha um bocado de força, talvez se as pessoas fizessem o que ele queria, cadavez ia sair bem, quem sabe? Mas como é ela ia viver então com um aleijado, todo o musseque dali sabia, ele com a vergonha da perna, nunca que tinha-se deitado com mulher, as pessoas iam fazer pouco, uma pequena assim bonita e macia, rija como ela, Inácia

Domingas, amigar com um homem à toa e tantos que lhe queriam? E mais pior mesmo, sem serviço nem patrão.

A tarde descia depressa porque era cacimbo, o dia fugia cedo, do frio, do vento a xaxualhar nas folhas. No quintal, Jacó insultava, assobiava, cantava, sempre aos saltos para esquivar as bicadas dos galos. Inácia tinha se calado, triste, estava só coçar o dedo grande do pé, deixar a cabeça fugir com as palavras do Garrido.

— Tem matacanha aí, Inácia?
— Ih! Sukua'! Você pensa eu vivo na lixeira?

Mas ria, deitada em cima do pé, a raspar com a unha, sentia outra vez vontade de brincar. Esticou a perna na frente da cara dele, falou:

— É mesmo, Garrido. Imagina só, onde é que eu apanhei-lhe não sei...
— Aqui tem galinha, tem quintal...
— Você pode me tirar? Podes? Se você gosta de mim, não custa, mentira?

Essa ideia era mesmo daquela Inácia ele gostava olhar só, sem lhe mexer, da pequena que lhe apalpavam na quitanda e sempre esquivava e ria e punha partidas e brincadeiras para todos. Só Garrido é que não, nem ele sentia vontade, nem Inácia tinha coragem para deixar, e depois, para desforrar, fazia-lhe pouco.

— Dá alfinete, então!
— Elá! Mas chega bem aqui! Não vai tirar assim de longe...

Chegou mais junto dela e parecia o vento frio do cacimbo tinha ficado quente nessa hora mesmo.

— Senta no chão, dá mais jeito, Gágá...

Tinha voz dela doce outra vez e os olhos macios. Empurrou-lhe o pé na barriga, com devagar de gato, o largo pé descalço de menina de musseque, mesmo em cima do meio das pernas, para pôr cócegas, e um fósforo aceso correu no sangue de Garrido, jindungo, quissondes a morder-lhe, era bom. Para passar a confusão que lhe atacava começou, com toda falta de jeito, a bicar com alfinete, mas a ponta não queria ficar quieta, não acertava na cabeça do bicho. Era uma bitacaia nova, ainda só começava entrar, metade de fora parecia estava espreitar, cocaiar, gozando as pessoas, não era mauindo ainda, não. Por isso mais, comichão estava muita. E a técnica de Kam'tuta, nesses casos, era encostar uma agulha fina na pele e avançar devagar, furar-lhe o corpo um bocado só, pouco, e, depois — tau! —, puxar-lhe. Mas como ia fazer nessa hora em que todo ele tremia, cheio de frio do calor no sangue e a mão quente de Inácia tinha-lhe agarrado na capanga dele para não cair e todo o peito rijo e macio, a boa catinga do corpo maduro dela estavam em cima dele, sentia-lhe entrar em todos os buracos da roupa? Atrapalhado, levantou um bocado a cabeça para respirar bem, ver se o quente ia embora, mas isso é que foi mesmo o pior, até a cabeça caiu com o peso do sangue a bater em todos os lados, ngoma de farra dentro das orelhas.

Inácia tinha puxado a saia bem em cima dos joelhos redondos e lisos e Garrido sentiu nos olhos a queimar-lhe, a tapar tudo o resto, aquela pele preta, engraxada, luzia no escuro lá dentro das coxas compridas e rijas e esse sentir queria lhe puxar a cabeça mais em cima para espreitar outra vez, mais, era bom aquele branco a chamar lá no fim do escuro todo do corpo dela, Garrido podia jurar não tinha cor mais bonita que aquela, um branco muito lavado lá no fundo da noite da saia, mais escura agora com a noite de verdade que chegava, quem sabe mesmo, com as corridas para tapar o encarnado da cara de Garrido Fernandes.

— Ená, Gágá! Não treme então! Segura com a outra mão...

Agarrou-lhe no tornozelo bem-feito, apertando com

carinho. O calor parecia corria nos braços como água da chuva, saía do corpo dele com depressa, para entrar na perna da Inácia, ela até tinha-se abaixado mais, fingindo era para espiar o trabalho, mas, com a respiração, só as mamas macias faziam festas na cabeça de monandengue do Garrido. Talvez mesmo, quem sabe?, a bitacaia nessa hora estava gozar os falhanços de Kam'tuta, ele, que era um mestre nos mauindos, não conseguia lhe furar. Verdade que o alfinete estava grosso, mas um como ele devia trabalhar ainda com qualquer ferramenta à toa.

Sentiu a bitacaia podia morar mesmo lá, pôr ovo, fazer mauindo, nada que lhe interessava já nessa hora; se ia continuar assim com os quissondes a lhe atacar no sangue cada vez mais e a malandra da Inácia a chegar, a encostar, mostrar os segredos do corpo dela, provocar dessa maneira cadavez podia ainda pensar ela queria dele, ia lhe agarrar ali mesmo, atrás da capoeira, que a noite já prestava, escura que vinha.

Mas quem veio, num voo torto, foi o Jacó. Pousou na dona, desatou bicar o Garrido, estragou-lhe o serviço que queria fazer, deu-lhe berrida até em baixo da mandioqueira.

Falei a raiz da estória era o Jacó e é verdade mesmo; porque, se não era esse bicho ter todos os carinhos de Inácia, nada que ia suceder, nem o Kam'tuta aceitava o que a pequena pediu-lhe no fim e era uma vergonha, ele já não estava mais monandengue de andar fazer essas habilidades.

Mas como é Garrido podia, cheio de vontade pela Inácia, queria-lhe mesmo amigar para acabar a dor no coração e matar os quissondes que andavam-lhe passear no sangue, como é ele ia fazer, se um papagaio velho e sujo, mal-educado, adiantava pôr beijo na boca da pequena e esconder em baixo das pernas dela?

A noite estava chegar, mas já morava no coração de Garrido logo na hora a Inácia decidiu acabar mesmo zangar o rapaz com o Jacó. Disse baixinho, quase nem que se ouvia:
— Kam'tuta, sunga...
Nem precisou acabar. Logo o Jacó abriu a asa e pôs um barulho parecia era riso de pessoa, antes de falar. Cantou:

Kam'tuta... tuta... tuta... sung'ó pé... pé... pé...

E depois Inácia continuou furar no coração dele. Disse:
— Tunda!...
Jacó não esperou. Mais alto que tudo, continuou cantar:

*Sung'ó pé... tundé... tundé... tundé...
sung'ó pé... pé...*

E lembrou mesmo mais para acabar a brincadeira: pegou o bago de jinguba no bolso, pôs na boca dela, pediu:
— Jacó, Jacó... tira o baguinho!
Jacó veio e, com o cantar de riso dele, bicou-lhe na boca, tirou-lhe a jinguba. Garrido, era um soco cada vez ele fazia isso. Nem que aguentou mais, pediu:
— Inácia! Você me faz pouco, se quiser. Mas não deixa esse rosqueiro te mexer na boca. Um bicho porco!
Com cara de menina que não sabe nada, pôs os olhos grandes na cara de Garrido:
— Ai? Tem mal?
— Tem, Naxa.
Nem que refilou lhe chamar como ela não gostava.
— Tenho ciúme do bicho, pronto! Já sabe!
Não tinha mesmo no mundo cara tão sonsa como de Inácia nessa hora:

— Não digas?! Você sente raiva por papagaio me pôr beijo assim?...

— Por acaso, sim, Inácia, não faz mais!

— E se eu digo a ele: Jacó! Jacó! procura o bago...

Nessa hora foi só ver o papagaio meter o bico, a cabeça toda no decote largo, procurando a jinguba Inácia tinha deitado lá no meio das mamas gordas que tremiam com o sacudir das asas do pássaro. Garrido nem sabia já o que sentia: se era o quissonde no sangue, o jindungo a correr, pensando o peito dela assim bicado devagarinho como Jacó sabia; se era raiva de apertar pescoço nesse bicho ordinário, podia mexer onde ele até tinha vergonha de olhar só.

— Também tem ciúme do meu peito, Gágá?

— Juro! Por acaso tenho! E raiva no Jacó!

— E se eu deixo ele andar dentro do vestido, você zanga, Gágá?

— Por acaso! Por acaso sou capaz de lhe apertar o pescoço. Juro! Inácia, não faz isso, não faz isso, não me provoca só, Naxa!

Mas o Jacó já saía com a cabeça do peito para engolir o bago, tinha-lhe encontrado, a Inácia ria toda, mexia, torcida de cócegas que as penas lhe punham.

— Fica quieto, Jacó! Está me pôr comichões...

— É os piolhos do fidamãe!

— Não tem piolhos o Jacó! Piolho tem você... Jacó... Jacó... vai chover!

Nessas palavras então era o cúmulo, ninguém que podia mesmo continuar ali a ser gozado dessa maneira assim, sem respeito. O papagaio desceu devagar e, espreitando com a cabeça nos joelhos apertados da Inácia, meteu-lhe em baixo da bainha, começou a andar lá para dentro, para o escuro, largando seus pios e assobios, cantarolando:

Vai vir chuva, vai vir chuva...

Inácia ria, torcida com cócegas, a cara de raivado do Garrido Fernandes. E quando o rapaz levantou-se devagar para adiantar arrancar com a perna aleijada, feito pouco, triste e envergonhado, Inácia chamou-lhe manso, com todo o açúcar-preto da voz dela:

— Gágá! Não me deixa só no escuro...

É que o escuro tinha descido já, as luzes começavam piscar em todos os lados, na quitanda já tinha barulho de homens a gastar o dinheiro no vinho, voltando do serviço. Garrido parou, baralhado, não sabia se ficava, se ia embora: se calhar era só para adiantar fazer mais pouco que lhe chamava, a voz era de mentira, aquele Gágá não queria dizer. Mas, devagar, veio sentar-se mais perto dela, pediu:

— Primeiro, se você quer eu fico, enxota o fidamãe do Jacó!

Inácia aceitou, deu-lhe berrida; o bicho foi embora pelo chão, pesado e torto, parecia era pato marreco, falando os insultos sô Ruas tinha-lhe ensinado e ele nunca esquecia.

— Depois, se você quer eu fico para te tomar conta até na hora de vir a tua senhora, deixa ainda te dar um beijo!

— Elá! 'tá saliente!...

Nem Kam'tuta mesmo que sabia como é tinha-lhe saído essas palavras na garganta, nada que tinha pensado disso naquela hora, se calhar era o quente do sangue que ensinava a coragem desses pedidos assim. Inácia riu muito, os seus dentes todos de coco ficaram a tremer no escuro, a pôr música nas orelhas de Kam'tuta.

— 'tá bem! Aceito!

Atrapalhado, não esperava ela ia dizer sim, Garrido levantou os braços, a cabeça começou trabalhar mais depressa que as mãos e sentiu, mesmo sem lhe tocar, a pele quente das costas que ia abraçar, o macio de sumaúma dos lábios grossos, o molhado quente da boca dela, tudo assim como pensava de noite, os olhos abertos no escuro do seu canto onde dormia e fabricava aventuras que nunca se passavam mais.

— Espera ainda! Você pode me pôr um beijo, se você quer te deixo mesmo passar sua mão nas minhas pernas, mas quero troco também...

— Diz, diz! Eu faço já!

— Juras?

— Juro a alma da minha mãe!

— Olha então... Eu ouvi que você pode mesmo andar ao contrário... Põe mãos no chão, arruma tua perna aleijada na capanga e anda em volta do quintal para eu te ver ainda!

— Não!

Uma dor grande, de lhe pôr chapadas, estava nas mãos levantadas prontas para lhe abraçar.

— Não, Naxa! Não faz pouco de mim, assim!

— Ai?! Fazer pouco, como então! Pra você se mostrar...

— Não! Não sou nuno. E mesmo se eu faço, não é habilidade nada. É só porque sou aleijado, e Deus Nosso Senhor assim é que mandou...

— Deixa, pronto!... Você é que sabe, Gágá. Se não queres me pôr um beijo, se não gostas as minhas pernas, é contigo. Mas depois não vem me chamar eu sou camuela consigo, só gosto os outros!

Uma vontade de chorar, de berrar, de rasgar aquela cara de miúda sem pecado da Inácia, a olhar-lhe quieta, com os grandes olhos de fogo, é que tinha. Mas as mãos não aceitavam chapadas, queriam era só abraçar-lhe, amarrar-lhe no corpo estreito dele, esfomeado, cheio de sede. Com as lágrimas quase a chover, baixou a cabeça, estendeu os braços magros e pôs as largas mãos no chão.

Nem precisou dar balanço nem nada, o corpo ficou pendurado para baixo, uma perna no ar e a outra, fina e aleijada, enrolou logo no pescoço.

Assim quieto, endireitou a cabeça de monandengue. Mirou Inácia sentada, viu a tristeza mesmo, a pena, já estavam chegar, vendo-lhe nessa posição é que parecia ele era meio-homem só. Mas não quis olhar-lhe mais, começou andar. Cada passo das mãos era um espinho no coração, um peso que acrescentava, não deixava ir na zuna e ele queria acabar logo-logo, fugir dessa figura que ele mesmo via dar a volta no quintal com depressa, quase era corrida já, para matar a vergonha, ninguém lhe ver, adiantar receber o prémio, fugir para longe.

— Pronto, já 'cabei, Naxa...

Estava triste, triste, a voz. Azuis, os olhos quase cacimbados. Sem força nos braços para abraçar. Mas o quissonde veio morder outra vez no sangue vendo Inácia assim quieta, derrotada, nem que mexia, só os olhos a mirarem para lá da mandioqueira, já não a rapariga antiga, parecia era uma miúda mesmo. Uma grande ternura cobriu a vergonha toda do Kam'tuta, apagou a tristeza, desculpou as malandrices da Inácia, queria-lhe pôr festas, falar coisas bonitas, prometer, fazer, mas nessa hora só conseguiu abaixar-se sorrindo bom, para um abraço melhor ainda do que queria, sem jindungo no corpo, sem vontade de lhe apertar, de lhe encostar nele, só de pôr brincadeira no cabelo dela, passar a mão na pele redonda dos ombros, repetir mansinho nas orelhas dela as palavras ele sabia ela gostava.

E se não tivesse pensado assim, se não estivesse cheio dessa felicidade que vem sempre quando a gente pensa as coisas boas para outra pessoa, tinha pelejado, tinha arreado porrada na Inácia, não fazia mal ela era uma mulher, não havia direito fazer pouco assim um homem. Mas não, a felicidade não deixou. A chapada de Inácia, os gritos da pequena no meio das lágrimas, depois as gargalhadas de mentira, só lhe fizeram ficar mais banzado, de boca aberta, nem a chapada na cara que lhe doeu, os olhos azuis grandes e fundos ficaram mirar espantados, tudo parecia estava suceder no meio do fumo da diamba, a Inácia a gritar, xalada, a insultar-lhe correndo para dentro da quitanda:

— Sungaribengo de merda! Filho da mãe aleijado! Sem--pernas da tuji! Pensas podes-me comprar com brincadeira de macaco, pensas? Tunda! Tunda! Vai 'mbora, saguim mulato, seu palhaço!..

Com devagar, puxando atrás dele a perna aleijada, o coração rebentado, o sangue frio, mais frio que o cacimbo das lágrimas e da noite fechada em cima do musseque, Garrido sentiu ainda muito tempo os assobios, a voz de fazer-pouco do fidamãe do papagaio Jacó, xingando-lhe lá de dentro da mandioqueira:

Kam'tuta... sung'o pé... o pé... pé...

*

João Miguel, que lhe chamavam o Via-Rápida, era o cabeça. Ninguém que discutia, verdade de todos, nem pensavam podia ser diferente. Mas o homem de confiança era o cap'verde Lomelino dos Reis por causa só ele que falava no Kabulu, sem esse branco o negócio não andava mais. E com Garrido Fernandes, o Kam'tuta, eram a quadrilha. Quadrilha à toa, nunca ninguém que lhe organizara nem nada, e só nasceu assim da precisão de estarem juntos por causa beber juntos e as casas eram perto. Sem mesmo adiantarem combinar, um dia fizeram um assalto numa montra de barbeiro e deram conta Lomelino executou, Via-Rápida ajudou e Kam'tuta atrasou fingindo mijar na parede, a vigiar por causa as patrulhas. Pronto, ficou assim: o cabeça era o João Miguel, ele é que dividiu o dinheiro; quem lhe arranjou foi o Dosreis vendendo o perfume e outras coisas no Kabulu e todos ficaram confiar nele, se não não podiam mais trabalhar; Kam'tuta, aleijado, só serviu para avisar. Ficava de vigia e quando os outros queriam nem lhe avisavam nem nada para não atrapalhar se era o caso de agarrar uma berrida. No fim, davam-lhe a parte dele: metade de uma metade, se não ia; uma parte igual dos outros, se lhes acompanhava. Assim, nunca podia pôr queixa deles.

A reunião era sempre aí na quitanda do Amaral, oito horas-oito e meia, hora que começavam sair nas cubatas, jantar já na barriga, depois de passar o dia à toa na Baixa, procurando emprego de verdade ou dormindo no quintal quando era dia seguinte dum trabalho. João Miguel é que estava sempre o primeiro a chegar e quando Dosreis entrava já o rapaz tinha bebido mais de meio litro com gasosa como ele gostava. Mas nessa noite dos patos tudo que começou, começou passar ao contrário, parecia já estava se adivinhar era diferente, alguma coisa que ia suceder.

Quando o Lomelino chegou, cansado do caminho no Rangel e mais para lá, o João Miguel ainda não tinha aparecido. Perguntou para menino Luís, o empregado, mas ele falou não, o Via-Rápida não tinha estado lá. Nove horas eram quase, cadavez o rapaz tinha ido no cinema com alguma pequena, mas sempre assim ele avisava primeiro. Só que hoje não podia faltar, tinha-lhe deixado um aviso na vizinha Mariquinha, para lhe dar encontro oito e meia no Amaral. Bem, esperar.

Sentado no canto deles, Lomelino acendeu o cigarro, mas a cabeça não queria ficar mais quieta, aguentar o jeito de esperar no amigo, também não era tarde ainda não. Os pensamentos não aceitavam e a preocupação enchia-lhe pouco-pouco, com o virar do tempo. Porque ia ser pena se perdiam essa noite assim escura para fazer o trabalho dos patos do Ramalho da Silva, lá no Marçal. Já andava lhe estudar muito tempo, desde o dia João Miguel descobriu era um pouco fácil de fazer e o lucro certo. Mas lucro certo também só se o Lomelino ajudasse com os conhecimentos dele. Custou a convencer o Kabulu, o homem não gostava esse assunto de criação, só queria as coisas de guardar numa cubata sozinha sem ninguém para lhe tomar conta, bicho que mexe e fala é preciso tratar e sempre chama polícia. Dosreis falou agora as coisas quietas estavam bem guardadas e as patrulhas eram de mais e, depois ainda, nestes tempos, entrar em casa leia é perigoso, as pessoas põem logo tiro e a desculpa é que é terrorista e pronto, os casos ficam arrumados. Voltou então para receber resposta nesse dia, sete horas lá estava, encostado no balcão, bebendo seu meio litro, fingindo. Sô Kabulu, gordo e encarnado, veio para ele, mas só lhe disse estas palavras:

— Carreguem-lhes na casa do Zeca Burro!

Melhor. No Zeca Burro conhecia-lhe bem: matador de cabritos roubados para vender a carne, uma vez fizeram-lhe até um negócio dumas cabrinhas que já estavam mesmo velhas e doentes e rendeu. Com ele era canja; o pior era o assunto quem tinha-lhe tratado era o Kabulu e esse gosmeiro é que ia tirar o lucro, apostava só ia lhes pagar os bicos preço do Kinaxixi menos que metade e depois recebia mais que o dobro no Zeca Burro. E eram mesmo uns patos gordos, não andavam no lixo, vadiar nos musseques, não. Tinha um até, branco quase, que ele tinha-lhe visto bem, esse bicho cadavez ia rebentar se lhe engordavam mais, quatro quilos apostava.

Saiu embora na loja do Kabulu, no escuro veio vindo devagar para ganhar tempo e não cansar de mais, a respi-

ração já estava lhe fazer partidas, nesses dias de trabalho o coração acelerava e o sangue, habituado à mangonha do trabalho quieto, corria logo com a ideia do escuro, do serviço, e também pensava cadavez o João Miguel ia refilar por ele não ter se lembrado mais do Zeca Burro, assim iam perder um lucro de patos gordos. Mas com João Miguel ele aceitava, o menino era mesmo monandengue ainda, vinte e quatro anos só obedecia-lhe como pai, respeito de mais-velho. A não ser o rapaz tinha sonhado outra vez os casos antigos e estava na diamba. Talvez era isso para não estar lá na hora combinada, só porque adiantou fumar. E nem mesmo ao menos o Kam'tuta para lhe acompanhar, ali no sozinho. Mas esse, ele sabia o rapaz agora esses dias só rondava a quitanda da Viúva para ver a Inácia, parecia era um galo com aquela cabeça grande em cima do pescoço fino a arrastar a perna, Deus Nosso Senhor lhe perdoasse, não deve se fazer pouco um aleijado, mas era mesmo parecido um galo o Kam'tuta.
— Boas noites, compadre Dosreis!
Era o Via-Rápida e sentou logo parecia nem podia mais com o corpo dele. Ficou olhar, banzado, na cara do Lomelino, parecia nunca tinha-lhe visto mais na vida, os olhos quase fechados, quietos, cheios de encarnado de sangue, respirando devagar, mas com força, sopro de vapor de comboio. Sempre que lhe via assim, Dosreis pensava o rapaz era uma máquina. Não era mais porque o serviço dele era agulheiro, no tempo que estava trabalhar no Cê-Efe-Bê, no Luso, nem das estórias que ele punha falando os casos da sua vida de ferroviário. Mas aqueles olhos assim quietos, vermelhos, pareciam eram mesmo as luzes da locomotiva. A força do vento da respiração, na boca, saía com o fumo do cigarro, e o nariz dele, largo e achatado como a frente da máquina, assobiava nessas horas. Forte e todo encolhido na cadeira, só a cabeça esticada por cima

da mesa, parecia estava fazer uma força grande de rebocar muitos vagões de minério. Mas a verdade era só que o João Miguel estava chegar mas era de fumar a diamba. E não queria falar.

— Estás bom, João?
— Bem 'brigado, mano Dosreis!

Silêncio outra vez. Custava engatar a conversa assim com ele, era preciso ainda deixar-lhe sozinho, o veneno da planta derreter no sangue com a velocidade que ele andava e sair embora na respiração. Perigoso até falar, mesmo que quase sempre João Miguel ficava mas é triste porque ele não queria mais fumar, só fumava mesmo quando os casos antigos começavam-lhe arreganhar, não deixavam dormir.

— Vai um copo, João?
— 'brigado, vai.

O quente era bom dentro dele, a paz, uma vontade de não fazer mesmo nada, só sorrir, sorrir, pôr as coisas boas, cantar. Mas os casos não deixavam, estavam fundos, bem fundos, porque Félix era o grande amigo e lá não chegava o feitiço da diamba. Mesmo que lhe tirava a raiz deles, não conseguia apagar mais o sangue espalhado na linha, nas rodas da máquina, nem aquela figura do Félix, todo estragado, a cabeça do outro lado, dentro das linhas, em cima da brita, e o corpo, o corpo de miúdo ainda, torcido, as pernas, com o peso da roda no pescoço, tinham-se levantado, parecia até ele estava com elas no ar na hora da ginástica do clube, até dava vontade de rir. Não, esse sangue nada que lhe tirava no fundo dos olhos, esse cadáver do Félix falecido assim, matado por ele, ele mesmo, João Miguel. Lembra bem: a 205 vinha devagar, comboio da lenha; o Chaveco, maquinista, pôs um adeus de amigo e o Félix fazia-lhe caretas, abraçado no outro, gozando e avisando-lhe a rir:

— Logo nas cinco! Sai treino!

E parece mesmo pode ainda ver os risos dos homens no escuro da máquina, o fumo branco que lhes rodeava parecia grande cacimbo, sentir sempre nas orelhas esses risos. E depois?...

— Mano Dosreis, este vinho é uma merda!

— É igual dos outros, João.

— Mas é uma merda!

— Já sei o que vais falar...

— Pois é! Estou pensar isso mesmo: uma boa via-rápida, um copo bem cheio, a gente bebe essa aguardente, senta no chão, fica com os companheiros, conversa da vida, conversa do serviço, conversa de pequenas, a mutopa aí bem carregada... Aiuê! Saudade, mano! A mutopa cheiinha, tabaco bom, a água a cantar na cabaça, chupa, chupa... Não é essa porcaria da diamba, não é essa merda desse vinho de brancos...

E o grande silêncio outra vez, só o arder dos cigarros e o sangue e a voz dos capatazes a correr, o chefe, o guarda-fios, factor, fiel, todos a porem-lhe socos, sacana de negro e mais coisas, bêbado, bandido... Mas quem gostava o Félix mais do que ele, quem? Pois é, mas foi a sua mão, João Miguel, que mandou a 205 contra o comboio do ferro; foi a sua mão que pôs a roda da 205 em cima do pescoço do Félix, menino fraquinho, nem que aguentou a pancada do choque, caiu logo cá em baixo e a máquina, no pequeno arranque na frente, parou-lhe em cima do pescoço.

— Não! Não quero mais isto! Não posso, mano Dosreis, não posso...

— Calma, então! Olha: vamos ainda lá fora, preciso te falar, assunto sério, temos um serviço...

O vento frio do cacimbo corria às gargalhadas com os papéis pelo musseque fora. As luzes da rua, lá mais longe, pareciam estavam derretidas, descia a espuma no chão ou

subia no ar como fumo de fogueira que arde bem, sem lenha verde.
— Então, arranjaste?
— Arranjei. O mesmo. Falou sim, podemos entregar. Só que fica mais longe, não quer lá em casa. Qu'até meia-noite o homem espera. É o Zeca, não sei se lhe conheces...
— Zeca Burro?
— É ele, ele mesmo.
— Não é teu amigo, esse gajo?
— Não, nada mesmo, nem que lhe cumprimento... — mentiu Dosreis. — E que o resto é com a gente.
— Está bem. Vamos combinar.
Sentia-se o ar fresco e a conversa estava fazer melhor no Via-Rápida. Falava mais direito, guardava aqueles olhos grandes mais abertos, mas na cabeça começava trabalhar bem, todos os porquês e como ele resolvia logo-logo, também conhecia o quintal como a cara dele e o plano era fácil, a casa ficava nuns fundos de cubatas, só beco estreitinho é que tinha para lá, caminho das patrulhas um bocado longe.
— E a hora?
— Onze e meia é bom. Acabamos-lhe rápido e depois você pode mesmo andar no meio das pessoas que vão sair no cinema...
Dosreis estava guardar, com receio, a pergunta mais especial para fazer só no fim. Nesses dias de diamba, ninguém que sabia porquê, o João não gostava mais o Garrido; eles, que todos dias eram braço em baixo, braço em cima, falando conversas diferentes das pessoas e das maneiras de viver a vida, até admirava. Mas era mesmo a verdade: sempre que Via-Rápida lembrava Félix, não gostava a amizade do Garrido e quase escapava passar luta.
— João!... E o Kam'tuta, levamos-lhe?
Mal que tinha posto a pergunta o não do rapaz foi alto, com força, via-se não admitia resposta ao contrário.

— Mas vê ainda... Ele podia ficar no fim do beco para assobiar as patrulhas...

— Não! Não precisa! Eu vou lá; você vigia. Depois você carrega-lhes no saco e pronto. Não quero aleijado agarrado nas minhas pernas!

— Deixa então, não se zanga. Cadavez também não lhe levamos noutros casos e o rapaz sempre aceita...

— Não, não quero esse coxo da merda, já disse! Até ando a desconfiar ele vai ser é bufo, com aquelas conversas de mudar a vida, para amigar...

— Elá, Via! Qu'é isso, então? Pôr falsos assim? Conheço-lhe de miúdo, João, e você é amigo dele também...

— Amigo, eu!? Eu só gosto as pessoas inteiras, meio-homem eu não acompanho...

— Não pensei falavam as pessoas nas costas, amigos!

João não acabou falar, essa voz saiu no escuro, já lá estava à espera, gelou o coração bom do Lomelino, parecia o sangue tinha fugido todo com a vergonha, naquela hora. No peito de João Miguel é que não: cresceu a raiva, aqueceu a vontade de bater à toa, rasgar-se, arranhar-se em todo o corpo...

Puxando a perna, sempre parecia ia ficar atrás, Garrido saiu do escuro da esquina da quitanda e veio, com devagar, a cabeça levantada e os olhos.

Dosreis avançou para ele; João Miguel recuou, encostou na parede.

— Escuta ainda, Garrido! Eu explico...

— Não adianta, amigo Dosreis. Eu ouvi tudo. Na hora que eu cheguei, vocês falavam a hora de atacar e fiquei ali a espiar...

João Miguel saltou, raivoso.

— Não dizia? Não te dizia? Bufo é que você vai ser!

Dosreis aguentou-lhe, meteu no meio, separando com o seu corpo velho.

— Não m'insulta só, João! Por acaso sou teu amigo, mas não vou deixar mais que me façam pouco à toa... Jurei!

E tinha uma vontade diferente nos olhos azuis do rapaz, Lomelino nunca tinha-lhes visto assim. Parecia até a perna era já boa, a sair direita do calção. Garrido estava todo em pé, o corpo magro levantado, mas o que admirava mais era ainda a calma daquela cara de monandengue, os olhos bem de frente no João Miguel, ele nem lhes aguentou, teve de baixar a grande cabeça de máquina de comboio; e o Kam'tuta repetia devagar, cada palavra sua vez:

— Todos me fazem pouco, mas acabou, compadre Dosreis! E você ainda, João Miguel, meu amigo! É a você eu quero avisar primeiro: você ganhaste raiva de mim, não te fiz mal. Sempre que vou nos serviços, faço como vocês. Não têm culpas para mim. Quando vieste, já m'encontraste com meu compadre Dosreis. Porquê agora eu é que saio? É porque sou aleijado, coxo, meio-homem, como você falou? Não admito mais ninguém me faz pouco. Luto, juro que luto! Nem que você me mata com a porrada, não faz mal... Ouviste? Ouviste, João Miguel?

Parecia o rapaz estava maluco mesmo. Sacudiu o Dosreis do caminho, ele deixou-lhe passar, admirado com este Garrido novo, levantado. Mas não tinha mais medo, nada que ia suceder, o João nunca que aceitava pelejar com o Kam'tuta.

— Ouve bem! Por acaso você é meu amigo, é por isso eu te aviso, sabes? Não tenho medo, fica sabendo. Nem de você nem de nenhum sacana neste musseque... Sukua'! Aleijado, meio-homem! Olha: você é grande, mas não presta; o seu corpo está crescido, mas o coração é pequeno, está raivoso, cheio de porcarias.

— Cala-te a boca! Cala-te a boca, mano Garrido, senão...

— Bate, se você é capaz. Arreia! É isso que eu quero

com você, não percebeste ainda? Quero pelejar! Ao menos um dia luta com um homem, um que não tem medo. Arreia, bate, se você tem coragem!

Direito, no meio da noite, o Garrido Kam'tuta crescia, não estava mais o rapaz torto, sempre a cabeça no peito, escondendo em todos os cantos, fugindo as berridas dos monas que lhe insultavam:

Kam'tuta, sung'ó pé!... Sung'ó pé...

E João Miguel via nascer na frente dele, outra vez, o Félix. Era ainda o seu amigo que estava lhe falar ali, nascia dentro do Kam'tuta com aquelas frases corajosas que sempre soubera, aquela maneira de ficar ganhar mesmo quando lhe davam uma boa surra de pancada. Fechou as mãos grossas escondendo-lhes nos bolsos, elas queriam sair sozinhas para atacar o Garrido, se ele não ia se calar, não podia mais ouvir, não podia deixar mais entrar aquelas palavras que ele falava e estavam estragar todo o trabalho bom, paciente, da diamba. Não podia sentir assim a verdade a queimar-lhe as orelhas, por dentro, por fora da cabeça, era mesmo melhor fugir senão ia esborrachar o mulato, ele era um fraco no corpo...

— Cala o Garrido, Dosreis, cala-lhe a boca senão mato-lhe!

— És um cobarde, João! Você tem medo da verdade! Você, no seu coração, tens é um ninho de ratos medrosos. Aceita o que sucedeu, vence essa culpa que você tem. Não fica medroso, não foge na diamba, luta com a dor, luta com a vida, não foge, seu cagunfas, só sabe pôr chapadas e socos nos outros, nos mais fracos, mas contigo mesmo não podes lutar, tens medo... És um merda! Tenho vergonha de ser mais seu amigo!

Lomelino correu para lhe agarrar, mas falhou. O mula-

to mexia parecia tinha feitiço, correu mesmo com a perna parecia já nem era aleijado nem nada, vuzou uma cabeçada no João Miguel.
— Deixa-lhe, João! O rapaz está bêbado!
Mas João Miguel não aceitava, nem mesmo as palavras sempre boas do amigo Dosreis serviam, nessa hora em que a raiva estava nas mãos a torcer dentro dos bolsos, a pensar apertar mesmo o pescoço do mulato, aquele pescoço magro de osso saliente parecia até com o feitio das mãos. Mas, no coração, uma chuva de cacimbo subia, ele sentia-lhe chegar nas janelas dos olhos; nas orelhas dele, aquelas palavras que nunca ninguém tinha-se atrevido a falar-lhe roíam, punham eco em todos os cantos do corpo; e a cabeça pesada, estalava, parecia os ossos eram pequenos para guardar tudo o que estava pensar, tudo o que as falas do Kam'tuta tinha-lhe soltado lá dentro, já ninguém que lhe amarrava mais.

Avançou para o Garrido; enxotou com uma só mão o Dosreis, foi bater na parede; depois parou mesmo na frente do mulato, só ficou ouvir-se a respiração assustada. A cabeçada na barriga era nada mesmo, mas aqueles olhos azuis, fundos, numa cara de miúdo, esses é que ele não admitia, não podia-lhes consentir assim arreganhadores na cara dele, não podiam continuar a dizer tudo assim calados. Levantou a mão fechada, grande pesada biela de locomotiva, em cima da cabeça do Kam'uta para lhe esborrachar.
— Bate! — falou, cheio de calma, o Garrido.
Nada. Silêncio de vento a correr cafucambolando pelo meio das cubatas.
— Bate, cobarde! — repetiu-lhe Kam'tuta.
O braço grande, pau de imbondeiro levantado no ar e Lomelino rezava para dentro, nada que podia fazer mais nessa hora, para João não lhe deixar cair, era a morte de Garrido.

— Bate, se tens coragem!
Já tremia a voz de Garrido, mas os olhos eram ainda os mesmos, colados na cara de João Miguel, ele não podia fugir naquela luz, estava preso, amarrado naquela coragem nova dum homem fraco, não precisava mais ter o corpo grande para lhe desafiar assim, mostrar uma pessoa aguenta de frente os casos da vida, quando é preciso.
— Deixa o rapaz, Via! Favor...
Foi um soco no João, a voz assim a pedir, de Dosreis, doeu mais que tudo, um mais-velho como ele não pedia, mandava. A vergonha veio mais depressa, o sangue-frio fugiu todo, a voz rouca um pouco, do Lomelino, é que abaixou o braço, os olhos, todo o grande corpo do João. Com raiva de bater mas era no Lomelino, sem saber ainda o que podia fazer nessa hora, João Miguel desatou fugir no areal, pelo frio adiante, na direcção das luzes derretidas no meio do cacimbo, com o Lomelino dos Reis atrás dele.
Garrido Kam'tuta virou então no escuro, com devagar, arrastando outra vez a perna aleijada. Toda coragem tinha fugido embora com os amigos e, assim, só foi encostar-se na parede da quitanda sem força para nada. Sentou no chão e desatou chorar com choro silencioso.

*

Na mesma hora que a patrulha dava encontro com o cap'verde Lomelino dos Reis e lhe agarrava com um saco cheio de patos gordos, o Garrido Fernandes Kam'tuta estava roubar o papagaio Jacó.
Mas antes sofreu muito, mais do que todos os dias quando deitava no quarto e ficava pensar toda a noite coisas a vida não queria lhe dar por causa ainda desse seu azar da perna aleijada, da paralisia de miúdo. Mais: nas outras vezes não tinha grande confusão, tudo passava-se

era só uma linha direita, ele sentia bem o que fazia-lhe sofrer, o que estava-lhe alegrar, e era fácil descobrir assim, de olhos abertos na escuridão, se arranjasse um trabalho de verdade não custava resolver o outro caso de mulher para viver com ela. Mesmo que ele pensava umas coisas boas de mais para o casamento, como lhe duvidava seu amigo João Miguel, dizendo: sim, as mulheres eram boas, um homem não pode viver sem a mulher para lhe acarinhar, para lhe ajudar, para crescer os monas, para alegrar na tristeza, para dividir com ela na alegria, trabalhar embora; mas também — e isso é que Kam'tuta não aceitava acreditar e Via-Rápida falava ele era monandengue, não sabia a vida — as mulheres são a raiz do nosso sofrimento; mulher fala de mais; o casamento não é só o riso e o quente de deitar de noite para descansar o trabalho dos dias, não é só a felicidade de você ter uma pessoa que lhe olha bem nos olhos e você confia. A vida é muito complicada, sonhar só atrasa ou só adianta mesmo quando você põe no sonho essas mesmas complicações e as coisas boas também, e isso um rapaz como Garrido Fernandes não podia ainda saber, não era burro não, mas, exactamente porque viveu pouco só, a cabeça dele só pode pensar as coisas boas que inventa.

Mesmo com todas as conversas, não doía nessas noites pensar assim; se doía era só as partidas da Inácia, a vergonha da perna, o querer amigar com a pequena, um trabalho bom para mudar a vida. Mas nessa noite era mais diferente de todas; dantes não pensava com raiva, não pensava a vingança, tudo ele julgava podia se resolver só por acaso, deixava. Agora, dez horas já passavam, e o choro ainda não queria lhe largar, o coração estava apertado, muitas coisas que tinham acontecido. A partida da Inácia, gozando-lhe com o papagaio Jacó, era uma ferida larga dentro dele, chegou mesmo uma hora pensou até o melhor que era se matar, para quê valia viver assim feito pouco de todos? Depois, essa raiva de si passou na Inácia, imaginou as mãos dele a agarrarem no pescoço negro e macio, apertarem, apertarem, ia olhar-lhe bem na cara dela para lhe ver ficar branca, morrer pouco-pouco, o fogo nos olhos a apagar, a apagar devagar até ficar o escuro. Mas pensando assim, quase que tinham saído as lágrimas, ele sabia depois ia-lhe chorar na campa, as flores que ia lhe pôr todos os domingos, a polícia não podia mesmo descobrir era ele, todos sabiam Kam'tuta era um fraco, insultavam-lhe e ele nem refilava, só ouvia. E então, no escuro, via mesmo Inácia toda vestida de branco, deitada no caixão e a pele era até mais bonita, só que ninguém tinha-lhe conseguido fechar os olhos, ficaram abertos e grandes como eram viva, mas apagados, vazios do fogo, com cacimbo no lugar. O pior é quando se pensa muito com a raiva, a raiva gasta e acaba. Devagarinho, a dor passou, uma pena grande veio no lugar e quis adiantar dormir com esse perdão na Inácia, mas João Miguel, o grosso punho levantado em cima da cabeça dele, não deixava. Doía também porque Garrido sabia ele era um amigo, o único a quem costumava falar os assuntos sentia dentro dele, mesmo ideia de se matar e tudo. Por isso custava, picavam na cabeça as palavras dele outra vez, que lhe ouvira no escuro, chamar-lhe meio-homem. Até esse, João Miguel, seu amigo, que sempre lhe consolava dizendo o que valia era a cabeça e a cabeça de Garrido era boa, até esse chamar-lhe de aleijado e sem-pernas. E mais: não quis aceitar-lhe no roubo dos patos. Ele, Garrido Fernandes, não foi num roubo de patos! Ele, que tinha aguentado já seis meses na conta de todos por causa um capiango numa estação de serviço! Porem-lhe assim de lado, trapo velho que só presta para ir no lixo. Isso doía, doía muito, como também doíam as palavras que ele mesmo nem sabe como falou no João Miguel, o rapaz não merecia assim, mas naquela hora tudo saiu na boca sem poder parar, não era ele ainda que estava falar, parecia tinha um cazumbi, só xinguilava, só dizia o que ele mandava. E se Via-Rápida se ia zangar de vez com ele? Agora que não podia falar mesmo mais com a Inácia? E também Dosreis, seu amigo de mais muito tempo, respeito para ele era ainda como um pai, nem lhe ligara nem lhe defendera, só pôs umas palavras fracas e ele mesmo, só ele que podia convencer o João Miguel a lhe levarem também, sem velho Lóló o negócio não andava. Porquê não fez força? Não arreganhou, não ficou do lado dele, contra Via-Rápida?

Todos esses pensamentos soltos na cabeça pediam-lhe para levantar, não se deixar ficar assim ali deitado à toa, esperando por acaso passasse qualquer coisa. As palavras que ele mesmo tinha falado no João Miguel, para lutar, não deixar-se vencer, recordou-lhes uma a uma e um frio mais quente é que veio. Sim, senhor, lutar. Mas lutar como então? Ele, um aleijado, posto de lado num simples roubo de patos, profissão sapateiro mas sem serviço, os outros lhe conheciam; os sô mestres falavam ele era do capiango, não aceitavam dar trabalho nem ao dia, como ia lutar? E se lutasse, lutar com quem então? João Miguel, o Via-Rápida? Não; tinha-lhe deixado naquela hora, não quis-lhe baixar a mão fechada, mas não podia mais falar bem com ele, passava confusão com certeza. E depois também, com o amigo, a luta era outra. Só ia ser lhe acompanhar sempre, falar, ajudar, para ser ainda ajudado, não deixar a diamba tomar conta de vez na cabeça do agulheiro.

Lomelino? Dosreis era seu mais-velho, seu pai quase — que pai não lhe conhecia, um branco qualquer à toa — e também não tinha a culpa toda, ele é que comandava o trabalho, mas o cabeça era mesmo o João. E mais: Lomelino era um mais-velho, nem de palavras se pode lutar com mais-velho, se não os outros mais novos não vão-lhe respeitar mesmo depois.

Inácia? Sim, ela mesmo, vadia, cachorra, lhe fazia pouco sempre, gozava. Mas debaixo desses insultos, as palavras boas que às vezes dava-lhe ou ainda os olhos que lhe punha quando ele começava falar a vida boa que sonhava, eram também um peso muito grande e derrotavam os insultos, não deixavam-lhe sentir verdade, ele mesmo era o que a rapariga falava: um fraco.

Então, quem? Cada qual era bom e mau; cada qual sozinho não podia lutar com eles, não estava certo. Lóló e Via-Rápida tinham-lhe deixado de lado, mas amanhã, sem perigo nenhum, ia receber uma metade da metade do lucro para ele e nunca que João Miguel fazia batota nas contas, esse dinheiro era santo como ele dizia. Quem era o inimigo? O Jacó? Num de repente viu bem o culpado, o bandido era esse bicho velho e mal-educado, mas depois até desatou a rir. Um homem como ele e o inimigo dele era um bicho, não podia! Mas a verdade é que essa ideia crescia como capim por todos os lados da cabeça e do coração. Não, não podia ser, não era. Verdade que os monas lhe xingavam "Kam'tuta, sung'o pé" de ouvir o papagaio, mas quem ensinou foi a Inácia, ela é que inventou. Papagaio não pensa, só fala o que ouve, o que estão lhe dizer. E se os monandengues chamavam não era mais maldade, ouviam os mais-velhos, ouviam o papagaio gritar assim dessa maneira. O melhor era perdoar o bicho.

Mas aquela confiança de andar em baixo do vestido da Inácia, aí onde Garrido nem olhava, também não é inimigo um bicho assim? Um pássaro saliente que recebe mais carinhos que pessoa? Então o inimigo era o Jacó? Não pode. Um pobre bicho só é mau porque lhe ensinaram, sô Ruas é que fez ele assim malcriado com as asneiras de quimbundo, um coitado nem que lhe limpavam no rabo, as penas sempre sujas, cheio de piolhos de galinha, não tinha poleiro, dormia na mandioqueira, ninguém que lhe ensinava coisas bonitas, verdade mesmo, ele sozinho assobiava bem, não podia ser ele o inimigo duma pessoa.

Mas no escuro do quarto o papagaio Jacó, velho e sujo, apareceu-lhe como a salvação, ele é que ia lhe livrar de muitas coisas, ia-lhe servir ainda para lutar com todos. Era isso, Jacó era a sua arma. Ia acabar com ele, custava torcer o pescoço, mas também já estava velho, coitado, não servia para mais nada. A melhor vingança era essa mesmo.

Primeiro: Lóló e João Miguel iam ver se ele era um bom, não servia só para ficar vigiar nas esquinas. Sozinho, ia roubar um papagaio, bicho que é como pessoa, quase que fala; ia-lhes mostrar o que ele era, depois haviam de pedir favor para fazer sempre o serviço nas capoeiras e não aceitava.

Segundo: também acabava com esses gritos "Kam'tuta, sung'ó pé". Se não lhes ouvissem mais, os monandengues iam esquecer; se era preciso até fechava-se no quarto durante umas semanas, desculpava doença, para dar tempo a se esquecerem da alcunha.

Terceiro e muito importante mesmo: o fidamãe não ia mais cheirar na Inácia, roubar assim o carinho de pessoa.

Ria satisfeito com a ideia dele, a raiva já tinha fugido, uma grande alegria bocado má mordia-lhe na boca toda. Procurou os quedes no escuro, vestiu-lhes; pôs a camisa, saiu na noite, assobiava até; via já a cara da Inácia acordando de manhã sem o papagaio, era bem feito, não ia bicar mais a jinguba na boca bonita dela, não ia mais fazer cócegas nas mamas com as penas do pescoço, procurando os bagos escondidos, não ia mais fugir da chuva, meter em baixo das saias no escuro quente das coxas de Inácia. Nunca mais, o fidamãe.

— Sukua'! Eu mesmo, depois, é que sou o pagagaio!

A voz dele, batida nas paredes, um bocado rouca de todo o tempo calado, assustou-lhe; mas, logo-logo, riu uma grande gargalhada no escuro: iam ver ainda quem era ele mesmo, o tal Kam'tuta como lhe chamavam, ele, ele mesmo, Garrido Fernandes, mulato por acaso, por acaso a paralisia é que tinha-lhe estragado a perna, mas na cabeça a esperteza era mais que eles todos, de duas pernas!

A noite estava feia. Escura, nem uma estrela que espreitava e a lua dormia escondida no meio do fumo dum cacimbo grosso parecia era mesmo chuva. O silêncio tapava ainda mais as cubatas e só as pessoas que viviam ali podiam andar nos estreitos caminhos entre os quintais sem dar encontro nas paredes e nas aduelas, como ia Garrido, avançando devagar, para gozar bem a felicidade tinha chegado na hora em que descobriu o caso era só agarrar o Jacó, torcer o pescoço, fazer-lhe desaparecer.

Furando o escuro assobiava e até parecia de propósito mesmo: estava imitar todos os assobios do Jacó, eles tinham ficado na cabeça. A areia chiava debaixo dos quedes, a perna aleijada deixava o risco dela, de arrastar o pé, parecia caminho de caracol. Baixinho, no meio dos lábios finos da sua boca estreita, ia inventando:

Papagaio louro
Seu mal-educado...

Andava, continuava a cantiga, ritmo de samba, como ia pensando:

Você é bicho burro
Vais ser enforcado.

No meio do cacimbo, lá no fundo do caminho, começou aparecer a mancha negra da grande mandioqueira do quintal da Viúva. Só então o coração do Garrido bateu com mais força: agora que estava chegar, a alegria fugia, espreitava, mirava em todos os cantos do escuro, avançava mais devagar, cauteloso.

Abrir a cancela pequena do fundo do quintal, perto das capoeiras, foi canja para ele. Conhecia-lhe bem, costumava sair embora ali quando a senhora da Inácia chegava, ela não gostava o rapaz atravessava dentro de casa, tinha falado na pequena todo o musseque sabia o Garrido era do capiango e até parecia mal assim, uma assimilada como ela, com madrinha branca e tudo, ligar para um vagabundo como esse coxo. Nem um barulho que fez quando entrou mas um galo pôs um cócócó pequeno, calando-se depois no silêncio do Garrido. Continuou andar mais calado ainda, punha um pé, levantava o outro devagar, pousava-lhe no chão, colocava aí todo o peso do corpo e começava levantar o outro, assim como tinha-lhe ensinado o Via-Rápida explicando na tropa queriam assim, era o passo de fantasma, inimigo nunca ouvia.

O caminho conhecia-lhe bem, não precisava lua, mas nessa hora ela ajudou, rasgou um bocado mais o pano do cacimbo e iluminou o quintal. A mandioqueira estava ali, perto, três passos só mais, mas não queria se apressar, ele gostava a técnica até ao fim, nem um barulho podia fazer, Inácia costumava dormir perto, no quarto pequeno do lado do armazém do carvão. No escuro das folhas não se via nada e a sombra do pau era uma grande nódoa negra no chão vermelho com pouca luz. Dois passos que faltavam só e Kam'tuta adiantou, falou baixinho:

— Jacó... Jacó...

Para o lado esquerdo, no mais escuro, sentiu um mexer de esteira. Parou, assustado: não voltou ouvir-lhe, era só o medo que punha esses barulhos, tinha era o xaxualhar do vento nas folhas da mandioqueira.

— Jacó... Jacó... Olá! Jacozinho...
Tocava-lhe já mesmo, o pássaro estava na frente dos dedos, passou com cuidado a mão a fazer festas nas penas poucas do pescoço do papagaio. Sentiu-lhe estremecer, retirar a cabeça de em baixo da asa. Agarrou-lhe com jeito falando mansinho, parecia era mesmo a Inácia:
— Jacó! Dá o pé... querido... dá...
O burro nem que mexia, satisfeito com as cócegas e o quente das palavras. Kam'tuta guardou-lhe dentro do casaco velho, entre o forro e a camisa, abafou-lhe, sorrindo contente, uma alegria a encher-lhe o corpo. Estava agarrado esse bicho ordinário; amanhã era só torcer o pescoço, pronto: o azar acabava de vez na hora em que ele não falava mais.
Marcha atrás começou recuar no mais escuro para seguir encostado nas aduelas até na porta, tinha-lhe deixado aberta. Pôs atrás a perna aleijada, fez força, depois recuou sem olhar, a outra perna já no ar, procurando, com medo de tocar alguma lata, as massuícas eram ali perto.
Mas não deu encontro com as pedras, não. Sentiu foi em baixo do quede um redondo mole, gordo, parecia era bicho e essa forma mexeu logo num grande barulho de esteira. Naquele silêncio o Kam'tuta berrou medroso, todas as galinhas desataram a cacarejar, o galo, acordado, a cantar, os gansos, esses, até pareciam malucos e o Garrido, arrastando a perna, coxeou na porta o mais depressa que podia mesmo, segurando com as mãos no casaco para agarrar sempre o Jacó, não ia-lhe largar naquela hora.
Mas o papagaio, com o susto dele, tinha acordado bem, punha-lhe unhas e bicadas dentro do peito, atrapalhava-lhe para andar. E foi perto já da cancela da saída, o coração de Garrido gelou, ficou frio, frio mais que o cacimbo da noite, nem vontade de fugir corria no sangue, só as pernas eram sozinhas e continuaram. É que em baixo da

mandioqueira ele ouviu bem a voz saliente da Inácia a rir, a falar no homem que estava lá deitado com ela, a dizer: não corre, não tem importância, eu conheço-lhe, é uma brincadeira, amanhã eu recebo o que ele veio tirar...

Cheio de raiva, Kam'tuta bateu a cancela, meteu no cacimbo que estava cobrir outra vez a lua, mais grosso. No escuro, a voz de Inácia era o único sopro quente que chegava nas orelhas dele, fugindo:

— Kam'tuta, Kam'tut'é! Dorme com o Jacó... Faz-lhe um filho!

E o bicho, bem acordado e bem agarrado na mão zangada do Garrido, ainda arreganhava os insultos ele sabia só de ouvir a voz da dona:

Kam'tuta... tuta... sung'ó pé... pé... pé...

*

A sorte foi quando o Garrido chegou na esquadra, o Lomelino não estava lá na prisão, tinha saído na visita, senão ia passar luta. Mas assim, quem lhe recebeu foi mesmo o Xico Futa, o amigo de Dosreis conheceu-lhe logo que ele entrou, envergonhado, arrastando a perna devagar para disfarçar dos olhos de todos.

Porque polícia é assim: chegaram na casa da madrinha dele, nem que pediram licença nem nada, entraram e perguntaram um rapaz mulato, coxo, Garrido Fernandes, e quando ele adiantou sair no quarto, a cara cheia de sono, os olhos azuis a piscar com medo da luz da tarde, falaram logo sabiam ele tinha ido com Dosreis, um verdiano, assaltar o quintal de Ramalho da Silva e roubado um saco de patos, o Lomelino é que tinha falado tudo, não adiantava negar, melhor veste a camisa e vamos embora.

Mas Garrido lutou: com a ajuda da madrinha falou,

pediu, adiantou mostrar todos os sítios da cubata para verem nada ali que era roubado; e ela jurava, nessa noite o menino tinha dormido cedo, chegara até parecia doente com febre, ela mesmo viu-lhe ir no quarto, deitar, sentiu até a tosse e tudo, como é que tinha ido num roubo de patos?

— Juro, sô chefe! Eu mesmo ainda lhe perguntei: Gágá, você precisa qualquer coisa, e ele me respondeu: não 'brigado, só que estava chateado com a vida. Verdade mesmo! É que emprego bom não está encontrar, não lhe aceitam, com a perna...

Mas nada, polícia não se convence com as palavras: agarraram já o Garrido nas calças para não tentar se esquivar no quintal e disseram tá-andar. Que tinham uma queixa, o outro é que falou e agora era preciso mesmo lhe levarem para saber a verdade. Nessa hora Garrido ainda estragou mais. Com a mania de se salvar, contou tudo dos casos do roubo do papagaio, saiu embora no quarto, trouxe o cesto onde estava o bicho fechado esperando a hora o mulato ia lhe torcer o pescoço, deitar na lixeira.

— Ah, sim? Seu rosqueiro! Vamos embora!

E adiantaram, ali mesmo na cara da madrinha, pôr-lhe uma chapada no pescoço para lhe empurrar no jipe, nem que ligaram mais nas palavras de defesa do Garrido:

— Juro, sô chefe! Por acaso a dona viu, ela mesmo disse para eu levar. É minha brincadeira só!...

Qual: coração de polícia é de pedra e lhe trouxeram mesmo, até contentes porque, se a queixa era um falso, já tinham um caso para justificar.

Foi assim que o Garrido contou no Xico Futa, o homem tinha-lhe dado encontro logo-logo na hora que o mulato sentou no chão, desanimado, com a vontade de chorar, de pelejar com o Dosreis, uma coisa assim ele não queria aceitar o outro ia poder fazer, pôr um falso. Ainda se era verdade, aceitava; mas assim doía. E desatou lhe insultar logo. Xico Futa quis falar era amigo do Lomelino e que sabia os casos; o Garrido não queria lhe responder, mandou-lhe embora, deixassem-lhe sozinho com a raiva dele e esse cap'verde quando ia voltar, ia ver só se podia-se fazer pouco as pessoas assim. Mas Xico Futa não desistia nunca quando queria ajudar uma pessoa e esse miúdo do Garrido fazia-lhe pena.

— Oiça então! Com a raiva não resolve. Se você lhe ataca quando ele vem, não adianta. Primeiro: o Lomelino aguenta, pode pelejar. Depois: o cipaio põe-te uma carga de porrada de chicotes. E a razão, qual é?

— Me deixa 'mbora! Eu é que sei a minha vida! Luto, juro que luto! Um fidamãe daqueles falar eu roubei os patos?

— Oiça então! Um engano pode ser, sucede. Só você é que sabia o assunto ia se passar. Pensa isso, Garrido. O Dosreis ficou com a raiva, julgou você é que tinha lhe queixado porque te deixaram...

Kam'tuta queria se levantar, os olhos azuis a brilhar, maus.

— É isso mesmo! É isso eu não admito. Não é mais o falso, não senhor. Agora, uma pessoa me conhece de monandengue, pode pensar isso de mim? Pode? Diz então? Pode?

Bem, Xico Futa tinha de concordar era verdade, o Garrido estava com a razão dele; mas também quando prenderam no Lomelino era de noite, chegou passou logo maca com o Zuzé, era preciso ver bem os casos, não pensar só assim o interesse dele. E até que não ia suceder nada porque Dosreis já tinha lhe falado ia dizer na justiça que as queixas que estava a pôr no Garrido eram um falso, tudo ficava bem outra vez, passa dois-três dias aqui, mandam-lhe embora.

— Anh!.. Cadavez pode ter razão, por acaso, nesses casos. Mas não esquece o papagaio! E isso mesmo é o pior, sô Futa. O pior de tudo! Não é porque roubei o bicho, não. Por acaso não me interessa se fico semana, se fico mês, na cadeia. Mas não lhe matei! E eu roubei-lhe para torcer no pescoço daquele sacana!

Calou, ficou pensar sozinho. Xico Futa acendeu um cigarro, deu para ele, mas Garrido não quis aceitar, só pensava era isso, se calhar, nessa hora, a Inácia já tinha ido na madrinha para receber o papagaio, ia vir na polícia para adiantar pôr queixa, lhe darem embora o bicho. Quando ia sair tudo estava na mesma: o Jacó no pau para lhe xingar, fazer pouco; a Inácia a pôr beijo, a dar confiança num bicho mal-educado; e, pior mesmo, o Lomelino e o João Miguel não iam lhe aceitar mais no grupo. Mas a culpa era mais do Lóló, quem mandou-lhe pôr falso que ele tinha ido no capiango dos patos?

— Juro! Luto com ele! Deixa só, quando ele vai voltar!

A tarde estava na janela só com um bocado de luz de sol de cacimbo. Nas tarimbas e no chão, preso era muito: uns dormiam de olho fechado, para descansar; outros de olho aberto, a pensar à toa. Nos cantos, alguns reunidos, falavam em voz baixa, trocando casos, a vida de todos os dias. Xico Futa estendeu as compridas pernas pelo chão, acendeu outro cigarro, insistiu para Garrido. Desta vez o mulato aceitou, começou fumar. No lado dele, Futa desatou a rir, primeiro devagar, sacudido, a querer não deixar sair; depois, uma grande e branca gargalhada até as lágrimas chegarem nos olhos dele, o fumo do cigarro ajudava.

— 'tá rir de quê, então?

— Nada... nada...

Mentira dele. Ria porque estava a ver figura assim, do Garrido Kam'tuta perdido no meio do cacimbo e da noite escura, avançando corajoso só para roubar um papagaio.

Mirou-lhe bem na cara dele magra e sem barba, sentiu uma grande pena. Falou:

— Possa, mano Garrido! Você não teve mais medo de ir assim sozinho, para tirar o papagaio? Se é uma coisa que vale, a gente arrisca. Agora um bicho que não presta para nada...

A voz de Chico Futa era boa como de Lomelino quando queria ser seu pai, ou João Miguel lhe falava de igual os casos da vida e punha perguntas para o Garrido dizer as ideias certas dele. Riu no Xico e ficou um bocado vaidoso daquele gabanço posto assim por um homem forte. Verdade que nem tinha pensado, naquela hora que decidiu era só a raiva do papagaio que lhe fazia andar.

— Deixa! Eu penso eu fui só porque conhecia-lhe bem, na casa e no quintal...

Diminuía de propósito, para ouvir o outro continuar gabar-lhe a coragem. O melhor era ainda se Dosreis e João ouvissem-lhe para não continuarem a mania de não lhe levar nos serviços, deitar-lhe fora, parecia era lixo. Mas Xico Futa estava já voltar noutros casos:

— Oiça então. Já passou a raiva no Lomelino?

Garrido queria mesmo dizer não, esperava-lhe para lutar, mas a boca não aceitava, se falasse era pôr mentira. Xico Futa tinha estragado tudo dentro dele com as palavras, o cigarro e a amizade, e só resmungar é que conseguiu:

— Oh! Me deixa 'mbora!

— Não é, Garrido. Oiça! É que o Lomelino vai vir já, está só ali na visita... e eu não quero vocês vão-se insultar. Prometes?

— Não, possa! Não posso...

Era mentira dele e viu-se logo. Na hora que o Zuzé abriu a porta para meter o Dosreis, o Garrido nem que levantou nem nada. Quem pôs um salto e ficou de pé foi o Xico, preparado para agarrar cada qual se quisessem

lutar. Mas o Lomelino ficou banzado, o pacote das coisas de comer encostado no peito, a roupa na outra mão, só piscava os olhos gastos, espiava a cabeça caída do rapaz, os cabelos curtos, quase louros, os ombros abaixados com falta de vontade e não podia se mexer dali. Procurou os olhos de Xico, mas Futa fingiu estava espreitar o sol que adiantava entrar na janela grande. Sozinho, sem uns olhos nos olhos dele, sem uma palavra para ele, Dosreis sentiu a verdade da queixa, mesmo que lhe negara depois, não fazia nada: o Garrido estava ali preso também e ele é que era o bufo. Soletrou:
— Garrido?!...
Kam'tuta mostrou os olhos azuis, nessa hora estavam pequenos e frios, pareciam gelados.
— Você... estás zangado comigo?
Nem uma palavra; nada. Só os olhos bem colocados na cara dele, admirados, até parecia o rapaz nunca tinha-lhe visto, ele era um de fora, um qualquer. Sentiu doer na barriga com esse olhar espetado assim nele, não perdoava; lembrou truque, experimentou:
— Ouve, Gágá! Mília mandou um feijão para ti, ela sabe você gosta...
Emília era a mulher do Lomelino. Sempre tratava o Kam'tuta parecia ele tinha só dez anos, gostava muito o ar triste do menino, gostava pôr as palavras em crioulo de cap'verde, falar as coisas da ilha dela, ele tudo queria ouvir, admirado, parecia ela estava mas é a inventar uma estória bonita e não a falar as coisas da miséria daquela vida nas ilhas.
— Ouviste, Gágá? Emília...
Mas não valia a pena acabar. Garrido já tinha-se levantado, nos olhos essas palavras de Lóló tinham posto uma vontade de alegria, e para o cap'verde não lhe ver, estava zangado não ia pôr cara de satisfeito, avançou no portão

de grades, muito devagar, chupando o resto do cigarro. Lomelino fez gesto de ir atrás, mas Xico Futa agarrou-lhe no braço, puxando-lhe:
— Deixa, compadre! Deixa a zanga dele sair sozinha...
Sentaram na tarimba do fundo, lugar de Xico, e começaram desamarrar o embrulho das coisas: panela de feijão d'azeite-palma, farinha, peixe frito, banana, pão. Comida de gente de musseque. A panela estava quente ainda, mas muito tempo que tinha se passado desde a saída de nga Mília na casa dela, longe, longe. Xico Futa começou logo comer, pôs o peixe no pão, roía-lhe com os dentes fortes. Mas Dosreis não podia: olhava na comida, a cabeça abaixada, a vergonha que estava sentir quando entrou e viu os olhos do Garrido, era mais grande nessa hora com a comida de Mília na frente. Agarrou na mão de Xico, pediu:
— Chama-lhe, mano Xico!...
Futa sorriu:
— Ó Garrido! Vem 'mbora comer, estamos à espera!
Encostado nas grades, mirando o corredor com os olhos vazios, Kam'tuta tremeu. O cuspo nasceu na boca, pensou o feijão amarelo a brilhar na panela, a farinha a misturar e a fome fez fugir a cabeça dos pensamentos antigos. Mas não se virou. No coração estava ainda ferver um bocado da raiva da queixa, mesmo que tinha visto bem aquela cara de arrependido e triste do Lomelino quando entrou, não ia comer com um bufo.
Cuspiu no corredor, resmungou palavras ele mesmo não sabia mais o que eram e quis meter-se outra vez dentro dos pensamentos dele. Custava, só o feijão estava agora a encher a cabeça, os casos que adiantara pensar naquela hora fugiram, essas manias que o nome dele ia sair no jornal, notícia de roubo de papagaio Jacó e, cadavez mesmo ele ia guardar só para arrenganhar na Inácia, perguntar

saber se já tinha nome dela no jornal, muitas vezes, quem sabe? até vinham lhe tirar fotografia para pôr lá...

Mas outra chapada de palavras apanhou-lhe. Do fundo, o verdiano Lomelino, zangado, berrava:

— Kam'tuta, hom'ê! Veja lá se vamos te pedir de joelhos. Vem comer ainda, porra!...

Garrido sorriu, e com a asneira de amizade foi mesmo.

*

Minha estória. Se é bonita, se é feia, os que sabem ler é que dizem. Mas juro me contaram assim e não admito ninguém que duvida de Dosreis, que tem mulher e dois filhos e rouba patos, não lhe autorizam trabalho honrado; de Garrido Kam'tuta, aleijado de paralisia, feito pouco até por papagaio; de Inácia Domingas, pequena saliente, que está pensar criado de branco é branco — "m'bika a mundele, mundele uê" —; de Zuzé, auxiliar, que não tem ordem de ser bom; de João Via-Rápida, fumador de diamba para esquecer o que sempre está lembrar; de Jacó, coitado papagaio de musseque, só lhe ensinam as asneiras e nem tem poleiro nem nada...

E isto é a verdade, mesmo que os casos nunca tenham passado.

Estória da galinha e do ovo

*Para Amorim e sua ngoma:
sonoros corações da nossa terra.*

A estória da galinha e do ovo. Estes casos passaram no musseque Sambizanga, nesta nossa terra de Luanda.
Foi na hora das quatro horas.
Assim como, às vezes, dos lados onde o sol fimba no mar, uma pequena e gorda nuvem negra aparece para correr no céu azul e, na corrida, começa a ficar grande, a estender braços para todos os lados, esses braços a ficarem outros braços e esses ainda outros mais finos, já não tão negros, e todo esse apressado caminhar da nuvem no céu parece os ramos de muitas folhas de uma mulemba velha, com barbas e tudo, as folhas de muitas cores, algumas secas com o colorido que o sol lhes põe e, no fim mesmo, já ninguém que sabe como nasceram, onde começaram, onde acabam essas malucas filhas da nuvem correndo sobre a cidade, largando água pesada e quente que traziam, rindo compridos e tortos relâmpagos, fa-

lando a voz grossa de seus trovões, assim, nessa tarde calma, começou a confusão.

Sô Zé da quitanda tinha visto passar nga Zefa rebocando miúdo Beto e avisando para não adiantar falar mentira, senão ia-lhe pôr mesmo jindungo na língua. Mas o monandengue refilava, repetia:

— Juro, sangue de Cristo! Vi-lhe bem, mamã, é a Cabíri!...

Falava verdade como todas as vizinhas viram bem, uma gorda galinha de pequenas penas brancas e pretas, mirando toda a gente, desconfiada, debaixo do cesto ao contrário onde estava presa. Era essa a razão dos insultos que nga Zefa tinha posto em Bina, chamando-lhe ladrona, feiticeira, queria lhe roubar ainda a galinha e mesmo que a barriga da vizinha já se via com o mona lá dentro, adiantaram pelejar.

Miúdo Xico é que descobriu, andava na brincadeira com Beto, seu mais novo, fazendo essas partidas vavô Petelu tinha-lhes ensinado, de imitar as falas dos animais e baralhar-lhes e quando vieram no quintal de mamã Bina pararam admirados. A senhora não tinha criação, como é ouvia-se a voz dela, pi, pi, pi, chamar galinha, o barulho do milho a cair no chão varrido? Mas Beto lembrou os casos já antigos, as palavras da mãe queixando no pai quando, sete horas, estava voltar do serviço:

— Rebento-lhe as fuças, João! Está ensinar a galinha a pôr lá!

Miguel João desculpava sempre, dizia a senhora andava assim de barriga você sabe, às vezes é só essas manias as mulheres têm, não adianta fazer confusão, se a galinha volta sempre na nossa capoeira e os ovos você é que apanha... Mas nga Zefa não ficava satisfeita. Arreganhava o homem era um mole e jurava se a atrevida tocava na galinha ia passar luta.

— Deixa, Zefa, pópilas! — apaziguava Miguel. — A senhora está concebida então, homem dela preso e você ainda quer pelejar! Não tens razão!

Por isso, todos os dias, Zefa vigiava embora sua galinha, via-lhe avançar pela areia, ciscando, esgaravatando a procurar os bichos de comer, mas, no fim, o caminho era sempre o mesmo, parecia tinha-lhe posto feitiço: no meio de duas aduelas caídas, a Cabíri entrava no quintal da vizinha e Zefa via-lhe lá debicando, satisfeita, na sombra das frescas mandioqueiras, muitas vezes Bina até dava-lhe milho ou massambala. Zefa só via os bagos cair no chão e a galinha primeiro a olhar, banzada, na porta da cubata onde estava sair essa comida, depois começava apanhar, grão a grão, sem depressa, parecia sabia mesmo não tinha mais bicho ali no quintal para disputar os milhos com ela. Isso nga Zefa não refilava. Mesmo que no coração tinha medo a galinha ia se habituar lá, pensava o bicho comia bem e, afinal, o ovo vinha-lhe pôr de manhã na capoeira pequena do fundo do quintal dela...

Mas, nessa tarde, o azar saiu. Durante toda a manhã, Cabíri andou a passear no quintal, na rua, na sombra, no sol, bico aberto, sacudindo a cabeça ora num lado ora noutro, cantando pequeno na garganta, mas não pôs o ovo dela. Parecia estava ainda procurar melhor sítio. Nga Zefa abriu a porta da capoeira, arranjou o ninho com jeito, foi mesmo pôr lá outro ovo, mas nada. A galinha queria lhe fazer pouco, os olhos dela, pequenos e amarelos, xucululavam na dona, a garganta do bicho cantava, dizendo:

... ngala ngó ku kakela
ká... ká... ká... kakela, kakela...

E assim, quando miúdo Beto veio lhe chamar e falou a Cabíri estava presa debaixo dum cesto na cubata de nga

Bina e ele e Xico viram a senhora mesmo dar milho, nga Zefa já sabia: a sacrista da galinha tinha posto o ovo no quintal da vizinha. Saiu, o corpo magro curvado, a raiva que andava guardar muito tempo a trepar na língua, e sô Zé da quitanda ficou na porta a espiar, via-se bem a zanga na cara da mulher.

Passou luta de arranhar, segurar cabelos, insultos de ladrona, cabra, feiticeira. Xico e Beto esquivaram num canto e só quando as vizinhas desapartaram é que saíram. A Cabíri estava tapada pelo cesto grande mas lhe deixava ver parecia era um preso no meio das grades. Olhava todas as pessoas ali juntas a falar, os olhos pequenos, redondos e quietos, o bico já fechado. Perto dela, em cima de capim posto de propósito, um bonito ovo branco brilhava parecia ainda estava quente, metia raiva em nga Zefa. A discussão não parava mais. As vizinhas tinham separado as lutadoras e, agora, no meio da roda das pessoas que Xico e Beto, teimosos e curiosos, queriam furar, discutiam os casos.

Nga Zefa, as mãos na cintura, estendia o corpo magro, cheio de ossos, os olhos brilhavam assanhados, para falar:

— Você pensa eu não te conheço, Bina? Pensas? Com essa cara assim, pareces és uma sonsa, mas a gente sabe!... Ladrona é o que você é!

A vizinha, nova e gorda, esfregava a mão larga na barriga inchada, a cara abria num sorriso, dizia, calma, nas outras:

— Ai, vejam só! Está-me disparatar ainda! Vieste na minha casa, entraste no meu quintal, quiseste pelejar mesmo! Sukuama! Não tens respeito, então, assim com a barriga, nada?!

— Não vem com essas partes, Bina! Escusas! Querias me roubar a Cabíri e o ovo dela!

— Ih?! Te roubar a Cabíri e o ovo!? Ovo é meu!

Zefa saltou na frente, espetou-lhe o dedo na cara:
— Ovo teu, tuji! A minha galinha é que lhe pôs!
— Pois é, mas pôs-lhe no meu quintal!

Passou um murmúrio de aprovação e desaprovação das vizinhas, toda a gente falou no mesmo tempo, só velha Bebeca adiantou puxar Zefa no braço, falou sua sabedoria:

— Calma então! A cabeça fala, o coração ouve! Praquê então, se insultar assim? Todas que estão falar no mesmo tempo, ninguém que percebe mesmo. Fala cada qual, a gente vê quem tem a razão dela. Somos pessoas, sukua', não somos bichos!

Uma aprovação baixinho reforçou as palavras de vavó e toda a gente ficou esperar. Nga Zefa sentiu a zanga estava-lhe fugir, via a cara das amigas à espera, a barriga saliente de Bina e, para ganhar coragem, chamou o filho:

— Beto, vem ainda!

Depois, desculpando, virou outra vez nas pessoas e falou, atrapalhada:

— É que o monandengue viu...

Devagar, parecia tinha receio das palavras, a mulher de Miguel João falou que muito tempo já estava ver a galinha entrar todos os dias no quintal da outra, já sabia essa confusão ia passar, via bem a vizinha a dar comida na Cabíri para lhe cambular. E, nesse dia — o mona viu mesmo e Xico também —, essa ladrona tinha agarrado a galinha com a mania de dar-lhe milho, pôs-lhe debaixo do cesto para adiantar receber o ovo. A Cabíri era dela, toda a gente sabia e até Bina não negava, o ovo quem lhe pôs foi a Cabíri, portanto o ovo era dela também.

Umas vizinhas abanaram a cabeça que sim, outras que não, uma menina começou ainda a falar no Beto e no Xico, a pôr perguntas, mas vavó mandou-lhes calar a boca.

— Fala então tua conversa, Bina! — disse a velha na rapariga grávida.

— Sukuama! O que é eu preciso dizer mais, vavó? Toda a gente já ouviu mesmo a verdade. Galinha é de Zefa, não lhe quero. Mas então a galinha dela vem no meu quintal, come meu milho, debica minhas mandioqueiras, dorme na minha sombra, depois põe o ovo aí e o ovo é dela? Sukua'! O ovo foi o meu milho que lhe fez, pópilas! Se não era eu dar mesmo a comida, a pobre nem que tinha força de cantar... Agora ovo é meu, ovo é meu! No olho!...

Virou-lhe o mataco, pôs uma chapada e com o indicador puxou depois a pálpebra do olho esquerdo, rindo, malandra, para a vizinha que já estava outra vez no meio da roda para mostrar a galinha assustada atrás das grades do cesto velho.

— Vejam só! A galinha é minha, a ladrona mesmo é que disse. Capim está ali, ovo ali. Apalpem-lhe! Apalpem-lhe! Está mesmo quente ainda! E está dizer o ovo é dela! Makutu! Galinha é minha, ovo é meu!

Novamente as pessoas falaram cada qual sua opinião, fazendo um pequeno barulho que se misturava no xaxualhar das mandioqueiras e fazia Cabíri, cada vez mais assustada, levantar e baixar a cabeça, rodando-lhe, aos saltos, na esquerda e direita, querendo perceber, mirando as mulheres. Mas ninguém que lhe ligava. Ficou, então, olhar Beto e Xico, meninos amigos de todos os bichos e conhecedores das vozes e verdades deles. Estavam olhar o cesto e pensavam a pobre queria sair, passear embora e ninguém que lhe soltava mais, com a confusão. Nga Bina, agora com voz e olhos de meter pena, lamentava:

— Pois é, minhas amigas! Eu é que sou a sonsa! E ela estava ver todos os dias eu dava milho na galinha, dava massambala, nada que ela falava, deixava só, nem obrigado... Isso não conta? Pois é! Querias!? A galinha gorda com o meu milho e o ovo você é que lhe comia?!...

Vavó interrompeu-lhe, virou nas outras mulheres — só

mulheres e monas é que tinha, nessa hora os homens estavam no serviço deles, só mesmo os vadios e os chulos estavam dormir nas cubatas — e falou:

— Mas então, Bina, você queria mesmo a galinha ia te pôr um ovo?

A rapariga sorriu, olhou a dona da galinha, viu as caras, umas amigas outras caladas com os pensamentos, e desculpou:

— Pópilas! Muitas de vocês que tiveram vossas barrigas já. Vavó sabe mesmo, quando chega essa vontade de comer uma coisa, nada que a gente pode fazer. O mona na barriga anda reclamar ovo. Que é eu podia fazer, me digam só?!

— Mas ovo não é teu! A galinha é minha, ovo é meu! Pedias! Se eu quero dou, se eu quero não dou!

Nga Zefa estava outra vez raivosa. Essas vozes mansas e quietas de Bina falando os casos do mona na barriga, desejos de gravidez, estavam atacar o coração das pessoas, sentia se ela ia continuar falar com aqueles olhos de sonsa, a mão a esfregar sempre a barriga redonda debaixo do vestido, derrotava-lhe, as pessoas iam mesmo ter pena, desculpar essa fome de ovo que ela não tinha a culpa... Virou-se para vavó, a velha chupava sua cigarrilha dentro da boca, soprava o fumo e cuspia.

— Então, vavó?! Fala então, a senhora é que é nossa mais-velha...

Toda a gente calada, os olhos parados na cara cheia de riscos e sabedoria da senhora. Só Beto e Xico, abaixados junto do cesto, conversavam com a galinha, miravam suas pequenas penas assustadas a tremer com o vento, os olhos redondos a verem os sorrisos amigos dos meninos. Puxando o pano em cima do ombro, velha Bebeca começou:

— Minhas amigas, a cobra enrolou no muringue! Se pego o muringue, cobra morde; se mato a cobra, o muringue parte!... Você, Zefa, tem razão: galinha é sua, ovo da barriga dela é seu! Mas Bina também tem razão dela: ovo foi posto no quintal dela, galinha comia milho dela... O melhor perguntamos ainda no sô Zé... Ele é branco!...

Sô Zé, dono da quitanda, zarolho e magro, estava chegar chamado pela confusão. Nessa hora, a loja ficava vazia, fregueses não tinha, podia-lhe deixar assim sozinha.

— Sô Zé! O senhor, faz favor, ouve ainda estes casos e depois ponha sua opinião. Esta minha amiga...

Mas toda a gente adiantou interromper vavó. Não senhor, quem devia pôr os casos era cada qual, assim ninguém que ia falar depois a mais-velha tinha feito batota, falando melhor um caso que outro. Sô Zé concordou. Veio mais junto das reclamantes e, com seu bonito olho azul bem na cara de Zefa, perguntou:

— Então, como é que passou?

Nga Zefa começou contar, mas, no fim, já ia esquivar o caso de espreitar o milho que a vizinha dava todos os dias, e vavó acrescentou:

— Fala ainda que você via-lhe todos os dias pôr milho para a Cabíri!

— Verdade! Esqueci. Juro não fiz de propósito...

Sô Zé, paciente, as costas quase marrecas, pôs então um sorriso e pegou Bina no braço.

— Pronto! Já sei tudo. Tu dizes que a galinha pôs no teu quintal, que o milho que ela comeu é teu e, portanto, queres o ovo. Não é?

Com essas palavras assim amigas, de sô Zé, a mulher nova começou a rir, sentia já o ovo ia ser dela, era só furar--lhe, dois buracos pequenos, chupar, chupar, e depois lamber os beiços mesmo na cara da derrotada. Mas quando olhou-lhe outra vez, sô Zé já estava sério, a cara dele era aquela máscara cheia de riscos e buracos feios onde só o olho azul bonito brilhava lá no fundo. Parecia estava atrás do balcão mirando com esse olho os pratos da balança quando pesava, as medidas quando media, para pesar menos, para medir menos.

— Ouve lá! — falou em nga Bina, e a cara dela apagou logo-logo o riso, ficou séria, só a mão continuava fazer festas na barriga. — Esse milho que deste na Cabíri... é daquele que te vendi ontem?

— Isso mesmo, sô Zé! Ainda bem, o senhor sabe...

— Ah, sim!? O milho que te fiei ontem? E dizes que o ovo é teu? Não tens vergonha?...

Pôs a mão magra no ombro de vavó e, com riso mau, a fazer pouco, falou devagar:

— Dona Bebeca, o ovo é meu! Diga-lhes para me darem o ovo. O milho ainda não foi pago!...

Um grande barulho saiu nestas palavras, ameaças mesmo, as mulheres rodearam o dono da quitanda, insultando, pondo empurrões no corpo magro e torto, enxotando-lhe outra vez na casa dele.

— Vai 'mbora, gueta da tuji!

— Possa! Este homem é ladrão. Vejam só!

Zefa gritou-lhe quando ele entrou outra vez na loja, a rir, satisfeito:

— Sukuama! Já viram? Não chega o que você roubaste no peso, não é, gueta camuelo?!

Mas os casos não estavam resolvidos.

Quando parou o riso e as falas dessa confusão com o branco, nga Zefa e nga Bina ficaram olhar em vavó, esperando a velha para resolver. O sol descia no seu caminho do mar de Belas e o vento, que costuma vir no fim da tarde, já tinha começado a chegar. Beto e Xico voltaram para junto do cesto e deixaram-se ficar ali a mirar outra vez a galinha Cabíri. O bicho tinha-se assustado com todo o barulho das macas com sô Zé, mas, agora, sentindo o ventinho fresco a coçar-lhe debaixo das asas e das penas, aproveitou o silêncio e começou cantar.

— Sente, Beto! — sussurrou-se Xico. — Sente só a cantiga dela!

E desataram a rir ouvindo o canto da galinha, eles sabiam bem as palavras, velho Petelu tinha-lhes ensinado.

— Calem-se a boca, meninos. Estão rir de quê então? — a voz de vavó estava quase zangada.

— Beto, venha cá! Estás rir ainda, não é? Querem-te roubar o ovo na sua mãe e você ri, não é?

O miúdo esquivou para não lhe puxarem as orelhas ou porem chapada, mas Xico defendeu-lhe:

— Não é, vavó! É a galinha, está falar conversa dela!

— Oh! Já sei os bichos falam com os malucos. E que é que está dizer?... Está dizer quem é dono do ovo?...

— Cadavez, vavó!... Sô Petelu é que percebe bem, ele m'ensinou!

Vavó Bebeca sorriu; os seus olhos brilharam e, para afastar um pouco essa zanga que estava em todas as caras, continuou provocar o mona:

— Então, está dizer é o quê? Se calhar está falar o ovo...

Aí Beto saiu do esconderijo da mandioqueira e nem deixou Xico começar, ele é que adiantou:

— A galinha fala assim, vavó:

Ngëxile kua ngana Zefa
Ngala ngó ku kakela
Ka... ka... ka... kakela, kakela...

E então Xico, voz dele parecia era caniço, juntou no amigo e os dois começaram cantar imitando mesmo a Cabíri, a galinha estava burra, mexendo a cabeça, ouvindo assim a sua igual a falar mas nada que via.

... ngëjile kua ngana Bina
Ala kiá ku kuata
kua... kua... kua... kuata, kuata!

E começaram fingir eram galinhas a bicar o milho no chão, vavó é que lhes ralhou para calarem, nga Zefa veio mesmo dar berrida no Beto, e os dois amigos saíram nas corridas fora do quintal.

Mas nem um minuto que demoraram na rua. Xico veio na frente, satisfeito, dar a notícia em vavó Bebeca:

— Vavó! Azulinho vem aí!

— Chama-lhe, Xico! Não deixa ele ir embora!

Um sorriso bom pousou na cara de todos, nga Zefa e nga Bina respiraram, vavó deixou fugir alguns riscos que a preocupação do caso tinha-lhe posto na cara. A fama de Azulinho era grande no musseque, menino esperto como ele não tinha, mesmo que só de dezasseis anos não fazia mal, era a vaidade de mamã Fuxi, o sô padre do Seminário até falava ia lhe mandar estudar mais em Roma. E mesmo que os outros monas e alguns mais-velhos faziam-lhe pouco porque o rapaz era fraco e com uma bassula de brincadeira chorava, na hora de falar sério, tanto faz é latim, tanto faz é matemática, tanto faz é religião, ninguém que duvidava: Azulinho sabia. João Pedro Capita era nome dele, e Azulinho alcunharam-lhe por causa esse fato de fardo que não larga mais, calor e cacimbo, sempre lhe vestia todo bem engomado.

Vavó chamou-lhe então e levou-lhe no meio das mulheres para saber os casos. O rapaz ouvia, piscava os olhos atrás dos óculos, puxava sempre os lados do casaco para baixo, via-se na cara dele estava ainda atrapalhado no meio de tantas mulheres, muitas eram só meninas mesmo, e a barriga inchada e redonda de nga Bina, na frente dele, fazia-lhe estender as mãos sem querer, parecia tinha medo a mulher ia lhe tocar com aquela parte do corpo.

— Veja bem, menino! Estes casos já trouxeram muita confusão, o senhor sabe, agora é que vai nos ajudar. Mamã diz tudo quanto tem, o menino sabe!...

Escondendo um riso vaidoso, João Pedro, juntando as mãos parecia já era mesmo sô padre, falou:

— Eu vos digo, senhora! A justiça é cega e tem uma espada...

Limpou a garganta a procurar as palavras e toda a gente viu a cara dele rir com as ideias estavam nascer, chegavam-lhe na cabeça, para dizer o que queria.

— Vós tentais-me com a lisonja! E, como Jesus Cristo aos escribas, eu vos digo: não me tenteis! E peço-vos que me mostrem o ovo, como Ele pediu a moeda...

Foi Beto, com sua técnica, quem tirou o ovo sem assustar a Cabíri que gostava bicar quando faziam isso, cantando-lhe em voz baixa as coisas que tinha aprendido para falar nos animais. Com o ovo na mão, virando-lhe sobre a palma branca, Azulinho continuou, parecia era só para ele o que ele falava, mas ninguém que lhe interrompia, o menino tinha fama:

— Nem a imagem de César, nem a imagem de Deus!

Levantou os olhos gastos atrás dos óculos, mirou cada vez Zefa e Bina, concluiu:

— Nem a marca da tua galinha, Zefa; nem a marca do teu milho, Bina! Não posso dar a César o que é de César, nem a Deus o que é de Deus. Só mesmo padre Júlio é que vai falar a verdade. Assim... eu levo o ovo, vavó Bebeca!

Um murmúrio de aprovação saiu do grupo, mas nga Zefa não desistiu: o ovo não ia lhe deixar voar no fim de passar tanta discussão. Saltou na frente do rapaz, tirou-lhe o ovo da mão, muxoxou:

— Sukuama! Já viram? Agora você quer levar o ovo embora no sô padre, não é? Não, não pode! Com a sua sapiência não me intrujas, mesmo que nem sei ler nem escrever, não faz mal!

Azulinho, um pouco zangado, fez gesto de despedir, curvou o corpo, levantou a mão com os dedos postos como sô padre e saiu falando sozinho:

— Pecadoras! Queriam me tentar! As mulheres são o Diabo...

Com o tempo a fugir para a noite e as pessoas a lembrar o jantar para fazer, quando os homens iam voltar do serviço não aceitavam essa desculpa da confusão da galinha, algumas mulheres saíram embora nas suas cubatas falando se calhar vavó não ia poder resolver os casos sem passar chapada outra vez. Mas nga Zefa não desistia: queria levar o ovo e a galinha. Dona Bebeca tinha-lhe recebido o ovo para guardar, muitas vezes a mulher, com a raiva, ia-lhe partir ali mesmo. Só a coitada da Cabíri, cansada com isso tudo, estava deitada outra vez no ninho de capim, à espera.

Foi nessa hora que nga Mília avistou, no outro fim da rua, descendo do maximbomho, sô Vitalino.

— Aiuê, meu azar! Já vem esse homem me cobrar outra vez! João ainda não voltou no Lucala, como vou lhe pagar? Fujo! Logo-é!...

Saiu, nas escondidas, pelo buraco do quintal, tentando esquivar nos olhos do velho.

Todo aquele lado do musseque tinha medo de sô Vitalino. O homem, nos dias do fim do mês, descia do maximbombo, vinha com a bengala dele, de castão de prata, velho fato castanho, o grosso capacete caqui, receber as rendas das cubatas que tinha ali. E nada que perdoava, mesmo que dava encontro o homem da casa deitado na esteira, comido na doença, não fazia mal: sempre arranjava um amigo dele, polícia ou administração, para ajudar correr com os infelizes. Nesse mês tinha vindo logo receber e só em nga Mília aceitou desculpa. A verdade, todos sabiam o homem dela, fogueiro do Cê-Efe-Éle, estava para Malanje, mas o velho tinha outras ideias na cabeça: gostava segurar o bonito e redondo braço cor de café com leite de Emília quando falava, babando pelos buracos dos den-

tes, que não precisava ter preocupação, ele sabia bem era uma mulher séria. Pedia licença, entrava na cubata para beber caneca de água fresca no muringue, pôr festas nos monas e saía sempre com a mesma conversa, nga Mília não percebia onde é o velho acabava a amizade e começava a ameaça:
— Tenha cuidado, dona Emília! A senhora está nova, essa vida de trabalho não lhe serve... Esse mês eu desculpo, volto na semana, mas pense com a cabeça: não gostava antes morar no Terra-Nova, uma casa de quintal com paus de fruta, ninguém que lhe aborrece no fim do mês com a renda?... Veja só!
Nga Emília fingia não estava ouvir, mas no coração dela a raiva só queria que seu homem estivesse aí quando o velho falava essas porcarias escondidas, para lhe pôr umas chapadas naquele focinho de porco...
Vendo o proprietário avançar pela areia arrastando os grossos sapatos, encostado na bengala, vavó Bebeca pensou tinha de salvar Emília e o melhor era mesmo agarrar o velho.
— Boa tarde, sô Vitalino!
— Boa tarde, dona!
— Bessá, vavô Vitalino!... — outras mulheres faziam também coro com Bebeca, para muximar.
Xico e Beto, esses, já tinham corrido e, segurando na bengala, no capacete, andavam à volta dele, pedindo sempre aquilo que nenhum mona ainda tinha recebido desse camuelo.
— Me dá 'mbora cinco tostões!
— Cinco tostões, vavô Lino! P'ra quiquerra!
O velho parou para limpar a testa com um grande lenço vermelho que pôs outra vez no bolso do casaco, dobrando-lhe com cuidado:
— Boa tarde, senhoras! — e os olhos dele, pequenos

pareciam eram missangas, procuraram em todas as caras a cara que queria. Vavó adiantou:

— Ainda bem que o senhor veio, senhor sô Vitalino. Ponha ainda sua opinião nestes casos. Minhas amigas aqui estão discutir...

Falou devagar e ninguém que lhe interrompeu: para sô Vitalino, dono de muitas cubatas, que vivia sem trabalhar, os filhos estudavam até no liceu, só mesmo vavó é que podia pôr conversa de igual. Das outras não ia aceitar, com certeza disparatava-lhes.

— Quer dizer, dona Bebeca: o ovo foi posto aqui no quintal da menina Bina, não é?

— Verdade mesmo! — sorriu-se Bina.

Tirando o capacete, sô Vitalino olhou na cara zangada de Zefa com olhos de corvo e, segurando no braço, falou, a fazer troça...

— Menina Zefa! A senhora sabe de quem é a cubata onde está morar a sua vizinha Bina?

— Ih?! É do senhor.

— E sabe também sua galinha pôs um ovo no quintal dessa minha cubata? Quem deu ordem?

— Elá! Não adianta desviar assim as conversas, sô Vitalino...

— Cala a boca! — zangou o velho. — A cubata é minha, ou não é?

As mulheres já estavam a ver o caminho que sô Vitalino queria, começaram a refilar, falar umas nas outras, está claro, esse assunto para o camuelo resolver, o resultado era mesmo aquele, já se sabia. Nga Bina ainda arreganhou-lhe chegando bem no velho, encostando a barriga gorda parecia queria-lhe empurrar para fora do quintal.

— E eu não paguei a renda, diz lá, não paguei, sô Vitalino?

— É verdade, minha filha, pagaste! Mas renda não é

cubata, não é quintal! Esses são sempre meus mesmo se você paga, percebe?

As mulheres ficaram mais zangadas com essas partes, mas Bina ainda tentou convencer:

— Vê ainda, sô Vitalino! A cubata é do senhor, não discuto. Mas sempre que as pessoas paga renda no fim do mês, pronto já! Fica pessoa como dono, não é?

Velho Vitalino riu os dentes pequenos e amarelos dele, mas não aceitou.

— Vocês têm cada uma!... Não interessa, o ovo é meu! Foi posto na cubata que é minha! Melhor vou chamar o meu amigo da polícia...

Toda a gente já lhe conhecia esses arreganhos e as meninas mais-velhas uatobaram. Xico e Beto, esses, continuaram sacudir-lhe de todos os lados para procurar receber dinheiro e vavó mais nga Bina vieram mesmo empurrar-lhe na rua, metade na brincadeira, metade a sério. Vendo-lhe desaparecer a arrastar os pés pelo areal vermelho, encostado na bengala, no caminho da cubata de nga Mília, velha Bebeca avisou:

— Não perde teu tempo, sô Vitalino! Emília saiu embora na casa do amigo dela... É um rapaz da polícia! Com esse não fazes farinha!

E os risos de todas as bocas ficaram no ar dando berrida na figura torta e atrapalhada do proprietário Vitalino.

Já eram mais que cinco horas, o sol mudava sua cor branca e amarela. Começava ficar vermelho, dessa cor que pinta o céu e as nuvens e as folhas dos paus, quando vai dormir no meio do mar, deixando a noite para as estrelas e a lua. Com a saída de sô Vitalino, assim corrido e feito pouco, parecia os casos não iam se resolver mais. Nga Zefa, tão assanhada no princípio, agora mirava a Cabíri debaixo do cesto e só Bina queria convencer ainda as vizinhas ela mesmo é que tinha direito de receber o ovo.

— Mas não é? Estou pôr mentira? Digam só? Quando essas vontades atacam, temos que lhes respeitar...

Não acabou conversa dela, toda a gente olhou no sítio onde que saía uma voz de mulher a insultar. Era do outro lado do quintal, na cubata da quitata Rosália e as vizinhas espantaram, já muito tempo não passava confusão ali, mas parecia essa tarde estava chamar azar, tinha feitiço. Na porta, mostrando o corpo dela já velho mas ainda bom, as mamas a espreitar no meio da combinação, Rosália xingava, dava berrida no homem.

— Vai 'mbora, hom'é! Cinco e meia mesmo e você dormiu toda a tarde? Pensas sou teu pai, ou quê? Pensas? Tunda, vadio! Vai procurar serviço!

Velho Lemos nem uma palavra que falava nessa mulher quando ela, nas horas que queria preparar para receber os amigos — todo o musseque sabia, parece só ele mesmo é que fingia não estava perceber o dinheiro da comida donde vinha —, adiantava enxotar-lhe fora da cubata. Sô Lemos metia as mãos nos bolsos das calças amarrotadas e, puxando sua perna esquerda atacada de doença, gorda parecia imbondeiro, arrastava os quedes pela areia e ia procurar, pelas quitandas, casos e confusões para descobrir ainda um trabalho de ganhar para o abafado e os cigarros.

É que a vida dele era tratar de macas. Antigamente, antes de adiantar beber e estragar a cabeça, sô Artur Lemos trabalhava no notário. Na sua casa podiam-se ainda encontrar grossos livros encadernados, processo penal, processo civil, boletim oficial, tudo, parecia era casa de advogado. E as pessoas, quando queriam, quando andavam atrapalhadas com casos na administração, era sô Artur que lhes ajudava.

Ainda hoje, quando as vizinhas davam encontro com Rosália na porta, esperando os fregueses, ninguém que podia fazer pouco o homem dela. Enganava-lhe com toda

a gente, às vezes chamava até os monandengues para pôr brincadeiras que os mais-velhos não aceitavam, mas na hora de xingarem-lhe o marido ela ficava parecia era gato assanhado.
— Homem como ele, vocês não encontram! Têm mas é raiva! É verdade o corpo está podre, não serve. Mas a cabeça é boa, a sabedoria dele ninguém que tem!
E é mesmo verdade que não autorizava mexer nos livros arrumados na prateleira, cheios de pó e teias de aranha, e, sempre vaidosa, lhes mostrava:
— Vejam, vejam! Tudo na cabeça dele! E os vossos homens? Na cama sabem, mas na cabeça é tuji só!...
Ria-se, justificava, encolhia os ombros:
— P'ra cama a gente arranja sempre. E ainda pagam! Agora com a cabeça dele... Tomara!
As vizinhas gozavam, falavam essas palavras ele é que tinha ensinado para não lhe fazerem pouco de corno, mas Rosália não ligava. Nem mesmo quando os monas, aborrecidos de todas as brincadeiras, saíam atrás do homem dela, xingando sua alcunha:
— Vintecinco linhas! Vintecinco linhas!...
Porque era a palavra de feitiço, em todos os casos sô Lemos falava logo:
— Fazemos um vintecinco linhas, é caso arrumado!
E se adiantava receber dinheiro para o papel, muitas vezes ia-lhe beber com Francesinho, Quirino, Kutatuji e outros vagabundos como eles, nalguma quitanda mais para São Paulo.
Pois nessa hora, quando vavó já estava para desistir, é que viram mesmo sô Artur Lemos e correram a lhe chamar: o homem, com sua experiência de macas, ia talvez resolver o assunto. Avisando Beto e Xico para não adiantarem xingar o velho, vavó, com ajuda das interessadas, expôs os casos.

Parecia uma vida nova entrava no corpo estragado do antigo ajudante de notário. O peito respirava mais direito, os olhos não lacrimejavam tanto e, quando mexia, até a perna nada que coxeava. Abriu os braços, começou empurrar as pessoas; tu para aqui, tu para ali, fica quieto, e, no fim, com vavó Bebeca na frente dele, pondo Bina na esquerda e nga Zefa na direita, coçou o nariz, começou:

— Pelos vistos, e ouvida a relatora e as partes, trata-se de litígio de propriedade com bases consuetudinárias...

As mulheres olharam-se, espantadas, mas ninguém que disse nada; Vintecinco linhas continuou, falando para nga Zefa:

— Diz a senhora que a galinha é sua?
— Sim, sô Lemos.
— Tem título de propriedade?
— Ih? Tem é o quê?
— Título, dona! Título de propriedade! Recibo que prova que a galinha é sua!

Nga Zefa riu:
— Sukuama! Ninguém no musseque que não sabe a Cabíri é minha, sô Lemos. Recibo de quê então?
— De compra, mulher! Para provarmos primeiro que a galinha é tua!
— Possa! Esse homem... Compra?! Então a galinha me nasceu-me doutra galinha, no meu quintal, como é vou ter recibo?

Sem paciência, sô Lemos fez sinal para ela se calar e resmungou à toa:
— Pois é! Como é que as pessoas querem fazer uso da justiça, se nem arranjam os documentos que precisam?

Coçando outra vez o nariz, olhou para nga Bina, que sorria, satisfeita com essas partes do velho, e perguntou:
— E a senhora, pode mostrar o recibo do milho? Não?

Então como é eu vou dizer quem tem razão? Como? Sem documentos, sem provas nem nada? Bem...

Olhou direito na cara das pessoas todas, virou os olhos para Beto e Xico abaixados junto do cesto da galinha e recebeu o ovo de vavó Bebeca.

— A senhora, dona Bina, vamos pôr queixa contra sua vizinha, por intromissão na propriedade alheia com alienação de partes da mesma. Isto é: o milho!

Nga Bina abriu a boca para falar, mas ele continuou:

— Quanto à senhora, dona Zefa, requerimentaremos sua vizinha por tentativa de furto e usufruto do furto! Preciso cinco escudos cada uma para papel!

Uma grande gargalhada tapou-lhe as últimas palavras e, no fim do riso, vavó quis lhe arrancar a resposta:

— Mas, sô Lemos, diz então! Quem é que tem a razão?

— Não sei, dona! Sem processo para julgar não pode-se saber a justiça, senhora! Fazemos os requerimentos...

Toda a gente continuou rir e Beto e Xico aproveitaram logo para começar fazer pouco. Derrotado pelo riso, vendo que não ia conseguir esse dinheiro para beber com os amigos, sô Lemos, empurrado por vavó quase a chorar com as gargalhadas, tentou a última parte:

— Oiçam ainda! Eu levo o ovo, levo-lhe no juiz meu amigo e ele fala a sentença.

— O ovo no olho! — gritou-lhe, zangada, nga Zefa. O tempo tinha passado, conversa, conversa e nada que resolveram e, com essas brincadeiras assim, muitas vezes a saliente da Bina ia lhe chupar o ovo. Da rua ainda se ouvia a voz rouca de sô Lemos zunindo pedradas em Beto e Xico, que não tinham-lhe largado com as piadas. Levantando o punho fraco, o velho insultava-lhes:

— Maliducados! Vagabundos! Delinquentes!

Depois, parando e enchendo o peito de ar, atirou a palavra que dançava na cabeça, essa palavra que estava nos jornais que lia:

— Seus ganjésteres!

E, feliz com esse insulto, saiu pelos tortos caminhos do musseque, rebocando a perna inchada.

Quando as vizinhas viram que nem sô Lemos sabia resolver os casos, e ao sentirem o vento mais fresco que soprava e o sol, mais perto do mar, lá para longe, para trás da Cidade Alta, começaram falar o melhor era esperar os homens quando voltassem no serviço, para resolver. Nga Bina não aceitou:

— Pois é! Mas o meu homem está na esquadra, e quem vai me defender?

Mas nga Zefa é que estava mesmo furiosa: sacudindo velha Bebeca do caminho, avançou arreganhadora para o cesto, adiantar agarrar a galinha. E aí começou outra vez a luta. Bina pegou-lhe no vestido, que rasgou logo no ombro; Zefa deu-lhe com uma chapada, agarraram-se, pondo socos e insultos.

— Sua ladrona! Cabra, queres o meu ovo!

— Aiuê, acudam! A bater numa grávida então!...

A confusão cresceu, ficou quente, as mulheres cada qual a tentar desapartar e as reclamantes a quererem ainda pôr pontapés, Beto e Xico a rir, no canto do quintal para onde tinham rebocado a Cabíri, que, cada vez mais banzada, levantava o pescoço, mexia a cabeça sem perceber nada e só os miúdos é que parcebiam o ké, ké, ké dela. No meio da luta já ninguém que sabia quem estava segurar, parecia a peleja era mesmo de toda a gente, só se ouviam gritos, lamentos, asneiras, tudo misturado com o cantar da galinha assustada, os risos dos monandengues, o vento nas folhas das mandioqueiras e aquele barulho que o musseque começa a crescer quando a noite avança e as pessoas de trabalhar na Baixa voltam nas suas cubatas. Por isso ninguém que deu conta a chegada da patrulha.

Só mesmo quando o sargento começou aos socos nas costas é que tudo calou e começaram ainda arranjar os panos, os lenços da cabeça, coçar os sítios das pancadas. Os dois soldados tinham também entrado atrás do chefe deles, sem licença nem nada, e agora, um de cada lado do grupo, mostravam os cassetetes brancos, ameaçando e rindo. Mas o sargento, um homem gordo e baixo, todo suado, tinha tirado o capacete de aço e arreganhava:

— Bando de vacas! Que raio de coisa é esta? Eh!? O que é que sucedeu?

Ninguém que respondeu, só alguns muxoxos. Vavó Bebeca avançou um passo.

— Não ouvem, zaragateiras? O que é isto aqui? Uma reunião?

— Ih?! Reunião de quê então? — vavó, zangada, refilava.

— Vamos, canta lá, avozinha! Porquê é que estavam à porrada? Depressa, senão levo tudo para a polícia!

Vavó viu nos olhos do soldado o homem estava falar verdade e, então, procurou ajuda nas outras pessoas. Mas as caras de todas não diziam nada, estavam olhar no chão, o ar, o canto onde Beto e Xico não tinham saído com o cesto, os dois soldados rodeando todo o grupo. No fim, olhando o homem gordo, falou devagar, a explorar ainda:

— Sabe! O senhor soldado vai-nos desculpar...

— Soldado uma merda! Sargento!

— Ih?! E sargento não é soldado?...

— Deixa-te de coisas, chiça! Estou quase a perder a paciência. Que raio de chinfrim é este?

Vavó contou, procurando em Zefa e Bina cada vez que falava para ver a aprovação das suas palavras, toda a confusão da galinha e do ovo e porquê estavam pelejar. O sargento, mais risonho, olhava também a cara das mulheres para descobrir a verdade daquilo tudo, desconfiado que o queriam enganar.

— E os vossos homens onde estão?

Foi nga Bina quem respondeu primeiro, falando o homem dela estava na esquadra e ela queria o ovo, assim grávida estava-lhe apetecer muito. Mas o sargento nem lhe ligou; abanava a cabeça, depois disse entredentes:

— Na polícia, hein? Se calhar é terrorista... E a galinha?

Todas as cabeças viraram para o canto, nas mandioqueiras, onde os meninos, abaixados à volta do cesto, guardavam a Cabíri. Mas nem com os protestos de nga Zefa e o refilanço das outras amigas, o soldado aceitou; foi lá e, metendo a mão debaixo do cesto, agarrou a galinha pelas asas, trazendo-lhe assim para entregar ao sargento. A Cabíri nem piava, só os olhos dela, maiores com o medo, olhavam os amigos Beto e Xico, tristes no canto. O sargento agarrou-lhe também pelas asas e encostou o bicho à barriga gorda. Cuspiu e, diante da espera de toda gente — nga Zefa sentia o coração bater parecia ngoma, Bina rindo para dentro —, falou:

— Como vocês não chegaram a nenhuma conclusão sobre a galinha e o ovo, eu resolvo...

Riu, os olhos pequenos quase desapareceram no meio da gordura das bochechas dele e, piscando-lhes para os ajudantes, arreganhou:

— Vocês estavam a alterar a ordem pública, neste quintal, desordeiras! Estavam reunidas mais de duas pessoas, isso é proibido! E, além do mais, com essa mania de julgarem os vossos casos, tentavam subtrair a justiça aos tribunais competentes! A galinha vai comigo apreendida, e vocês toca a dispersar! Vamos! Circulem, circulem para casa!

Os soldados, ajudando, começaram a girar os cassetetes brancos em cima da cabeça. Muitas que fugiram logo, mas nga Zefa era rija, acostumada a lutar sempre, e não ia deixar a galinha dela ir assim para churrasco do soldado, como esses homens da patrulha queriam. Agarrou-se no sargento, queria segurar a galinha, mas o homem empurrou-lhe, levantando o bicho alto, por cima da cabeça, onde a Cabíri, assustada, começou piar, sacudir o corpo gordo, arranhando o braço do soldado com as unhas.

— Ei, ei, ei! Mulherzinha, calma! Senão ainda te levo presa, vais ver! 'tá quieta!

Mas, nessa hora, enquanto nga Zefa tentava tirar a galinha das mãos do gordo sargento, debaixo do olhar gozão de vavó Bebeca, nga Bina e outras que tinham ficado ainda, é que sucedeu aquilo que parecia feitiço e baralhou toda a gente, enquanto não descobriram a verdade.

Quando o soldado foi tirar a galinha debaixo do cesto, Beto e Xico miraram-se calados. E se as pessoas tivessem dado atenção nesse olhar tinham visto logo nem os soldados que podiam assustar ou derrotar os meninos de musseque. Beto falou na orelha de Xico:

— É isso, Xico! Esses gajos não vão levar a Cabíri assim à toa! Temos de lhes atacar com a nossa técnica...

— Vamos, Beto! Com depressa!

— Não, você ficas! P'ra disfarçar...

E Beto, parecia era gato, passou o corpo magro no buraco das aduelas, desaparecendo, nas corridas, por detrás da quitanda. Xico esticou as orelhas com atenção esperando mesmo esse sinal que ia salvar a Cabíri. E foi isso que as pessoas, banzadas, ouviram quando o sargento queria ainda esquivar a galinha dos braços compridos e magros de nga Zefa.

Só eram mesmo cinco e meia quase, o sol ainda brilhava muito e a noite vinha longe. Ainda se estivesse fresco, mas não: o calor era pesado e gordo em cima do musseque. Como é um galo tinha-se posto assim, naquela hora, a cantar alegre e satisfeito, a sua cantiga de cambular galinhas? As pessoas pasmadas e até a Cabíri deixou de mexer, só a cabeça virava em todos os lados, revirando os olhos, a procurar no meio do vento esse cantar conhecido que lhe chamava, que lhe dizia o companheiro tinha encontrado bicho de comer ou sítio bom de tomar banho de areia. Maior que todos os barulhos, do lado de lá da quitanda de sô Zé, vinha, novo, bonito e confiante, o cantar dum galo, desafiando a Cabíri.

    E, então, sucedeu: Cabíri espetou com força as unhas dela no braço do sargento, arranhou fundo, fez toda a força nas asas e as pessoas, batendo palmas, uatobando e rindo, fazendo pouco, viram a gorda galinha sair a voar por cima do quintal, direita e leve, com depressa, parecia era ainda pássaro de voar todas as horas. E como cinco e meia já eram e o céu azul não tinha nem uma nuvem daquele lado sobre o mar, também no voo dela na direcção do sol só viram, de repente, o bicho ficar um corpo preto no meio, vermelho dos lados e, depois, desaparecer na fogueira dos raios do sol...

    Ainda com as mãos nos olhos magoados da luz, o sargento e os soldados saíram resmungando a ocasião perdida de um churrasco sem pagar. As mulheres miravam-lhes com os olhos gozões, as meninas riam. O vento veio soprar devagar as folhas das mandioqueiras. Nga Zefa sentia o peito leve e vazio, um calor bom a encher-lhe o corpo todo: no meio do cantar do galo, ela sabia estava sair no quintal dela, conheceu muito bem a voz do filho, esse malandro miúdo que imitava as falas de todos os bichos, enganando-lhes. Chamou Xico, riu nas vizinhas e, pondo festas nos cabelos do monandengue, falou-lhes, amiga:

    — Foi o Beto! Parecia era galo. Aposto a Cabíri já está na capoeira...

    Vavó Bebeca sorriu também. Segurando o ovo na mão dela, seca e cheia de riscos dos anos, entregou para Bina.

    — Posso, Zefa?...

Envergonhada ainda, a mãe de Beto não queria soltar o sorriso que rebentava na cara dela. Para disfarçar começou dizer só:

— É, sim, vavó! É a gravidez. Essas fomes, eu sei... E depois o mona na barriga reclama!...

De ovo na mão, Bina sorria. O vento veio devagar e, cheio de cuidados e amizades, soprou-lhe o vestido gasto contra o corpo novo. Mergulhando no mar, o sol punha pequenas escamas vermelhas lá em baixo nas ondas mansas da Baía. Diante de toda a gente e nos olhos admirados e monandengues de miúdo Xico, a barriga redonda e rija de nga Bina, debaixo do vestido, parecia era um ovo grande, grande...

*

Minha estória.

Se é bonita, se é feia, vocês é que sabem. Eu só juro não falei mentira e estes casos passaram nesta nossa terra de Luanda.

Luanda, 1963/Lisboa, 1972

Glossário

EXPRESSÕES EM QUIMBUNDO

Ambul'o kuku: Deixa (larga) o avô!
Bessá!: A sua bênção!
Katul'o maku, sungadibengu...: Tira as mãos, mulato ordinário...
Makutu!: Mentira!
M'bika a mundele, mundele uê: O escravo de um branco também é branco.
Mu muhatu mu 'mbia! Mu tunda uazele, mu tunda uaxikelela, mu tunda uakusuka...: A mulher é como a panela! Dela sai o que é branco, o que é negro, o que é vermelho!
Mu'xi ietu ia Luuanda mubita ima ikuata sonii...: Na nossa terra de Luanda passam coisas que envergonham.
Ngëjile kua ngana Bina/ Ala kiá ku kuata/kua... kua... kuata, kuata...: Fui na casa da senhora Bina/Começam logo agarra.../agarra, agarra...
Ngëxile kua ngana Zefa/Ngala ngó ku kakela/Ka... ka... ka... kakela, kakela: Estava na casa da senhora Zefa/Estou só a cacarejar...//ca...ca... carejar.
O Kam'tuta, sung'o pé!: O Kam'tuta, puxa o pé!
Sukua! (Sukuama!): Poça! Porra! Pópilas! Arreda!
Tuji!: Merda.
Tunda!: Fora! Rua!
Uazekele kié — uazeka kiambote: Como dormiu; dormiu bem.

VOCÁBULOS

Assimilado(a): Em 1954 o Estatuto dos povos coloniais das possessões portuguesas estabeleceu que mediante certas condições era possível aos "indígenas" adquirirem a cidadania, passando à situação de "assimilados". Entre essas condições incluíam-se o "falar correctamente a língua portuguesa", dispor de rendimentos de trabalho ou bens próprios considerados suficientes e "ter bom comportamento e ter adquirido a educação necessária e os costumes necessários à aplicação integral do direito público e privado dos cidadãos portugueses" (sic).

Bassula: Golpe de luta.
Berrida (berridar): Correr com; expulsar.
Bitacaia: Pulga que se entranha nos pés.

Cabobo: Aquele que não tem dentes.
Cacimba: Lagoa formada pela chuva; grande buraco escavado para conservar água; poço; cisterna.
Cafofo: Cego; pitosga.
Cafucambular: Cambalhotar.
Cambular: Apanhar uma coisa em movimento; arregimentar; raptar; aliciar.
Cambuta: Pessoa de baixa estatura.
Camuelo(a): Invejoso(a); ciumento(a).
Candingolo: Bebida fermentada a partir do milho.
Capanga: Aperto do pescoço com o braço e o antebraço.
Capiango: Roubo; delinquência; furto.
Cariengue: De aluguer; assalariado.
Cassanda: Em Luanda, branca de má educação, ordinária.
Cassumbular: Tirar o que o outro leva na mão; arrebatar.
Cazumbi: Alma do outro mundo.
Cê-Efe-Bê: Caminhos de Ferro de Benguela.

Cê-Efe-Éle: Caminhos de Ferro de Luanda.

Diamba: Erva que se fuma; cânhamo; marijuana.

Fanguista: Ladrão; ratoneiro.
Fimba (dar...): Mergulho; mergulhar.

Gueta (Ngueta): Branco ordinário ou apenas branco.
Gumbatete: Abelha construtora; insecto que faz ninho de barro.

Icolibengo: Natural de Icolo e Bengo, região próxima de Luanda.
Imbambas: Coisas; pertences; trastes; bagagem.

Jinguba: Amendoim.
Jinguna: Formiga branca, com asas, que aparece depois das chuvas.

Larar: Defecar; cagar.
Luando: Esteira de papiro que se enrola no sentido da largura.

Maboque: Fruto do maboqueiro, de forma esférica e casca rija, do tamanho da laranja.
Maca: Conversa; questão; disputa; caso; assunto.
Macuta: Dinheiro; antiga moeda de Angola.
Mangonha: Preguiça; calaceirice.
Maquezo: Cola mais gengibre, que se mastigava pela manhã.
Marimbondo: Espécie de vespa.
Massambala: Sorgo; milho miúdo.
Massuíca: Trempe constituída por três pedras sobre as quais se colocam tachos e panelas.
Matacanha: Pulga que penetra nos dedos.
Mataco: Nádegas; traseiro.
Matete: Massa de farinha cozinhada, inconsistente, rala.

Matias: Pássaro da região de Luanda.
Mauindo: Bitacaia que penetrou nos dedos e cria um pequeno saco onde põe os ovos.
Mona: Criança; filho.
Monandengue: Criança; jovem.
Monangamba: Todo o que se dedica a trabalhos pesados; serviçal; carregador; estivador.
Mulemba: Árvore de grande porte.
Muringue: Bilha de água.
Mutopa: Cachimbo típico.
Muximar: Adular; falar ao coração.
Muxoxar: Fazer ruído de desprezo, indiferença, com os dentes e os lábios.

Nga: Senhora.
Ngana: Senhora; senhor.
Ngoma: Tambor.
Nuno: Anão.

Piápia: Andorinha.
Pica: Colibri.
Plim-plau: Pássaro acinzentado.
Pírulas: Pássaro canoro, acinzentado, que anuncia a chuva.
Pópilas!: Arre! Caramba! Safa!

Quede(s): Sapato em lona e borracha, de fabrico local.
Quicuerra: Mimo feito de farinha de mandioca, açúcar e amendoim.
Quileba: Alto.
Quimbombo: Bebida fermentada de milho.
Quinda: Cesto.
Quinjongo: Gafanhoto.
Quissemo: Dito jocoso, crítico ou insultuoso.
Quissende: Recusa; desprezo; negativa.
Quissonde: Formiga vermelha, grande agressiva.
Quitande: Puré de feijão com azeite de dendê ou óleo de palma.
Quitata: Prostituta.

Rabo-de-junco: Pássaro de cauda comprida e plumagem acastanhada.

Salalé: Formiga branca; térmite.
Sape-sape: Árvore da família das anonas; o fruto da anona.
Suingue: Designação abreviada de suinguista.
Suinguista: *Dandy*, o elegante popular da época em que o swing foi introduzido nos bailes.
Sungadibengo (Sungaribengo): Mulato; mestiço (sentido depreciativo).

Uatobar: Fazer pouco; troçar; ridicularizar.

Vuzar: Bater; agredir.

Xaxualhar: Restolhar; o ruído do vento nos ramos e folhas.
Ximba: Cipaio.
Ximbicar: Impelir embarcação com um bordão.
Xinguilar: Entrar em transe ou possessão pelo espírito.
Xuculular: Revirar os olhos demonstrando rancor ou desprezo.

Zuna: Com muita velocidade; muito depressa.
Zunir: Atirar; arremessar; andar com velocidade.

Nota do editor português

Completam-se neste ano de 2006 quarenta e dois anos sobre a publicação da 1ª edição de *Luuanda* — três estórias escritas no pavilhão prisional da Pide, em São Paulo, Luanda, durante o ano de 1963, e reunidas sob o título mencionado.

Aqui fica registado o caminho percorrido por este livro emblemático na obra de José Luandino Vieira até aos dias de hoje:

PRÉMIOS

Prémio Literário Mota Veiga, 1964 (Angola)
Grande Prémio de Novelística da Sociedade Portuguesa de Escritores, 1965 (Portugal)

EDIÇÕES

1ª edição: ABC, Luanda, 1964
2ª edição (revista): Edições 70, Lisboa, 1972 (com tiragem especial de 500 + xxv exemplares)
3ª e 4ª edições: Edições 70, Lisboa, 1974
5ª edição: Edições 70, Lisboa, 1976
6ª edição: Edições 70, Lisboa, 1977
7ª edição: UEA (União de Escritores Angolanos), Luanda, 1977
8ª edição: UEA (União de Escritores Angolanos), Luanda, 1978 (edição de bolso)

9ª edição: Edições 70, Lisboa, 1981
10ª edição: Edições 70, Lisboa, 1985
11ª edição: Edições 70, Lisboa, 1987
12ª edição: UEA (União de Escritores Angolanos), Luanda, 1987
13ª edição: Edições 70, Lisboa, 1989
14ª edição: Edições 70, Lisboa, 1997
15ª edição: Edições 70, Lisboa, 2000

(Circulou em Portugal, em 1965, uma edição ilegal, com a indicação — falsa — de ter sido feita em Belo Horizonte, Minas Gerais, Brasil.)

TRADUÇÕES

Tradução russa por Helena Riausova, "Innostranaya Literatura", Moscovo, 1968
Tradução alemã da "Estória da galinha e do ovo" por Curt Mayer-Clason, in *Der Gott der Seefahrer und andere Portuguiesiche Erzählungen*, Hort Erdmann Verlag, RDA, 1973
Tradução alemã da "Estória da galinha e do ovo" in *Portuguiesiche Erzählungen*, Volk und Welt, RDA, 1973
Tradução checa da estória "Vavó Xíxi e seu neto Zeca Santos" por Pavla Lidmilová, in *Svetová Literatura*, Praga, 1976
Tradução sueca integral por Elisabeth Hedborg, Bo Cavefors, Estocolmo, 1977
Tradução dinamarquesa da "Estória da galinha e do ovo" por Peter Poulsen, in *Gildendals Magasin* nº 31, 1978
Tradução checa da "Estória da galinha e do ovo" e da "Estória do ladrão e do papagaio" por Pavla Lidmilová, Editorial Odeon, Praga, 1980
Tradução inglesa integral por Tamara Bender para Heinemann Books
Tradução italiana integral por Rita Desti para Feltrinelli Editore, Milão, 1990
Tradução francesa da "Estória da galinha e do ovo" por Béatrice de Chavagnac, L'École des Loisirs, Paris, 2002

Luuanda é publicado em 2004 pela Editorial Nzila, em Luanda, e pela Editorial Caminho, em Lisboa.

1ª EDIÇÃO [2006] 2 reimpressões

ESTA OBRA FOI COMPOSTA EM MINION PELO ESTÚDIO O.L.M. / FLAVIO PERALTA
E IMPRESSA EM OFSETE PELA GRÁFICA PAYM SOBRE PAPEL PÓLEN DA
SUZANO S.A. PARA A EDITORA SCHWARCZ EM MARÇO DE 2025

A marca FSC® é a garantia de que a madeira utilizada na fabricação do papel deste livro provém de florestas que foram gerenciadas de maneira ambientalmente correta, socialmente justa e economicamente viável, além de outras fontes de origem controlada.

RUBEM FONSECA

Prefácio de
Mateus Baldi

5ª edição

O CASO MOREL

Copyright © 1973 by Rubem Fonseca

Direitos de edição da obra em língua portuguesa no Brasil adquiridos pela
EDITORA NOVA FRONTEIRA PARTICIPAÇÕES S.A. Todos os direitos reservados.
Nenhuma parte desta obra pode ser apropriada e estocada em sistema de banco
de dados ou processo similar, em qualquer forma ou meio, seja eletrônico, de
fotocópia, gravação etc., sem a permissão do detentor do copirraite.

EDITORA NOVA FRONTEIRA PARTICIPAÇÕES S.A.
Rua Candelária, 60 — 7.º andar — Centro — 20091-020
Rio de Janeiro — RJ — Brasil
Tel.: (21) 3882-8200

Dados Internacionais de Catalogação na Publicação (CIP)
(Câmara Brasileira do Livro, SP, Brasil)

Fonseca, Rubem, 1925-2020
 O caso Morel/Rubem Fonseca; prefácio Mateus Baldi. – 5. ed. – Rio
de Janeiro: Nova Fronteira, 2023.
 200 p.

 ISBN 978-65-5640-196-6

 1. Ficção brasileira I. Título.

21-69204 CDD-B869.3

Índices para catálogo sistemático:
1. Ficção: Literatura brasileira B869.3
Cibele Maria Dias - Bibliotecária - CRB-8/9427

CONHEÇA OUTROS LIVROS DO AUTOR:

NADA A TEMER
MATEUS BALDI

Assim como muitos colegas escritores, conheci Rubem Fonseca na adolescência. À época, no final dos anos 2000, ele já era o consagrado autor de *Agosto*, *Feliz Ano Novo*, *A grande arte*, *O Cobrador* e tantos livros que forneceram a diversas gerações as armas para ingressar no mundo da literatura. Havia naquela prosa algo de cortante, mas não só: um caráter explícito de denúncia trazia para o centro do palco tudo que ocorria diante de nossos olhos. Em Rubem Fonseca, logo entendi, a matéria da realidade transformava-se em força literária, desenho fiel de um país que era por si só carregado de "brutalismo", como o crítico Alfredo Bosi definiu sua literatura.

O livro que você tem em mãos, *O caso Morel*, é o primeiro romance do escritor mineiro e foi publicado em 1973, quando o Brasil atravessava a pior fase da ditadura militar. A partir da promulgação do AI-5, em 1968, direitos civis foram suprimidos e a violência tornava-se escancarada. Em *Lúcia McCartney*, coletânea de contos imediatamente anterior a Morel, Zé Rubem, como era chamado pelos amigos, ainda ensaiava algum otimismo diante do país — ou melhor, *apesar* da melancolia da protagonista do conto-título e do humor corrosivo de Mandrake, em "O caso F.A.", havia *possibilidade* pairando nas histórias. Algo que apontava para um país menos inflamado, cujos habitantes pudessem voltar para dentro.

Essa operação é implodida aqui. Quando Rubem Fonseca nos fornece as regras do jogo, estamos em um "cubículo pequeno. Cama estreita com cobertor cinzento. Mesa cheia de livros; rádio portátil; pia; latrina; mais livros empilhados no chão". Dentro há Morel, artista e fotógrafo ocasional, "um homem magro, pálido, cabelos escuros, grisalhos nas têmporas". A ele se juntam Matos, delegado, e Vilela, ex-policial surgido em *A coleira do cão*. O primeiro deseja saber quem matou uma das namoradas de Morel, encontrada em estado de putrefação numa praia, e este deseja que Vilela lhe auxilie na escrita de um manuscrito que não fica muito claro se é romance ou autobiografia.

Partindo dessa tríade, tem início uma história de alta voltagem carregada de erotismo e tensão. Se este é um livro que debate autoria em suas múltiplas possibilidades, e os eternos jogos duplos das narrativas — não seria estranho lembrar de *A invenção de Morel*, do argentino Bioy Casares —, aqui há uma pista que não deve passar batido: o livro que Vilela pega em cima da mesa, no primeiro capítulo, chama-se *Visão e invenção*. Trata-se de um jogo duplamente metalinguístico: o título original de *Lúcia McCartney* era *Ficção e não*.

Jogar com os espelhos é uma das características da obra fonsequiana. Em um artigo sobre a "enunciação peregrina" do autor, a professora Vera Lúcia Follain aponta que em *O caso Morel* "a autoria se desdobrava nas figuras do criminoso e do escritor — e ambas remetiam para a figura do 'autor empírico', que não precede o texto, não lhe é exterior, mas é fabricado por ele. Através do par Morel/Vilela, punha-se em fábula a posição fronteiriça atribuída ao escritor, que lhe permitiria ocupar diferentes lugares sem se fixar em nenhum deles, deslizar, em sua ficção, através das diferentes divisões sociais".

Esse aspecto camaleônico no flanar social permite que Rubem formule uma crítica contundente a uma sociedade sem otimismos, algo que seria trabalhado de forma arrasadora nos seus dois livros seguintes: *Feliz Ano Novo*, de 1975, censurado sob acusação de atentado à moral e aos bons costumes, e *O Cobrador*, de 1979, escrito com uma fúria ainda maior.

Vejamos: o protagonista visita o pai no hospital, que está nas últimas, mas se recusa a morrer — como diz Morel, ninguém tem coragem de morrer, as pessoas duram enquanto podem. "O mundo acabou", o velho vaticina. "Antes de Veneza afundar, a petroquímica fez as estátuas explodirem podres". Essa fala encontra eco em

"Intestino grosso", último conto de *Feliz Ano Novo*, quando o escritor entrevistado menciona "nossas Manchesteres tropicais com suas sementes mortíferas" e diz que "até ontem o símbolo da Federação das Indústrias do Estado de São Paulo eram três chaminés soltando grossos rolos negros de fumaça no ar. Estamos matando todos os bichos, nem tatu aguenta, várias raças já foram extintas, um milhão de árvores são derrubadas por dia, daqui a pouco todas as jaguatiricas viraram tapetinho de banheiro, os jacarés do pantanal viraram bolsa e as antas foram comidas nos restaurantes típicos, aqueles em que o sujeito vai, pede capivara à Thermidor, prova um pedacinho, só para contar depois para os amigos, e joga o resto fora. Não dá mais para Diadorim".

A negação do sertão, transpondo para a cidade e seus dramas o grande nervo do existencialismo fonsequiano, tem em *O caso Morel* sua primeira formulação grandiosa, consciente de seu papel. A superfície de contato que separa os personagens da realidade é constantemente devassada. Trata-se de um mundo inóspito, que Morel apreende do jeito que pode — em uma passagem diz a Vilela que todas as suas profissões, polícia, advogado e escritor, são "escrotas", deixando suas "mãos sempre sujas"; noutra, de sua casa em Santa Teresa, afirma que a cidade é "uma massa de blocos de cimento armado". Ismênia, pintora cortejada por ele desde a adolescência, acredita que o mundo deve ser sempre cheio de pessoas vivendo, como no quadro na parede do seu quarto, porém "os automóveis não deixam". Em outras palavras, num tipo muito bem arranjado de empreitada contra o tecnicismo, Rubem Fonseca deixa claro que o sexo e a vida urbana, e por extensão os humanos da segunda metade do Século XX, estão condenados à desumanização. Não à toa os planos de Morel revelam um paradoxo. Se há humanidade em querer viver o amor e as artes numa seita à la Charles Manson, ela é impossível a partir do momento que as relações substituem a base sexual pela violência. Chutes, socos, pontapés, xingamentos apenas confirmam que "um ladrão é considerado um pouco mais perigoso do que um artista". A relação de Morel com as mulheres, para além de toda a misoginia, traz um contraponto a Vilela e suas agruras. Esses escapes no romance, quando Rubem Fonseca oferece um falso respiro ao deslocar a atenção para seu atormentado duplo, evidenciam o caráter doentio de uma espécie que tem em Paul Morel um de seus nomes mais fortes. Nesse sentido, é emblemática — e bela — a cena em que ele anda pela noite da Ilha do Governador, amedrontado, gritando o novo nome para se acostumar.

"Nada temos a temer. Exceto as palavras", proclama o dístico que percorre boa parte do livro. Ao fim do percurso, tomara que seja isso que você, leitor, encontre. Esqueça as respostas. Atente para a fabricação literária, o processo, as artimanhas, as narrativas — devore o relatório de autópsia, deixe-se contaminar pelos duplos, pelos diários, registros, livros contidos dentro do livro. Que não é livro. Nem quebra-cabeças. Talvez alguma coisa no meio disso tudo, um experimento híbrido que potencializa a literatura nas suas mais diversas formas enquanto tenta desvendar o signo de uma época. Que continua.

Bom mergulho — e cuidado com os urubus.

Mateus Baldi é escritor e jornalista. Mestrando em literatura, criou a Resenha de Bolso, *voltada para a crítica de literatura contemporânea. Colaborou com diversos veículos da imprensa, como* piauí *e* O Estado de S. Paulo, *e foi colunista da revista* Época.

1

Matos e Vilela se encontram na porta da penitenciária. Sozinho Vilela teria dificuldade para entrar, mas com Matos as portas são abertas. Chegam à cela de Morel.

Cubículo pequeno. Cama estreita com cobertor cinzento. Mesa cheia de livros; rádio portátil; pia; latrina; mais livros empilhados no chão.

Morel é um homem magro, pálido, cabelos escuros, grisalhos nas têmporas. Rugas fundas cortam seu rosto. Veste uma camisa branca e calça cinza, amassadas. Possivelmente dorme com aquela roupa.

"Tenho dois dos seus livros aqui."

Procura os livros, acha apenas um deles. "O outro sumiu. Você não quer sentar?" Morel indica a Vilela a única cadeira da cela.

"Vou deixar vocês sozinhos. Tenho ainda muita coisa para fazer", diz Matos.

"Obrigado." Morel aperta a mão de Matos.

"Vocês vão se dar bem. Quando quiser sair, bate na porta e manda chamar o inspetor Rangel."

Matos sai.

"Nem sei como começar", diz Morel. "O Rei disse para Alice 'começa no princípio, depois continua, chega ao fim e para'. Mas onde é o princípio?"

Vilela: "Você também pode começar do fim e terminar no princípio, ou no meio".

"Preciso da sua ajuda."

"Diga como."

"Eu preciso escrever um livro. Matos não lhe falou?"

"Disse que você queria falar com um escritor."

"Quero ajuda para escrever um livro."

"Quanto menos ajuda dos outros, melhor."

Morel reflete por instantes.

"Estou muito arrasado."

"É assim mesmo que se escreve."

"Eu quero ter certeza de que vou ser publicado."

"Essa certeza você não pode ter."

Morel sentado na cama. Deita lentamente, com os braços cruzados sobre os olhos. Vilela pega um livro sobre a mesa. *Visão e invenção.*

"Adianta escrever, se ninguém vai ler?"

"Adianta, sempre."

"Passo as noites sonhando com a minha carreira literária", a ironia na voz é forçada. "Você quer um biscoito?"

Uma lata de biscoitos debaixo da cama.

Comem biscoitos.

"Onde você arranjou esse monte de livros?"

"São meus."

"Quem traz?"

"O doutor Matos. Dei a ele a chave da minha casa. Eu peço os livros, ele vai na minha estante e apanha. Às vezes ele me compra um livro, mas o gosto dele não combina muito com o meu."

"Você já escreveu alguma coisa?", pergunta Vilela.

2

> AVERTISSEMENT
> *Ce livre n'est pas fait pour les enfants, ni même pour les jeunes gens, encore moins pour les jeunes filles. Il s'adresse exclusivement aux gens mariés, aux pères et mères de famille, aux personnes sérieuses et mûres qui se préoccupent des questions sociales et cherchent à enrayer le mouvement de décadence qui nous entraîne aux abîmes.*
> *Son but n'est pas d'amuser, mais d'instruire et de moraliser.*
> Dr. Surbled, 1913.

Qualquer semelhança com pessoas vivas ou mortas é mera coincidência.

Lembro-me de que quando entrei no cabaré, em São Paulo, a velha Doroteia foi logo pedindo que eu tocasse guitarra para ela. Infelizmente não era possível, eu não sabia tocar o instrumento.

Em Belo Horizonte o céu era limpo. Eu saía com os bolsos cheios de tangerinas e andava pelas ruas tentando chutar todos os caroços. Em BH eu não era músico.

"Vi logo pela sua cara que você era um homem do mar", disse Marlene Lima, que passou a vida tentando ser artista de cinema e agora era uma trintona jogada fora. Estávamos na Zona. Eu descrevia para Marlene as minhas aventuras pelos países da Ásia.

No Rio voltei à minha impostura de músico de orquestra. O porteiro do hotel me olhava respeitoso, ele queria ser músico, tentava o sax, o trombone, mas era fraco do peito.

Boîtes da cidade.

"Posso oferecer-lhe uma bebida?"

"Quem é você? Um industrial rico ou um vagabundo?"

"Industrial rico."

"De onde?"

"São Paulo."

"Ah, São Paulo... É longe de Porto Alegre?"

Ela tinha um sotaque de gringa europeia. Grande, loura, olhos azuis. Havia conhecido um sujeito em Porto Alegre.

"Você conhece ele? Carlos Rocha?"

"Não."

Segurou no meu pau, perguntou: "Quer que eu lhe faça feliz?"

Queria me fazer feliz ali no cantinho do bar. Rápido e sem dor.

"Aqui não, vamos para outro lugar", eu disse.

"As pessoas pagam duzentos para ficar comigo."

"Está bem."

"Mas só se você tiver camisinha."

Saí e fui à farmácia.

Voltei para onde ela estava. Mostrei o pacotinho.

Eram três horas da manhã.

Saímos para pegar um táxi.

"Ilha do Governador."

O motorista não queria ir. Violento bate-boca entre nós. Eu e a mulher vencemos.

Uma pobre casa, incrivelmente quente. Dezembro. As paredes cheias de fotografias. Ela aos seis anos, aos sete. Aos quinze, aos dezoito. Sempre só. Nem pai, nem mãe. Só. Nem amigos.

"Você sabe, nós os trapezistas temos os pés muito afiados", ela disse. Foi então que eu soube que ela tinha sido trapezista, quando menina. Viera com os pais, que trabalhavam no Circo Sarrazani.

Pedi um uísque. Ela só tinha coca ou guaraná.

"Meu amigo de Porto Alegre é um intelectual. Eu não confio em intelectuais."

"Nem eu."

Durante quinze minutos ficou tirando grampos da cabeça.

Era bonita. Abri o fecho da minha calça e me exibi para ela.

"Calma, rapaz, onde é que está a camisinha?"

Os romanos inventaram a camisa de vênus, conforme Antonius Liberalis conta nas Metamorfoses. *Em 1564 o dr. Fallopius redescobriu-a, ao recomendar o uso de um saco de linho como preventivo das infecções venéreas.**

Me deu vontade de ir embora.

"Vou-me embora."

"Calma, rapaz."

Fui até o espelho que havia no quarto. Na verdade eu estava mesmo com a cara perigosa de sujeito com gonorreia.

Tentei telefonar para um táxi, sem conseguir.

"Vou-me embora."

Pela cara da ex-trapezista, vi que ela estava tão na merda quanto eu.

"É por causa da camisinha?" Não tinha mais o ar de uma pessoa de pés espertos. Era uma mulher cansada.

"Não."

"Os duzentos cruzeiros? Essa é a razão?"

"Eu quero ir embora, é só isso."

Colocou o polegar na boca e começou a roer as unhas.

"Até logo", eu disse.

Ela disse: "Você não tem o meu telefone". Sem inflexão, como se não soubesse o que estava dizendo.

Eu: "É, não tenho o seu telefone".

Ela: "Você não tem o meu telefone".

Saí.

Pensei: Jamais alguém andou por estes lugares a pé, de madrugada. Fiquei com medo. Gritei "Paul Morel!" várias vezes, para me habituar com o nome.

Na avenida Brasil apanhei um táxi.

---

* A narrativa de Paul Morel é frequentemente interrompida por citações. Algumas são dele mesmo, outras de autores provavelmente lidos na prisão.

Ao chegar no hotel encontrei um telegrama dizendo que minha mãe havia morrido e sido enterrada, na terra dela. Trazer de volta o corpo custava muito dinheiro.

Tempo.

Acordei, como sempre, com uma sensação de desperdício, naquele dia em que tudo começou e reencontrei Joana. Muitos anos se passaram.

Levantei da cama enojado comigo mesmo, sem lembrar direito se o papel ridículo que eu fizera tinha sido ontem ou na semana passada. Onde? Na casa de alguém? O que tinha acontecido?

Meu quarto todo desarrumado. Ao me separar de Cristina, uma neurótica compulsiva, eu dissera "quando você for embora, vou virar esta merda de pernas para o ar, chega de arrumação, aspiradores de pó, faxineiras que mexem nos meus livros e nos meus quadros, isto vai virar uma mata virgem".

As roupas jogadas no chão, junto com câmeras, lentes, fotos, garrafas, livros, pedaços de sucata, telas, tubos de tinta, discos, copos. Minha cabeça um palimpsesto.

Debaixo do chuveiro, sentado no chão, a água fria caindo em cima de mim. Isto que você está sentindo é náusea, eu disse em voz alta. O pior é que não havia vômito nenhum para sair, minha ansiedade era outra.

O telefone tocou. Saí pingando do chuveiro, disse que não estava ninguém em casa, aquilo era uma gravação, "as palavras o vento não leva, cuidado com o acetato".

"Você está sóbrio?"

"Não."

"Espera aí, não desliga, é o Roberto."

Queria que eu fizesse uma foto de cerveja.

"Não vou perder tempo com isso."

"É um challenge."

Em algum lugar da casa havia um monte de revistas internacionais de arte publicitária, e em nenhuma delas existia uma única foto de cerveja. Se houvesse, era uma merda.

"Vamos conversar", insistiu. Era um homem paciente.

"Agora estou todo molhado. Você me tirou do chuveiro."

"Eu ligo depois, então."

Ensaboando meu corpo: cada vez mais magro, as olheiras negras, uma figura romântica. As mulheres todas dando bola para mim. Repugnância.

Naquele dia eu estava decidido a parar de beber, me reintegrar na sociedade, ceder, transigir, maneirar.

"Farei tudo o que quiserem!", exclamei olhando o meu rosto no espelho.

O telefone tocou. Cocktail na casa de Miguel Serpa.

Depois novamente o Roberto. Ele era diretor da Andrade & Leitão.

> *Nada temos a temer.*
> *Exceto as palavras.*

"Você pode conversar?"

"Posso", respondi.

"Então? Topa fazer as fotos?"

Pensei um pouco. "Faço."

"Quando?"

"Amanhã. Hoje estou muito abafado."

"Certo. Amanhã. Um abraço. Conto contigo."

"Pode contar."

> *O verdadeiro escritor nada tem a dizer.*
> *Tem uma maneira de dizer nada.*

Miguel Serpa recebeu-me com muita deferência.

Muitas mulheres. Identifiquei logo a sra. Elisa Gonçalves. Coberta por um vestido longo, os movimentos equilibrados, tensos; sentia no meu próprio corpo cada passo que ela dava, como se estivéssemos abraçados. Elisa caminhava impaciente pelos salões, fumando, inquieta. Eu a conhecia de retrato e lenda. Nunca me interessou, mas naquele dia senti, inesperadamente, uma terrível atração por ela.

Elisa novamente: cara magra, ossuda, cabelos negros, boca larga de lábios grossos, olhos escuros brilhantes, um rosto alerta. Fiquei imaginando atos lascivos com ela. Parei a certa distância, observando-a sem que ela percebesse.

Nesse instante surgiu Joana, acompanhada dos pais, embaixador e embaixatriz Monteiro Viana. Tentei segui-los com o olhar, mas eles logo sumiram no meio da multidão. Havia, no mínimo, trezentas pessoas no enorme apartamento de Serpa. Eu gostaria de ver Joana perto de Elisa. Joana dizia de Elisa: "Uma velhota deslumbrada que todo ano corta as próprias execráveis pelancas". Joana tinha vinte anos, exatos. Elisa no fim dos trinta.

Aproximei-me de Elisa. Ela e os circundantes pararam de falar.

"Todos os seus retratos foram malfeitos, nenhum tem profundidade, nenhum é você."

"Retratos?", Elisa, polidamente.

"Fotos. Só conheço as fotos. Permita que eu me apresente."

"Eu sei quem é você e não estou interessada." Elisa voltou a conversar com a pessoa a seu lado.

Vaguei pelos salões do Serpa, depois do desprezo de Elisa, bebendo com rapidez para ficar embriagado.

Encontrei Joana.

"Por que não damos o fora daqui?", perguntou Joana.

"Aonde você quer ir?"

"A um lugar onde você possa me explicar o que são as séries de Fibonacci", disse Joana, rindo.

"Eu estou sem vontade. Acho que estou ficando impotente."

"Você quer ficar aqui no meio desses arrivistas enfarpelados?"

"Já disse que estou broxa. Ah!, quem me dera ser um campeão de alcova!"

A beleza dela fez o meu pulso martelar violentamente e secou minha boca. Ninguém poderia deixar de admirá-la: era muito delgada, com seios pequenos, a barriga plana, os flancos de linhas retas; o seu triân-

gulo estava apenas eriçado por uma penugem macia. Ela me tantalizava, os meus desejos se exasperavam. Levantei o seu corpo e esmaguei os lábios contra os dela.

"Eu faço você ficar com vontade."
"Não sei."
"Vamos sair daqui e comprar um chicote", Joana disse.
"A esta hora não encontramos uma loja onde comprar isto", eu disse, sentindo um forte tremor correr por dentro do meu corpo.
"Eu vou na Hípica e arranjo um. Você não quer me bater de chicote?"
"Está bem."
"Eu saio na frente. Vou buscar o chicote e te encontro no apartamento."
Exit Joana.
Voltei à sala para ver se apanhava alguma mulher. Eu só pensava nisso. Encontrei.
"Você tem um papel na bolsa?"
"Deixa eu ver. Tenho."
"Tem uma caneta?"
"Tenho lápis de sobrancelha."
"Então escreve nesse papel o seu nome e o número do telefone."
Botei o papel no bolso e saí.
No papel estava escrito: Lígia, e o número do telefone.
Peguei meu carro. Fui para o apartamento. Liguei o som. Esperei Joana, pensando.

Acima de tudo, seja verdadeiro com você mesmo.

Joana chegou.
"Trouxe o chicote?"
"Trouxe."
Joana me entregou um embrulho. Abri. Um chicote de cabo de prata, para ser usado em cavalos de raça.
Olhei para Joana, os colares no pescoço, o lenço na cabeça. Senti uma grande ternura por ela. Abracei-a.
"Eu gosto muito de você."

"Eu também gosto muito de você."
"Você quer ficar só namorando, sem fazer nada?", perguntei.
"É uma boa ideia."
Deitamos, abraçados.
"Estou aprendendo tanta coisa com você."
"Coisa nenhuma..."
"Cor. Eu não sabia nada de cor. Que mundo imenso..."
"A percepção da cor é uma experiência pessoal, extremamente subjetiva, é impossível ensinar a ver a cor, até mesmo ensinar a usar a cor é difícil."
"Fico em casa olhando meus livros de pintura e lembrando as coisas que você falou. Ontem, por exemplo, foi a visão esquizoide de Francis Bacon..."

A frase era literalmente minha. Eu tive vontade de dizer a ela que ultimamente eu falava cada vez menos. Arte tradicional, não queria mais fazer. Caixas, objetos, montagens fotográficas, fazia coisas assim, pois na verdade eu havia secado. Os cretinos dos críticos, esses pobres-diabos, rufiões de criatividade, ficavam descobrindo significados esotéricos naquele lixo todo.

Eu estava vazio, minha única saída era soldar sucata, colar, simular, tapear, copiar, enquanto pudesse.

Deitamos de barriga para cima. Joana, uma das pernas levantadas mostrando sua coxa longa e carnuda. Passei as mãos nas pernas de Joana. Ela estava com os braços abertos, as duas mãos sob a nuca; eu via as suas axilas, raspadas.

Não diga sovaco.
Diga axilas.

Beijei a cavidade que existia na junção do braço com o tronco. Fragrância de desodorante. Com a ponta da minha língua toquei o sovaco de Joana.
"Isso me deixa toda arrepiada."
Arrancamos a roupa, apressados.
"No chão", Joana disse.

Joana deitou-se, espreguiçou o corpo magro, esticando braços e pernas.

Deitei-me sobre ela. Joana grudou o rosto no meu. Afastei o rosto dela.

"Quero ver a tua cara enquanto vou entrando dentro de você."

A euforia de Joana me encheu de alegria e exaltação.

"Abre os olhos", eu disse, "olha pra mim!"

Os dois olhando um para o outro, enquanto nossos corpos se movimentavam.

Agarrei com força a cabeça de Joana, puxando-a de encontro a mim.

"Você não vai me bater?"

"Com o chicote?"

Nossos movimentos cada vez mais violentos.

"Como é que você vai me bater com o chicote? Aqui deitada? Ou eu saio correndo e você corre atrás de mim até me encurralar num canto e então me bate, bate, bate!..."

"Não sei, como você quiser", consegui dizer.

"Bate com a mão mesmo", Joana pediu.

Apoiado na mão direta, dei um tapa com a esquerda no rosto de Joana. Joana fechou os olhos, o rosto crispado, não emitiu um som sequer. Dei outro tapa, agora com a mão direita, com mais força.

"Bate, bate!"

Bati com violência. Joana deu um gemido lancinante. Continuei batendo, sem parar.

"Me chama de puta..."

"Sua puta!"

"Mais, mais!..."

Chamei Joana de todos os nomes sujos, bati com força no seu rosto. Nossos corpos cobertos de suor. Lambi o rosto de Joana, em fogo das pancadas recebidas. Nossas bocas sorviam o suor que pingava do rosto do outro. De dentro de mim, de um abismo fundo, vinha o orgasmo, uma pressão acumulada explodindo.

3

As visitas são na quinta-feira.

"Qual a sua opinião? Aqui dentro eu só penso em sexo, em sexo... Diga alguma coisa."

"Aquele orgasmo apoteótico encerra o capítulo como se fosse o final de uma opereta."

"Como é que você acha que um sujeito com medo de ficar impotente tem orgasmo?"

"Eu esqueci a conversa do Paul Morel com Joana. O personagem, Paul Morel, é você mesmo? Não existe, na realidade, nenhum industrial Miguel Serpa, nem agência Andrade & Leitão. Eu verifiquei", diz Vilela.

Morel não responde.

"Por que você usa o seu nome?"

"Isso tem importância?"

"Não."

"Você me decepciona. A única realidade não é a da imaginação? Digamos que esta é e não é a minha vida, e que eu apenas quero a sua opinião sobre o escritor."

"Prefiro não dizer nada. Ao menos por enquanto."

"Por enquanto, então. Eu estou motivado agora. Mas se desistir, você vai ter que me estimular. Por favor."

"Está bem, se você desistir."

"Eu escrevo e rasgo, escrevo e rasgo. Rasgo mais do que guardo. Está certo isso? Deliberadamente, estou tentando escrever certinho, como um desses putos da Academia", diz Morel.

"Eu pensei que os escritores guardassem tudo na gaveta", continua Morel.

"Alguns fazem isso."

"Você está tendo dificuldade com a minha letra?"

"Nenhuma. Arranjei uma datilógrafa para bater as páginas que você me dá."

"Ela é bonita?"

"Mais ou menos."

"Descreve ela para mim."

"Ela é morena. Inteligente."

"Você já comeu?"

Vilela parece surpreso com a pergunta. Morel percebe.

"Desculpe."

"Não comi, não."

"Ontem me masturbei. A primeira vez, desde que estou preso."

Quando cheguei para fazer as fotos já estavam me esperando os homens da Andrade & Leitão e o modelo. O contato da agência perguntou o que eu achava da garota. Respondi que não tinha dado para ver.

Queriam fazer uma daquelas fotos comuns de mulher com cerveja, na linha dos prazeres da vida, praia, mar, sol. Eu disse que era coisa velha, mas o contato, chamado Alípio, achava que o público esquecia as coisas, que todo mundo era imbecil, inclusive o cliente cervejeiro. Assim, mandei colocar no fundo um mar que dava para o gasto, montei a Sinar com a lente portrait e fui conversar com a loura, que estava fumando calmamente. Ela disse que já havia posado antes, uma vez só, para pasta de dentes, e deu um sorriso para mostrar a dentadura; não sabia o nome do fotógrafo, apenas que era um gordo de bigodes. "Você sabe o meu nome?", perguntei. "E você, sabe o meu?", respondeu ela, imitando o tom de saco cheio da minha voz. Acabamos dizendo o nome um para o outro. Ela se chamava Carmem. Enquanto ela punha o biquíni, fiquei brincando com o homem do estúdio, chamado Jair, dizendo que aquele mar estava uma porcaria.

Quem pensa que fotografia é uma profissão muito excitante está inteiramente enganado. Os fotógrafos-gigolôs que acompanhavam atrizes pelo mundo no fim da década dos sessenta criaram essa ilusão. Ser fotógrafo é uma chatice. Apanha mulher, mas dentista também apanha.

Quando acabou, eu disse para o Alípio, "deixa que eu levo a loura". Ele não gostou muito da ideia, mas acabou concordando.

Carmem saiu do vestiário e perguntei se ela queria dar uma volta. "Depende", respondeu ela. "Depende de quê?", perguntei. "Da volta que você quer dar." Eu expliquei que a gente ia comer qualquer coisa e depois ia ouvir música na minha casa. "Depende", ela repetiu. E eu, outra vez, "depende de quê?". Ela queria saber quanto eu ia pagar. Eu não esperava aquilo, não estava acostumado a pagar, e disse para ela. "Então tchau." Perguntei se ela aceitava cheque e fomos para o restaurante. "Você não tem pinta de garota de programa", eu disse, e ela respondeu "part time", calmamente, mas com um certo azedume.

Durante o almoço notei que por momentos ela ficava triste e, quando perguntei por que, ela disse que era devido ao filho dela, "um garoto de quatro anos que vive com a minha irmã". Toda puta tem um filho, mas não parei para pensar o que isso significava. Não sei por que, mas aquela história da criança me deixou sem motivação.

> *Maupassant era mais vaidoso pelos seus desempenhos amorosos do que pela sua literatura. "Faço mais de seis numa hora", ele dizia. Afirmava também que romances são mais fáceis de escrever do que contos. Viveu num tempo em que as pessoas morriam de sífilis, inclusive ele.*

"Olha, vamos deixar para outro dia?", perguntei.
"Como quiser", Carmem respondeu.
Eu havia me lembrado do velho, doente.

No hospital.
Com uma bomba de sucção a enfermeira tirava catarro do pulmão do velho, que, de olhos fechados, procurava impedir que a borracha descesse por sua garganta abaixo.

"Como é que ele vai?", perguntei.

"Na mesma", respondeu a enfermeira, uma mulata magra, com o rosto indiferente das pessoas que vivem do sofrimento dos outros.

O velho durava há trinta dias.

O catarro escuro descia por um tubo transparente e era depositado num vaso no chão. O catarro era tão grosso que repetidamente a enfermeira tirava o tubo de dentro da garganta do velho e mergulhava o tubo num frasco de líquido colorido, para desobstruí-lo.

"Agora vou virar ele, o médico mandou virar ele cada duas horas", disse a enfermeira. "O senhor quer fazer o favor de sair?"

Do corredor ouvia o barulho do aparelho de sucção. Lembrava um posto de gasolina.

Quando a enfermeira saiu, voltei para o quarto. Fiquei olhando os braços magros do doente, inchados e manchados de negro de tanto receberem soro e transfusões.

Meu pai abriu os olhos.

"Quando você quiser saber como eu estou, me pergunte. Essas vacas não sabem nada."

"Pensei que o senhor estivesse dormindo."

"E não pergunte como é que vai ele. Eu tenho nome."

"Como é que vai o senhor Alberto?"

"Mal", respondeu ele, "sinto dores."

"Estão tratando bem do senhor?"

"Eles me dão uma injeção que passa a dor, mas aí eu sinto uma coisa me puxando para baixo, tenho medo."

O velho fez uma pausa. "Tenho medo de cair da cama."

Papai fechou os olhos. Esperei que ele dormisse.

Saí sorrateiramente, fechando a porta de leve.

Quando saí, o velho abriu os olhos e suspirou. Eu não vi, mas ele abriu os olhos e suspirou. Para ser exato, o velho bocejou. Ele queria dar um suspiro, mas bocejou. Ele estava tão no fim que nem dava para suspirar.

4

Matos telefona: "Você não me falou do resultado da sua entrevista".
"Morel quer que eu leia as coisas que ele escreve", responde Vilela.
"Que coisas são essas? Sonetos?"
Matos dá uma gargalhada. Na faculdade ele tinha o apelido de Astúcia.
"Sonetos", confirma Vilela.
"Posso ver?"
"Só perguntando ao Morel."
"Mas não são para publicar?"
"Quando ele publicar, você compra o livro." Vilela imita a gargalhada de Matos.
"Pergunte a ele se eu posso ler."

Quinta-feira, na penitenciária.
Vilela diz a Morel: "O Matos me pediu para ler os papéis que você está escrevendo. Sou contra".
"Por quê?"
"Não sei."
"Você sabe, sim."
"Talvez porque acredite que o escritor não deve mostrar aquilo que está escrevendo."
"Estou mostrando para você."
Vilela deixa passar a observação de Morel. "Talvez porque ache que o Matos quis me fazer de bobo."

"Como?"

"Não vamos perder tempo com Matos", diz Vilela.

"Que tal você está achando o meu *Testament*? Estou muito *où sont les neiges d'antan*?"

Morel olha Vilela, inseguro. Vilela não responde. Apanha os papéis e se despede.

Tempo.

> *O importante não é perguntar como o cardeal d'Este a Ariosto, que lhe dedicara Orlando furioso, "onde você descobriu tantas histórias, Ludovico?". Os Ludovicos têm cada vez mais histórias para descobrir. A questão é saber se alguém ainda está interessado nelas.*

O último objeto de valor empenhado foi o relógio de ouro de meu pai. Nunca sabíamos as horas. A igreja protestante, perto de casa, possuía um relógio em sua torre, mas logo depois seria demolida. Mamãe cosia para fora; eu e o meu irmão trabalhávamos durante o dia e cursávamos o ginásio noturno. Era raro o dia em que a família se reunia para jantar.

Meu pai, naquela época, tinha uma loja de peles. Fazia um calor enorme na cidade, o ano inteiro. Nunca vi fregueses na loja do papai.

Um homem estranho, meu pai. Vestia a mamãe com um casaco de vison e ela desfilava para nós no estreito salão mal iluminado, em que morávamos, sobre a loja. "É o casaco mais bonito que existe no Brasil", papai exclamava. Um sorriso delicado aflorava no rosto de mamãe; a pele dela tinha a cor dos pelos do casaco. Parecia um circo de sonho, cinzento, surdina e penumbra — "mais bonito do mundo!".

Íamos para cama com fome, sonhávamos, até que o sono nos vencia.

Havia um quarto nos fundos, separado por uma área pequena de serviço.

Mamãe reuniu a família e perguntou se tínhamos vergonha de alugar um quarto de nossa casa para um estranho. "Uma coisa provisória, posso garantir", afirmava papai. Ele, sim, achava aquilo indecoroso.

Alugamos quartos durante muitos anos. O nosso primeiro inquilino chamava-se sr. Guimarães. Um velho português. Chegou carregando uma mala em mau estado e um aquário com um peixe dourado. Separado da mulher, dois filhos, rapaz e moça, que nunca o visitaram. Vendedor pracista. Sempre mergulhado em misteriosos pensamentos, dos quais saiu uma manhã para me dizer, no corredor da casa: "És um menino magro, mas és forte" — e caminhou, meio curvado, até o seu quarto, abriu a porta, fez um gesto cansado, me chamando; dentro do quarto, botou os óculos, de aros de tartaruga, apanhou um vidro sobre a mesa de cabeceira, deu comida para o peixe dourado.

"Quanto é que ganhas na oficina?"

Respondi.

"Levanta essa mala aí do chão." Era uma mala-mostruário, das coisas que ele vendia na praça.

"Pesa-te muito?"

"Dez quilos, no máximo."

"Crês que podes carregá-la, digamos, a manhã inteira?"

Assim, passei a trabalhar para o sr. Guimarães. Saíamos de casa às oito e meia e corríamos as lojas do Centro. Vendíamos cintos, carteiras e botões. Entrávamos na loja, procurávamos o comprador. O sujeito fazia o pedido. Mandava passar na próxima semana. Dizia que não estava interessado. Não falava com a gente. Eram só quatro alternativas.

Quando mudamos para a rua Evaristo da Veiga, o sr. Guimarães foi junto. Um dia ele me pediu que o acompanhasse a Copacabana.

"Deixe aí o mostruário, sabes que só trabalhamos no Centro."

No ônibus ele estava muito curvado, como se estivesse cochilando, mas os seus olhos úmidos estavam abertos, fixos, longe. Saltamos, fomos até a avenida Atlântica, andamos pela calçada da praia, então ele parou, ficou um longo tempo olhando o paredão de edifícios.

"Vês aquele prédio?", perguntou, afinal; a voz parecia vir de outro lugar, como se ele fosse um boneco de ventríloquo, sua cara também parecia a de um fantoche estragado pelos maus-tratos; "aquele de mármore branco e vidros escuros? É ali que mora a minha filha, com o amante poderoso. Outro dia fui procurá-la e ela não me recebeu. Isso deve tê-la feito sofrer muito, mas ela não suporta coisas feias e gastas, como eu. Queria muito dizer-lhe que a perdoo".

Depois voltamos e nunca mais o sr. Guimarães falou na sua família. Um dia... como foi?...

"Ele tomou pílulas em excesso para dormir e morreu, coitadinho", disse minha mãe...

O sr. Guimarães estava deitado na dura e estreita cama de solteiro, todo vestido, de paletó, gravata, sapatos, meias pretas... Rememorei uma história que me havia contado: sua filha abandonando a casa, ele a noite inteira acordado, estarrecido com a desgraça.

"Levantei-me a noite toda, sabes para quê? pra ir ao banheiro... Os velhos urinam..."

Na frente vieram dois homens de terno cinzento, que nos olharam como se houvesse um criminoso escondido na casa. Em seguida um sujeito de óculos, que parecia delicado, comparado aos outros, segurando uma maleta preta. Depois o caixão vazio, o primeiro que vi na minha vida, carregado por dois homens uniformizados.

Durante algum tempo os estranhos ficaram em silêncio olhando a porta. Então surgiu a filha do sr. Guimarães apoiada no braço do seu protetor.

Imediatamente os homens começaram a agir. O de óculos segurou o pulso do sr. Guimarães, examinou a pupila do seu olho, levantando sua pálpebra enrugada. Um dos homens de cinza revistou a casa, enquanto o outro perguntava a mamãe: "Ele deixou carta?, bilhete?, alguma coisa escrita?". Todos, como cães, olhavam constantemente para o chefe, que continuava de braço dado com a jovem mulher, figuras de um cartão-postal antigo. Era um homem moreno, de cabelos lisos penteados para trás, sobrancelhas grossas, rosto magro vincado de rugas. Observava os acontecimentos, ligeiramente enfadado. A mulher apoiava-se com força no braço do seu companheiro, pálida, olhos muito escuros. Parecia sentir medo e nojo, da casa e do morto.

O homem de óculos mostrou o vidro de comprimidos para o chefe, "estou botando no atestado de óbito síncope cardíaca". O chefe aprovou — um gesto imperceptível.

O sr. Guimarães foi colocado dentro do caixão. Saíram sem tomar conhecimento das pessoas da casa.

A mala de amostras ficou no quarto. Fábrica de cintos. G. Lotufo. Fui procurar G. Lotufo. Estava viajando. Diariamente ia com a mala até o escritório da firma, na rua dos Andradas. Afinal o sr. Lotufo me recebeu. Expliquei que o sr. Guimarães havia morrido e me propus a ficar no lugar dele como vendedor da fábrica.

"Ah, ah", disse G. Lotufo, "que idade você tem?"

"Catorze."

"Ah, ah", novamente.

"Conheço todos os fregueses do Centro", eu disse.

"E você acha que tem capacidade de representar G. Lotufo & Cia. Ltda.? Ah, ah. Um pirralho de catorze anos." G. Lotufo coçou a barba de dois dias; limpou os óculos na gravata. "Quem é o gerente do Pavilhão?"

"Seu Gomes", respondi prontamente.

"Da Escolar?"

"Seu Monteiro."

"Da Camisaria Progresso?"

"Seu Agostinho."

"Da Imperial?"

"Seu Fonseca."

"Ah, ah", exalou ele, como se estivesse tossindo, "pode ser tudo mentira sua, eu conheço pouco a praça do Rio." Com um lenço quadriculado G. Lotufo limpou o suor do rosto. Levantei o mostruário, sem esforço, com a mão esquerda, para ele ver que eu era forte, apesar de magro.

"Não posso pagar a mesma comissão que Guimarães recebia", disse G. Lotufo.

Concordei.

5

"Isso aqui não tem nada a ver com a coisa que eu estou escrevendo. É uma carta para você."*

Vilela leva um saco de ameixas. Comem.

---

* Vilela:

A nossa casa era grande. Muitas festas, pessoas alegres, bonitas, tomando champagne. O terreno de casa subia por um morro, até um vale, um regato, amoreiras. Eu criava um bichinho dourado.

Nossa ama, uma negra alta, Lurdes.

Éramos pessoas finas. Minha mãe fumava com uma piteira de ouro. Eu e meu irmão usávamos cabelos compridos cacheados, roupas de veludo.

Paredes cheias de quadros, louça inglesa, copos de cristal da Boêmia, manteiga francesa, cartas em papel de linho, monograma em alto-relevo.

Dois cães com os quais não se podia brincar, percorrendo de noite, em feroz silêncio, a sombra invisível das árvores.

Primeiro dia de aula. "Que absurdo, meus filhos carregando embrulhinhos de alimentos!" Hora do recreio.

Lurdes de uniforme preto, enfeite branco na cabeça, linda, junto com Mário Gamela, nosso motorista. A bandeja, as coisas de prata, cobertas por uma toalha de linho imaculado.

Comemos rapidamente, com vergonha.

Sala de aula. Uma bola de papel na minha cabeça. Um pedaço de giz. Régua, apontador de lápis. Medo, vontade de fugir, um desejo crescendo insuportável.

Fui pedir ajuda ao professor.

"Viado", todos riram de mim.

A última aula acabou. Eu e meu irmão, dois anos mais velho do que eu. Na sala vazia, arrancamos duas pernas de cadeiras. "Escondemos dentro do dólmã", ele disse.

Usávamos uniformes cáqui, de botões pretos, com emblema do colégio.

"Bate na cabeça, quando eles chegarem perto, pra sair sangue."

"Não quero fazer isso", pedi.

"O meu advogado é uma besta", diz Morel. "Você também foi advogado, não foi?"
"Fui."
"Foi polícia, também?"
"Fui."
"Que vida sórdida a sua. Polícia, advogado, escritor. As mãos sempre sujas."
"Fui outras coisas ainda."
"Mas não tão escrotas."
Vilela fica calado.
"Estou infeliz por ter escrito essa carta para você."
Vilela devolve a carta a Morel.
"Leva", Morel encolhe os ombros.
"Por que você não pediu ao Magalhães para editar o seu livro?"
"Quem? Aquele calhorda?"
Morel parece mais tenso. Sulcos começam a cortar fundo a carne do seu rosto, entre as sobrancelhas, nos cantos da boca. Vilela já viu isso acontecer antes, com pessoas confinadas.

Entrei no hospital e cantei:

> *Como vai, papai,*
> *Seus olhos estão muito azuis,*
> *ai, ai, papai, de olhos azuis, azuis.*

Em seguida dancei um pouco.

"Eles vão rasgar a nossa roupa, bater na gente, enfiar o dedo no nosso cu, para o resto da vida", respondeu meu irmão.
Adiante do colégio, fechando o caminho, nos esperavam.
Arrancaram a pasta das minhas mãos. Bati com o pau no rosto do mais próximo. Devia ter uns oito anos, como eu. O rosto coberto de sangue.
Fui batendo. Meu irmão batia. Eu queria matar.
Depois que eles fugiram, apanhamos nossos objetos, fomos para casa.
Deixei de criar insetos dourados. De qualquer forma, um ano depois perdemos a casa e no lugar apertado onde fomos morar não tinha terra, nem árvores.

"Continuas um palhaço, mas na tua idade eu era muito mais engraçado do que tu", disse o velho.
Ele achava que era melhor do que eu em tudo.
"O senhor está precisando de alguma coisa?"
"O quê, por exemplo? Já não posso comer mulheres, nem pêssegos. As coisas de que mais gostava", tossiu.
"Uma garrafa de sangue fresquinho, hein?"
"Essa é uma boa ideia. O sangue que eles me dão aqui é uma merda, inclusive desconfio que estou ficando sifilítico."
Ri para ele, mas o velho não respondeu.
"Acho que não saio mais desta cama, não vou mais rever Paris, já te contei as minhas aventuras em Paris? Como amei, em Paris!... Mas, ainda melhor do que amar, era andar pelos Champs-Élysées numa tarde de setembro, ou abril. Isso tudo acabou." Sua voz era amargurada, tudo havia mesmo acabado.

O pior de todos os venenos.

"Mas não acabou só para mim", continuou o velho, a voz fraca. Suspirou. "Acabou para você também. O mundo acabou. Antes de Veneza afundar, a petroquímica fez as estátuas explodirem podres."
Na janela apareciam galhos de árvores, folhas sujas de poeira. Não chovia há vários dias.
"Em Londres", continuou ele, "os jovens cospem nos velhos. Roma virou um circo, e Viena, depois de Schicklgruber, nunca mais foi a mesma."
Verifiquei que o velho estava ainda mais branco e pálido do que da última vez.
"Estou como a Sibila presa dentro da garrafa mas não tenho coragem de dizer o que ela dizia."
A pele esticada, lustrosa, parecia parafina. Ele não tinha coragem de dizer, mesmo mentindo, "quero morrer, quero morrer", pois ninguém quer morrer, as pessoas duram enquanto podem.
"Dura, papai, dura."
Há dez dias que ele não dormia, para não ser apanhado de surpresa.

Da portaria telefonei para Lígia.

Em 1795, o infame gourmet Grimode de la Reynière fundou em Paris, no Palais Royal, um clube denominado Dîner des Mistificateurs. Ali se comiam os pratos mais sofisticados e fazia-se uso abundante de afrodisíacos, principalmente da cantárida.

"Pensei que você não ia mais telefonar", disse Lígia.
"Minha vida anda muito apertada."
"Alguma novidade?"
"Tudo velho."
Ficamos os dois em silêncio. Eu andava muito cansado.
"Você tem algum compromisso para hoje?", perguntei.
"Tenho, mas desmarco. Você quer sair comigo?"
Eu nunca disse não a uma mulher. Teria preferido que Lígia não pudesse sair, eu passara o dia cheio de gases, arrotando. Aerofagia.
"Meu carro é um Karmann-Ghia vermelho. Apanho você às nove horas."
Deitado na cama. Olhei o meu pau. Ele estava caído, uma tripa inerte. Sempre tive vergonha de ficar nesse estado na frente das mulheres. O meu pau enrijecido fica portentoso, modéstia à parte; mole, ele quase desaparece. Quem entendesse de pênis, como W. H. Auden, por exemplo, ao ver o meu, amolecido, saberia pelos vincos da pele que, duro, ele aumentaria muito de comprimento e largura, e ficaria roxo, coberto de veias salientes. Mas nem todos têm olhos de poeta para ver.
As mulheres estavam cada vez mais bonitas. E mais poderosas, pois não precisavam ter ereção para amar. Elas podiam ligar no meio. Estava cada vez mais difícil ser homem, naquela época de transição.
Nove horas.
Parei na porta do edifício de Lígia. Eu já havia bebido alguns copos. Enquanto Lígia não vinha, liguei o rádio e fiquei ouvindo música.
Quando Lígia chegou, eu saltei, abri a porta do carro para ela entrar. Um cavalheiro.
"Vamos jantar?", perguntei.

"Vamos."

Essa minha compulsão de querer levar todas as mulheres para a cama me obrigava a fazer papéis absurdos como aquele: eu conversava com Lígia sem prestar a menor atenção no que ela dizia. Conversamos sobre os olhos verdes dela, eu disse que ela era bonita, falamos sobre vinhos. "Você vai me pintar nua?" Nem me lembro mais o que comemos, servido por um velho garçom humilde e resignado.

"Nem enredo, nem rondó, nem rococó", eu disse. Lígia prometeu que ia para a cama comigo, mas não naquele dia, "não fica bem, logo na primeira vez, você não acha?". Mas me fez prometer que na segunda vez cumpriríamos o nosso dever.

Nada temos a temer.
Exceto as palavras.

Fui visitar Ismênia, a pintora naïve.

"Eles estão comprando os meus quadros na Europa e na América, mas aqui não", disse Ismênia.

Mostrou os quadros. Uma rua de casas baixas, cortada por fios de energia elétrica; os fios não se viam, só passarinhos pousados neles.

"Não estou interessado em ver estas coisas", eu disse.

"Então o que veio você fazer aqui?"

"Era uma vez um garoto de olhos grandes que carregava uma mala de amostras pela cidade."

"E o que tem isto de extraordinário?"

"A mala pesava vinte quilos, eu pesava cinquenta."

"Sabe de uma coisa?"

"Não."

"Todo mundo diz que você é meio louco. Eu não conheço você direito mas estou começando a achar que as pessoas têm razão."

"Quantas vezes já nos vimos?"

"Esta é a segunda vez, e, de acordo com a voz corrente, você hoje vai querer me levar pra cama."

"Vou mesmo. E esta *não* é a segunda vez que nos vemos."

"Ah, ah. Você é mesmo um idiota, além de mau pintor."

"Rua Evaristo da Veiga, 26, sobrado. Sempre pensei que você fosse francesa. Você alugou o quarto da frente, eu ficava na sala fingindo estudar, cansado de carregar a mala de amostras o dia inteiro, esperando você vir escovar os dentes na pia da copa."

Os olhos de Ismênia se arregalaram: "Conta mais".

"No teu quarto havia uma cama larga, um quadro na parede."

"Você se lembra como era o quadro?"

"Eram várias casas, uma rua, uma árvore no centro, gente deitada no chão, dançando, cozinhando, comendo, trepada nos telhados, brigando, dormindo, brincando."

Ismênia me pegou pela mão, me levou até o seu quarto.

"É este?"

Claro que era.

"A vida devia ser uma festa assim", disse Ismênia, "mas os automóveis não deixam."

"Você vinha vestida num roupão, carregando uma escova de dentes, uma toalha em volta do pescoço, lavava o rosto, as mãos e ia ao banheiro fazer xixi."

> *Simônides de Ceos, que viveu na corte de Hierão, tinha fama de grande poeta, inventor do epinício.*
> *Aos que morreram nas Termópilas dedicou um epitáfio:*
> Sobre esta pedra não terá poder o musgo,
> Nem mesmo o tempo, que domina tudo.
> *Era o ano 480 a.C. e no mundo viviam cerca de duzentos milhões de pessoas.*

"Continua."

"Um dia você perguntou: 'Você gosta de me ver escovar os dentes?'. Eu respondi: 'Gosto'. Então você disse: 'Por que você não chega perto para ver', e aproximou o rosto do meu, a boca bem aberta, os dentes aparecendo envoltos em espuma branca. Eu ouvia o barulho da escova."

"Continua."

"Depois você encheu a boca de água, riu para mim, o queixo molhado, me deu um beijo rápido, pegando apenas um dos lados da minha boca e se afastou rindo."

"Já se passaram muitos anos."

"É verdade. Perdemos estes anos", eu disse.

Ismênia acendeu um cigarro e ficou fazendo círculos de fumaça.

"Vamos deixar para amanhã", disse Ismênia.

"Amanhã talvez seja muito tarde. Meu pai está doente."

"Ele vai morrer amanhã?"

"Quem sabe? Os olhos dele, que eram azuis, estão ficando pretos."

"Passa amanhã. Se quiser traz o cadáver do teu pai, hoje não pode ser."

Fui para casa.

Fiquei lendo o jornal.

E quase todas as coisas, segundo a lei, se purificam com sangue; e sem derramamento de sangue não há remissão.

Os Gonçalves abriram ontem os seus salões para receber os amigos de Elisa, que aniversariava.

Ontem tinha sido o dia 17 de maio.

Escrevi uma carta:

Minha prezada senhora Gonçalves,

Se eu soubesse que a senhora era Touro, quando nos encontramos na casa de Miguel Serpa, eu teria tentado lhe dizer as palavras que tomo agora a liberdade de enviar por carta.

Eu sou Sagitário, meio homem, meio animal. Minha natureza jupiteriana não entende a sofisticação das mulheres de Touro. Nós gostamos das coisas simples, ao natural, carnes cruas, frutas. Somos no amor uns pobres intuitivos. Sempre temos dificuldades ao confrontar a aristocrática atitude das mulheres de Touro. Estas não gostam de ser forçadas a fazer as coisas, e reagem aos desafios com incrível vigor. Uma mulher desse signo não pode ser mudada. Sua personalidade é forte, ela sempre faz o que bem entende, sem sofrer influências de ninguém. Que loucura minha querer forçá-la a posar para mim!

Nós, de Sagitário, somos irresistivelmente atraídos pela voluptuosidade das mulheres de Touro. Nossa sensualidade instintiva é influenciada pela refinada passionalidade sexual das taurinas. Está acima das nossas forças. Ainda ontem, numa entrevista miraculosamente obtida por um amigo, estive com o misterioso professor Khaiub. Fui levado de olhos vendados. Prometi que nada diria sobre o professor. Apenas isso, a última frase dele: O Sagitário não desiste, ele quer ver. O Touro não cede, ele quer ter.

Respeitosamente,

Paul Morel

Eu nada sabia de astrologia. Nunca tinha visto nenhum Khaiub. Tentava uma cartada. Elisa Gonçalves era Touro, eu tinha visto na seção de horóscopos do jornal, depois de saber a data do aniversário dela. Sagitário eu não era, nem nunca me importei com isso. Ou seja, no assunto eu estava inteiramente por fora. Mas sabia duas coisas: *a)* que cem palavras numa carta valem mais do que mil sopradas no ouvido, e *b)* que todo mundo gosta de ouvir falar de si, e a astrologia é o melhor de todos os pretextos.

O telefone tocou: "Recebi sua carta".

"Desculpe a minha audácia. Mas eu achava que tínhamos muita coisa a dizer."

Incrível: eu estava trêmulo de excitação.

"Eu me interesso muito por astrologia. Que frase estranha, desse homem, professor Khaiub. O senhor realmente esteve com ele?"

"Estive."

"Como é ele?"

Respondi que não pudera vê-lo com nitidez. Estávamos numa sala em penumbra, Khaiub usava barbas negras e sua idade era indefinível. Um homem de mãos magras, nervosas, cobertas de pelos, dedos longos e nodosos, unhas compridas. "Não pude tirar os olhos daquelas mãos. Era como se Khaiub as tivesse sobre mim. A voz dele era grossa, baixa, sem compaixão, parecia entrar pelos meus poros. Uma experiência emocionante."

"Eu gostaria de encontrar esse homem."
"Posso ver se consigo isso para a senhora."
"Me chame de você."
"Vou ver se consigo uma entrevista para você. Enquanto isso eu gostaria de vê-la."
"Você me vê no dia da entrevista."
"Mas eu tenho coisas para lhe falar, antes."
"Nós não gostamos de ser forçadas, lembre-se da sua carta. Não seja tão impaciente."
"OK. Posso ligar para sua casa?"
"Pode. Meu nome está na lista."
Click.

O telefone tocou.
"Paul?"
"É."
"Joana."
"Sim."
"Olha, estou tirando o meu passaporte."
"Você vai para onde?"
"Paris."
"Com seus pais?"
"Não. Sozinha."
"Fazer o quê?"
"Nada."
"Quando?"
"Semana que vem."
"Vamos nos encontrar antes?"
"Agora?"
"Agora."
"Está bem."
Fiquei lendo enquanto Joana não chegava.

Conquanto ele tivesse sido contemporâneo de Balzac, suas palavras não eram de um homem senil. Como conseguem se tornar tão extraordina-

riamente velhos esses feiticeiros visuais! Devem ser horários folgados de trabalho. Ele disse: "Gioto... Blotto!... Miguel Agnolo... um pequeno presumido...". Ele o chamou de Agnolo, como se chamaria um amigo de infância. "Monet... nada... Pobre Cézanne... um cu de ferro que parecia estar sempre se preparando para um exame que nunca foi marcado... A arte não é nada disso."

Joana chegou.

Arte é uma tolice.

"Você conhece a história de Wateau jogando pedrinhas dentro do rio?", Joana perguntou.
"Conheço. Vamos para a cama?"
Joana riu: "Acho essa ideia muito boa, mas primeiro vamos jantar".
Enquanto bebíamos, Joana me perguntou: "Você tem trabalhado muito?".
Fugi da pergunta: "Tuas pernas estão muito bonitas. Você vê, nós estamos aqui, num restaurante de luxo, mas sem a menor intimidade. Se estivéssemos no século XIX, em Paris, num romance de Maupassant, isto seria uma sala reservada, com as paredes forradas de veludo vermelho, um sofá num canto, e nós estaríamos tomando champanhe e fodendo.

*As pessoas que nada têm a dizer
são muito cuidadosas
na maneira de dizê-lo.*

Chamei o garçom e pedi champanhe.
"Você tem dinheiro para champanhe? Você não deixou de fazer fotografia comercial?"
"Ainda não. Na semana passada fiz algumas fotos. E ontem eu vendi uma caixa. Uma merda. Os burgueses estão comprando tudo."
"Você mandou alguma coisa para a Bienal?"
"Mandei. Conexão."

"Conexão?"

"De esgotos. Vários tubos ligados, um intestino quadrado."

"Foi aceito?"

"Foi."

Vontade de dizer para Joana "põe a mão aqui, estou morrendo de secura por você". Mas não estava em condições. Pensei numa porção de libidinagens, sem efeito. Eu estava tendo frequentemente esses sintomas de broxura. Um tesão danado na cabeça, mas nada de erectio penis. Comemos ostras, depois camarão à grega. A champanhe francesa estava muito gostosa.

"Pensei em mandar você botar a mão aqui pra você ver como eu estava rijo e eu dizer pra você 'estou assim desde a hora em que te telefonei de manhã'. É um truque que uso há quinze anos com grande êxito", expliquei.

Joana riu: "Eu gosto de você".

Acabamos de comer e fomos para minha casa.

"Não dá bola pra desarrumação."

"Não estou gostando das coisas que você anda fazendo", Joana disse, depois de ver os objetos no chão.

"Nem eu. Você não está com vontade de fazer xixi?"

Eu estava apertado para urinar. Quando era garoto, li num livro erótico um trecho que achei de terrível mau gosto: Dolly entrou no banheiro e eu ouvi o barulho da urina dela no vaso, ficando enormemente excitado.

A aversão a comer carne humana não é intuitiva. Segundo são Jerônimo, apesar de eles, os ingleses, terem enorme quantidade de gado, preferiam a coxa de um pastor ou um pedaço de seio de mulher como guloseima.

Joana tirou a roupa. Eu também. Joana realmente me estimulava: osso ilíaco aparecendo mesmo quando ela estava vestida; bunda tensa, rija, partes glúteas separadas, rego bem delineado, sólida, do tamanho certo; pernas carnudas.

Fiquei tão excitado que nem fui ao banheiro.

Deitamos. Joana já estava úmida, aguardando a minha penetração. A bexiga cheia aumentava o meu desejo. Ou seria isso uma simples ilusão? Num livro do marquês de Sade, um dos personagens afirma, numa daquelas longas tiradas didáticas, que era mais excitante ser sodomizado com os intestinos cheios. Eu sempre pensei que o personagem revelava apenas uma faceta de sua perversão estercorária, mas talvez existisse algum fundamento fisiológico para a coisa.

Apesar de muito excitado, não ejaculei. Deixei que Joana tivesse orgasmo sozinha, duas vezes.

"Goza comigo", ela pediu.

"Estou gozando", eu fingi, gemendo e respirando fundo.

"Você ainda está assim?", perguntou Joana sentindo a minha rigidez penetrante. Eu era um exibicionista. Fiquei um tempo enorme nisto. Quando notei que começava a fraquejar, "acho melhor você descansar um pouco", e saí de dentro dela. Lentamente.

Eu não tinha gozado, mas não queria que ela soubesse. Estava me poupando.

"Deixa eu te lavar", eu disse. Assim ela não poderia mesmo saber, pensaria que o esperma tinha saído na água.

Levei-a para o banheiro. Joana sentou-se no bidê, de pernas abertas. Esguichei água morna na boceta dela, passei sabão, fiz bastante espuma, usei bastante água.

"Faz xixi na minha mão." Coloquei a mão aberta entre as pernas de Joana, sentada no bidê.

"Não consigo, estou inibida."

"Pois eu consigo."

Eu estava de pé. Joana sentada no bidê, segurou no meu pau, e esticou o braço, colocando a mão sobre o vaso sanitário.

Comecei a urinar na mão dela.

"Que bom", disse Joana virando e revirando a mão.

"Quer que eu urine no teu corpo?"

"Quero sim."

Joana bronzeada de sol, os pequenos seios marcados por uma estreita faixa branca, onde sobressaíam os mamilos cor-de-rosa. Urinei bem em cima dos seios de Joana, da parte branca, dos mamilos. A urina escorreu pela barriga, pelos cabelos do púbis, e caiu no bidê. Molhada de urina, a pele de Joana brilhava refletindo a luz do teto do banheiro.

Joana, de olhos fechados: "Que maravilha! Você acha que eu sou muito pervertida?".

"Não, não acho", respondi.

Joana continuou sentada no bidê até que a minha urina acabou. Entramos os dois na banheira antiga enorme, eu de um lado, Joana do outro.

"Se você não fosse fotógrafo e pintor, queria ser o quê?"

"Escritor."

"Eu queria ser diretora de cinema. Mas não ia ser uma Agnès Varda qualquer. Já tenho uma porção de filmes na cabeça. E você?"

"Eu o quê?", olhando Joana: o corpo humano é a maior maravilha da natureza.

"Você tem algum livro na cabeça?"

"Tenho."

"Como é que ele é?"

"A. M. Carvalho, oitenta anos, come filé com fritas. Seu neto, dezesseis anos, come o mesmo prato. Investimentos diferentes."

Nada temos a temer.
Exceto as palavras.

"O que mais?"

"Só isso!"

"Mas um livro tem que ter uma porção de páginas."

"Este livro tem. Tem quatrocentas páginas. Em todas as páginas está escrito: A. M. Carvalho, oitenta anos, come filé com fritas. Seu neto, dezesseis anos, come o mesmo prato. Investimentos diferentes. A. M. Carvalho, oitenta anos, come filé com fritas etc., do princípio à página quatrocentos, um parágrafo único, compacto, coerente, consonante."

Saímos do banheiro para o quarto. Mandei Joana sentar na beira da cama de pernas abertas e comecei a beijar o seu corpo. A boceta de Joana estava fria, molhada de água, com um leve gosto de sabão. Aos poucos foi esquentando até que começou a ficar salgada. Joana deitou-se. Esticou as mãos procurando as minhas.

"Entra dentro de mim... quero que você faça tudo comigo!"

Joana queria ser espancada, aviltada, sodomizada, queria ter o rosto lambuzado pelo meu sêmen. Fiz a sua vontade.

6

Vilela entrega a Morel cópia dos papéis que Hilda datilografou.

Morel começa a lê-los imediatamente. Suas mãos tremem.

"Hoje não tem biscoitos?", pergunta Vilela.

"Acabou. Não quero mais biscoitos. Estou engordando. Comecei a fazer ginástica. Vou chegar a mil flexões por dia. Um Pantera Negra condenado à morte fazia isso. Li numa revista."

Morel continua magro, um pouco mais pálido.

"Você acha que é direito eu falar de meu pai?"

"Se for verdade, é direito."

"Reparou como falo pouco de Cristina? Tenho aqui mais algumas páginas sobre ela, e essa mulher foi casada comigo dez anos."

"Como é que ela é?"

"Parece uma dessas suecas de Bergman. Uma mulher impossível."

Estendido no chão, Morel ocupa todo o comprimento da cela. Faz cinquenta flexões.

"Destrutiva", termina ele.

Lembro-me de Cristina dizendo: "Eu sinto que você não está mais próximo de mim como antes, alguma coisa está acabando, pelo amor de Deus, não deixa que isto aconteça, era uma coisa tão linda".

Uma camada líquida cobriu os olhos castanhos de Cristina, escorreu pela sua face.

Nós líamos Rilke juntos.

O dieses ist das Tier, das es nicht gibt.

Pound, Eliot, Rimbaud. Fotografei seu rosto mil vezes. Fixei os rápidos instantes que se perderam no ar.

"Você disse que é assim porque venderam a casa. Como odeio aquele poema, como odeio as pessoas cuja casa foi vendida e por isso se entregam."

"Eu me entrego a quê?"

"Por que você não quer ter um filho?"

"Não quero ser o instrumento cego do instinto de preservação da espécie", respondi. A frase era empolada. Mas era aquilo o que eu sentia.

"Tenha culhões pelo menos uma vez na vida", Cristina disse.

"Fazendo um filho em você?"

Nós estávamos casados havia dez anos.

Eu cada vez ficava mais egoísta. Pensava: não aguento mais esta vida, mas não tinha coragem de abandonar Cristina. Não era devido a nenhum sentimento de generosidade. Apenas porque não suportava a ideia de que alguém passasse a viver com ela. Para falar a verdade eu já não tinha o menor interesse sexual por Cristina. Depois de dez anos de casado tudo acaba. É uma pena, mas acaba. Não adianta tentar seguir as instruções dos manuais que procuram garantir a sobrevivência do casamento através de exercícios sexuais, receitas de compreensão e autoanálise etc. Eu ainda não tinha largado Cristina apenas porque a considerava minha propriedade privada.

Naquele dia, Cristina disse, ao entrar no meu estúdio: "Isto parece um chiqueiro".

"É minha maneira de trabalhar."

Cristina me olhou, com uma cara misericordiosa.

"Você não tem jeito mesmo não. O que quer você da vida?"

Já havia uns trinta dias que nós não íamos para a cama.

"Eu quero ser livre."

"E por que você não é livre?"

"Eu não deixo. E você não deixa."

"Eu não, meu caro. Quem quis casar comigo foi você. Você pediu", ela disse, tentando ser sarcástica.

"Eu nunca quis sentar na poltrona do dono da casa e ter um cachorro deitado sobre os meus chinelos", eu disse.

Ao dizer isso, entendi a minha vida.

Eu queria ser dono de uma mulher. Para isso tinha que ser dono de uma casa, dono de um emprego, dono de uma porção de coisas.

"Isso assim não pode continuar", disse Cristina.

"Eu saio ou você sai?", perguntei.

"Eu saio. Vou para a casa de minha mãe."

Cristina estava certa de que, cedo ou tarde, eu acabaria chamando-a de volta.

"Vou virar esta merda de casa de pernas pro ar."

"Esta merda já está de pernas pro ar."

A minha vida estava de cabeça para baixo.

Tempo.

O quarto do sr. Guimarães ficou pouco tempo vago. Foi alugado para uma moça chamada Ismênia. Alguns dias depois de ter se mudado, uma amiga dela, uma declamadora, chegou do exterior. Elas subiram as escadas do sobrado, enquanto eu as seguia, carregando as malas. Naquela noite, não saíram do quarto. Várias vezes fui até a porta fechada. Não conseguia ouvir o menor ruído. Pensei: Devem estar murmurando uma na orelha da outra, movendo-se na ponta dos pés. Minha imaginação construía situações, Ismênia e a amiga, mulheres inventadas, com extasiantes e misteriosos corpos, tesouros escondidos sob a roupa.

Eu tinha catorze anos e os meus dentes apodreciam por falta de dinheiro. Afinal economizei a quantia necessária para o tratamento dentário.

O dentista queria colocar um canino de ouro na minha boca.

"De ouro? Eu acho feio", argumentei timidamente.

"Você quer ganhar a vida sorrindo ou mordendo?", o dentista perguntou.

Insisti que era feio.

"Ouro é ouro", o dentista disse, "dura a vida inteira, você nunca mais se preocupará."

"Vou te ensinar a dançar", disse Yara, minha colega de curso noturno.
Estávamos no ginásio de basquete do colégio. Chão de cimento. Uma vitrola tocava. Yara tinha lábios grossos e roxos.
"Você não sorri nunca?", Yara perguntou.
"A boca foi feita para morder", respondi.
"Você é engraçado", disse ela quando estávamos na praça Quinze olhando as barcas que iam para Niterói. "Você quer me beijar? Eu deixo."
Eu já havia sido beijado por uma vizinha, chamada Sílvia. Na esquina da rua Senador Dantas com Evaristo da Veiga, Sílvia me convidou para ir à costureira. Entramos num edifício. Quando o elevador começou a subir ela colou os lábios nos meus e enfiou a língua na minha boca. O elevador parou, ela saiu e me deixou só, assustado com aquele beijo insólito.
"Eu deixo", repetiu Yara. Ouro tem gosto?, pensei, engolindo meu próprio cuspe. Yara me abraçou. Estava quente, entre as pernas gorduchas. "Você tem jeito para dançar. Quer que eu te ensine, sempre?"

Tempo.

Fui ver na lista telefônica, mas evidentemente não havia nenhum Khaiub inscrito.
Lembrei-me de um conhecido que frequentava cartomante: Raul.
"Você conhece um tal professor Khaiub?"
"Conheço."
"Será que você me faz um favor?"
"Faço."
"Eu queria que você me apresentasse esse sujeito."
"Khaiub?"
"É."

"Bem... eu pessoalmente não conheço ele. Quem conhece é um amigo meu."
"Será que esse amigo seu podia fazer isso pra mim?"
"Eu acho que pode."
"Você me dá o telefone dele? Posso usar o seu nome?"
"Ele não tem telefone."
"Porra."
"Mas eu tenho o endereço dele. É na Glória. Rua Cândido Mendes."
"Como é que ele se chama?"
"Rogério."

Um sobrado velho. Toquei a campainha.
Um sujeito chegou na janela.
"O que é?"
"Estou procurando o Rogério."
"Quem quer falar com ele?"
"Paul Morel."
"Ele não conhece ninguém com esse nome."
"Eu vim a mando do Raul."
"Raul de quê?" Lá de cima da janela o sujeito deu uma cuspida para a rua.
"Raul não-sei-de-quê."
"Ele também não conhece esse cara."
"Como é que o senhor sabe? Chama ele aí que eu quero perguntar."
"Ele quem?"
"O tal de Rogério."
"Rogério sou eu. E não sei quem é você."
"Sou Paul Morel."
"Pois é... Quem é você?"
"Estou com o pescoço doendo. O senhor não pode descer, ou eu subir, qualquer coisa?"

> *O último grande livro que descobri foi o* Dicionário da Administração Alfandegária. *Intitula-se* Repertoire Géneral du Tarif *e apareceu em 1937. Dois volumes, pesando cinquenta quilos.*

O caso Morel

Rogério saiu da janela.

Pouco depois, barulho de porta abrindo.

"Entre", gritou Rogério.

Empurrei a porta. Rogério no patamar da escada. Abrira a porta puxando um longo cordão que terminava amarrado no trinco.

Subi as escadas. Cheguei ao patamar.

"Qual o assunto?" Um homem magro, parecendo doente.

"O Raul me disse que o senhor conhece o professor Khaiub."

"Ele disse isso?"

"Disse."

"Quem é o Raul?"

"É um sujeito que vive indo em tudo que é cartomante."

"É um magrinho, meio ruço, de barbas?"

"Não, é um gordo."

"Então não sei quem é", disse Rogério.

"Ele é magrinho sim, eu estava fazendo confusão." Tudo para encontrar o professor Khaiub!

"É. Mas eu não conheço nenhum Raul magrinho."

"O senhor está me sacaneando?", perguntei.

"Não sei."

"O Raul não interessa. Eu quero lhe pedir um favor. Eu preciso encontrar o professor Khaiub. Eu pago cinquenta pelo endereço dele."

"Bem que eu preciso de um dinheirinho..."

"Então?"

"Eu não conheço o professor Khaiub."

"Não conhece?"

"Já ouvi falar. Mas não conheço."

"Não conhece?"

"Mas conheço um cara que conhece ele", continuou Rogério.

"Mas ele vai me ajudar? Ou é um sujeito difícil igual a você?"

"Ajuda sim. Leva uma coca pra ele que ele ajuda."

"E onde é que eu vou arranjar uma coca agora?"

"Eu tenho. Quinhentos."

"Me dá", eu disse.

Rogério me deixou em pé no patamar enquanto ia apanhar o material. Mancava.

O sujeito que conhecia Khaiub morava na Gávea Pequena, numa casa enorme. Quando toquei a campainha um cão começou a latir. Pelo barulho devia ser um bicho bem grande.
Um jovem, vestido de copeiro, abriu a porta.
"Eu quero falar com o senhor Daniel."
"Quem quer falar?"
"Paul Morel."
"Como?"
"Paul Morel."
O copeiro me fez entrar.
Jardins bem cuidados. Um grande gramado.
"Um momento, por favor."
"Espere. Leve esse papel para ele."
O copeiro apanhou o papel e retirou-se.
Coca: eu havia escrito no papel.
O copeiro voltou.
"Favor me seguir."
Fui até onde estava Daniel.
Sentado à beira de uma piscina de águas azuis, tomando gim.
Uns vinte anos, gordo, balofo, cabelos compridos.
"Gosto de sua cara", ele disse. "Duvido que algum tira desconfie que você carrega a Coisa."
"É a pura verdade", eu disse.
"Não quero saber das suas ligações. A Coisa é entregue aqui em casa. Se você for apanhado nem adianta falar no meu nome."
O sujeito supunha que eu era um distribuidor.
"Quanto é que você pode fornecer?"
Eu tirei o pó do bolso e dei a ele.
Daniel aspirou fundo.
"Quanto você pode me mandar por semana?"
"Eu só tenho isto."
"Como?"

O caso Morel

"Só. E nem sei como arranjar mais."

"Portos!", gritou Daniel.

O copeiro surgiu com o cão preso numa coleira. Vi então por que o bicho latia tão forte. Era maior do que eu.

"Quem foi que mandou você aqui?", gritou Daniel.

"Um sujeito chamado Rogério, que mora na rua Cândido Mendes."

"É mentira. Eu não conheço nenhum Rogério."

"É um manco, mora num sobrado."

Daniel me olhou, desconfiado.

"Meu nome é Paul Morel, o artista."

"Nunca ouvi falar de você. O que veio fazer aqui?"

"Me disseram que você conhece o professor Khaiub. Eu trouxe o pó de presente."

"Não conheço Khaiub nenhum. Vá embora."

Daniel não estava brincando.

"Leva a Coisa contigo!", gritou Daniel, jogando o material no chão.

Peguei o carro e saí dirigindo sem destino. Surpreso, notei depois de algum tempo que estava na porta do hospital.

Meu pai estava lívido, com olheiras negras que lhe davam um ar devasso, devassado, devastado.

"Não passo de hoje", ele conseguiu dizer.

Vi que não passava mesmo.

Com os olhos bem abertos ele olhava a claridade que vinha da janela. Queria dormir, mas supunha que se ficasse acordado a morte não o surpreenderia.

"Ninguém me diz uma palavra, ninguém me conta nada."

Tentei imaginar algo para dizer.

"Essas vacas só sabem enfiar coisas nas minhas veias, minha garganta, minha uretra, o único buraco que escapou, por enquanto, foi o cu."

"Papai, estou fodido."

"Está todo mundo fodido."

Ele não piscava o olho. Talvez pensasse no pai dele, o meu avô, saindo de dentro do seu veleiro como do útero da mãe, remando solitário num pequeno barco, em busca do maldito peixe, na madrugada turva daquele mar feroz, com fé em Deus e nos braços musculosos.

Segurei na mão do meu pai. Os braços dele estavam roxos das porcarias que as enfermeiras tentavam enfiar-lhe no corpo e que escapavam das veias como as águas saem dos esgotos nas tempestades. Virei as palmas das suas mãos descoradas e ali estavam os calos, amarelos e duros como as escamas dos peixes.

Naquele instante meu pai morreu.

Ele havia ficado sempre alerta, mas não bastara ficar de olho azul aberto para se manter vivo.

O seu rosto começou a ficar tranquilo.

Lembrei-me do tempo em que ele jogava tênis, dirigia velozmente o seu automóvel e as mulheres faziam charme para ver se ele as comia. Phlebas.

Avisei Cristina do enterro. O velho gostava muito dela. Não consegui avisar meu irmão, não sabia onde ele estava.

No enterro havia mais coveiros do que assistentes. Eram três, os homens que enterraram meu pai. Eu e Cristina assistimos. Cristina jogou uma flor sobre o caixão.

O cemitério estava vazio. Viemos andando lentamente, por entre as árvores da alameda.

"Eu não tenho mais ódio de você", disse Cristina.

Ela estava mais magra. Bonita.

"Estou te achando muito diferente", ela continuou.

"Estou muito bem", respondi.

"Não acho que você esteja muito bem. Desculpe a franqueza."

"Eu ando cansado."

"Você tem trabalhado muito?"

"Não. O que você vai fazer agora?"

"Eu tenho um compromisso...", Cristina respondeu, constrangida.

Na porta do cemitério, apertei a mão dela: "Até logo".

"Adeus."

Do cemitério fui para a casa de Ismênia.

"Não pude trazer o cadáver de meu pai, ele foi enterrado hoje."

"Nunca sei quando você está falando sério", disse Ismênia.

"Estou sentindo muita fome. A morte de meu pai me deu muita fome. A morte me fez descobrir duas coisas: que estou vivo e que isso não vai durar muito tempo."

"Você está com fome?", perguntou Ismênia.

"E com tesão também."

"Você tem coragem de comer a comida que eu fizer?"

"Hum... não sei", respondi. Não sabia mesmo. Nunca conheci uma pintora que soubesse cozinhar.

"O que você quer que eu faça?"

"Faz um macarrão. É mais seguro."

Fui para a cozinha ver Ismênia cozinhar.

"Você tem pintado alguma coisa?", ela perguntou.

"Você sabe que a arte acabou."

Em todo o Louvre só escapa a Batalha de Uccello. O resto é lixo.

"Não concordo com você."

"Você é uma primitiva. Ou seja, uma pessoa que só vê a superfície das coisas."

"Se você continuar assim eu não te dou comida."

"Retiro tudo que disse. Viva os primitivos e suas lindas cores."

Leonardo aconselhava parar algumas vezes, olhar manchas das paredes, cinzas, nuvens, lama, lugares assim onde podem estar ideias maravilhosas. Mas nas pessoas existe ainda mais para ver.

"Estou arrependida de ter sido bruta com você."

"Não se preocupe."

"Que pena que você fosse tão garotinho naquele tempo."

"Você conhece o professor Khaiub?"

"Não. Toda arte acabou ou só essa arte que a gente faz?"

"Acabou tudo. Kunst ist überflüssig. Acabou tarde."

"É. Nós devíamos fazer outra coisa, menos inútil. Precisamos fazer uma arte que realmente atinja o povo. O povo precisa da arte."

"O povo é influenciado por críticos e connaisseurs de merda. No Louvre há sempre uma multidão de idiotas olhando reverentemente a *Vênus de Milo*."

"Você é um frustrado, como todo artista de vanguarda. Só nós, os primitivos, ainda temos um pouco de saúde e entusiasmo pela vida."

"Atenção para o macarrão", eu disse.

O macarrão estava uma delícia. O vinho que Ismênia serviu também estava muito bom.

"Vou me pôr à vontade", eu disse.

Tirei a camisa.

Ismênia ficou me olhando.

"Você tem um corpo bonito."

Abracei Ismênia.

"Você ficou pensando em mim esse tempo todo?", Ismênia perguntou.

"Fiquei", respondi enquanto beijava a orelha dela.

"Desde o tempo de rapazinho, na época em que eu alugava um quarto na tua casa?"

"Desde esse tempo. Não eram vinte e quatro horas por dia, nem todo o dia, mas pensava muito em você."

"Como foi que você me descobriu?"

"Vi o teu retrato na revista. Aí disse para os meus botões, essa Ismênia *é aquela* Ismênia."

Erectio. Ismênia grudou o corpo no meu. Ficamos algum tempo beijando. Tirei a blusa dela.

"Vamos tirar esse monte de roupa", eu disse.

Eu queria me mostrar para ela.

Fiquei inteiramente nu. Ismênia, depois de olhar minha ereção roxa erguida para o teto, tirou a roupa. Estávamos na sala.

"Vamos para o quarto", disse ela.

> *Tendo o costume de ver o seu corpo apenas de frente, levou um susto quando comprou um espelho duplo que lhe mostrava a bunda. Meu Deus!, pensou, este espelho deve estar com defeito, minha carne não pode ser esta, que falta de firmeza, que pele doentia e triste!*

A bunda de Ismênia, bem embaixo, na curva inferior, na parte que juntava nas pernas, apresentava uma pequena dobra desanimadora. Pareceu-me ver uma marca cor-de-rosa, do tamanho de uma espinha. A cor da pele não era homogênea. Eu sabia que era difícil uma cor firme nessa parte do corpo, mas era otimista e sempre esperava encontrar somente traseiros que parecessem de louça, quando se olhavam, e de borracha consistente, quando se apalpavam.

Ismênia tirou a colcha da cama, dobrou-a cuidadosamente e se deitou. Deitei-me ao seu lado, de barriga para baixo: a ereção estava acabando.

"Você já teve alguma experiência homossexual?", perguntei.

"Já, com aquela declamadora. Você se recorda da declamadora, que passou uns dias comigo?"

"Sim."

"E você?", perguntou Ismênia.

"Não tive. Como é que foi, com a declamadora?"

"Já não me lembro direito. Não foi grande coisa."

"Você toma pílula?", perguntei. Queria ganhar tempo.

"Tomo, não se preocupe, eu também não quero ter um filho seu."

Beijamos mais, minha perna entre as pernas de Ismênia. Sentia a umidade da sua boceta.

"Vem, vem", disse Ismênia.

Não reagi.

"O que foi?"

"Não sei. Excesso de ânsia, provavelmente."

"É isso mesmo? Pode ser outra coisa."

"O quê, por exemplo?"

"Talvez você esteja desapontado comigo, depois de todos esses anos de expectativa..."

"Ou talvez eu seja impotente."

"Não parecia, até há pouco."

"Talvez eu esteja *ficando* impotente, sabe como é, em condições apenas para um desfile rápido."

"Se fosse isso, você não estava tão tranquilo."

Não estava. Na primeira oportunidade vesti minha roupa.

Ismênia colocou um roupão.

"Que coisa...", eu disse, desanimado.

"Pelo menos espero que o jantar tenha sido do seu agrado."

"Estava ótimo. Acho que nunca comi um macarrão tão bom."

Ficamos calados algum tempo.

"O que você está pensando? Duvido que diga."

"Em nada. Acho que sou o único sujeito no mundo capaz de ficar absolutamente sem pensar. A cabeça vazia. Como se estivesse morto."

Eu pensava em Joana. Pensava em meu pai e sentia vontade de chorar.

7

"Quinta-feira passada você não veio", diz Morel.
"Não pude", diz Vilela.
"Matos apareceu. Pediu para ver o que eu estava escrevendo. Eu disse que não tinha cópia."
"Fez bem."
"Pedi a Matos para me trazer as cartas que Joana escreveu de Paris. Ele não as achou, tive que reconstituí-las de memória. Está tudo aqui, junto com aquelas besteiras da Elisa Gonçalves. Num jantar, desses que os jornais noticiam, na mesa onde eu estava, um cavalheiro só falava no seu Rolls-Royce, dizendo que não o deixava apanhar sol. As mulheres comentavam novelas de televisão. A farsa que armei contra Elisa está aqui. Creio já ter falado nisso antes."
Morel faz flexões.
"Quantas você está fazendo por dia?"
"Trezentas. Sem beber, sem fumar, dormindo oito horas por dia, estou em perfeita saúde, na melhor forma da minha vida. Mas de que me adianta isso?"
"Você pode escrever."
"Só penso em sair daqui e apanhar uma mulher. A vida é uma sucessão de besteiras. A minha pelo menos. A sua também?", pergunta Morel.
"Também."
"Quem foi que disse: nascimento, cópula e morte, isto é tudo que há. Pound?"

"Eliot."
"Você não gosta muito de mim, gosta?"
"Ainda não sei."
"Por que você veio aqui?"
"Estou interessado no fim da história."
"Você não leu os jornais?"
"Não. Estava viajando."
"Pergunte ao Matos."
"Se for necessário, pergunto."

Eu queria levar Elisa Gonçalves para a cama por ser ela uma mulher rica e famosa. No Rio existiam milhares de prostitutas melhores do que Elisa: na cama de pouco adianta a haute couture.
Telefonei para Elisa:
"Encontrou Khaiub?", ela perguntou.
"Encontrei", respondi, de improviso.
"Que ótimo."
"Ele está disposto a lhe conceder uma entrevista."
"Que maravilha. Quando e onde?"
"Na minha casa, dentro de alguns dias."
"Ele não pode vir aqui?"
"Não pode."
"Então está bem. Quando?"
"Eu depois aviso. Outra coisa: ele certamente irá lhe cobrar alguma coisa."
"Está bem. Não tem problema... Quanto é que você acha que ele vai querer?", uma ponta de mesquinhez na voz.
"Não sei."
"Você não tem ideia?"
"Quinhentos, mil, por aí."
"Pensei que seria mais."
Logo depois que nos despedimos, liguei para um sujeito chamado Zé.
Mais tarde, num bar, bebendo cerveja.

"Estou atrás de financiamento", Zé disse, "esses banqueiros são uns burros."

Tive que ouvir como era o filme dele.

Sinopse. Rui é um poeta, ladrão e cafetão que tira dinheiro dos pobres para dar aos ricos. Os ricos são representados por uma mulher de meia-idade, de rosto esticado, aristocrática e cruel, com quem Rui tem relações sexuais circunscritas: ela apenas permite que ele lhe lamba os pés.

"O que acha você do meu filme?"

"Esses banqueiros são uns burros, esse filme vai ser um estouro", respondi, "pelo menos na Europa."

"É uma pena que você não seja banqueiro."

"Eu também tenho um roteiro de filme: um artista decadente quer comer uma grã-fina chata mas ela só dá para ele se for apresentada a um astrólogo chamado professor Khaiub. Mas Khaiub não existe. O artista decadente pede a um amigo que faça o papel de Khaiub. Os dois vão para a cama e termina o filme."

"Romântico, meio piegas, mas interessante."

"Você quer fazer o papel de Khaiub?"

"Quanto tempo de filmagem? Você sabe, a qualquer momento pode sair o financiamento do meu filme."

"Um dia para ensaiar, um dia para a filmagem."

"Combinado", disse Zé.

Dei ao Zé os dois livros que eu carregava.

"Lê isso atentamente. A mulher é Touro. O nome dela é Elisa. Aqui está uma relação de Touros famosos: Shakespeare, Freud, Balzac, Catarina, a Grande, Ella Fitzgerald, Hitler..."

"Hitler?", perguntou Zé, ofendido.

"Esquece o Hitler. Põe Marx no lugar dele. Tem Touro para todo gosto."

"Esse é o roteiro do filme?"

"Que filme, rapaz? Será que você não entendeu que isso não é filme?"

"Agora estou entendendo."

Passamos o resto do dia ensaiando.

A carta de Joana, enviada de Paris, em junho, começava dizendo que estava morrendo de saudades. Aqui estão festejando o centenário de Proust, com exposições especiais de revistas e outras milongas, dizia ela. Descrevo tudo o que tenho visto. Retrato: um homem de olhos suaves, perto da mãe e do irmão. O irmão à vontade, recostado no espaldar da cadeira; a mãe sentada, rosto severo, uma mulher de lábios finos, fazendo com a mão um gesto que poderia ser obsceno. (Não sei se a carta de Joana tinha de fato a referência ao gesto obsceno; talvez essa impressão seja minha, ao olhar o retrato no álbum.)

Ilustração de Phillipe Julian: Marcel chegando a um restaurante ou outro lugar elegante, entregando ao porteiro a cartola e a bengala, envolto num cachecol, uma espécie de boá longo. Atrás dele, uma mulher de chapéu de plumas, num vestido rico, comprido, de soirée, aparentando entre 45 e 50 anos, observa o escritor através de um pince-nez seguro na mão direita. (Estarei misturando minhas impressões com as de Joana?)

Cocteau, depoimento: *Proust nous reçoit sur son lit, habillé, colleté, cravaté, terrifié par la crainte d'un parfum, d'un soufle, d'une fenêtre entr'ouverte, d'un rayon de soleil.*

Proust soldado, em Orléans, 1890, pezinho virado. Proust de mão no queixo. Pierre, um garoto daqui, me disse que essa é clássica. (Esse Pierre era um francês que Joana encontrou pela primeira vez na Square du Vert-Galant, no meio dos vagabundos, artistas e turistas que frequentavam o local; ele me chamou a atenção, dizia Joana, pois falava muito alto e arrancou o violão das mãos de uma moça e começou a cantar e dançar no meio das pessoas.) Proust e a flor na lapela. (Mas a foto que mais impressionou Joana foi a última que tiraram dele. Proust havia ido assistir a uma exposição de pintura holandesa, no Jeu de Paume. Queria ver, mais uma vez, naqueles últimos dias que lhe restavam, a *Vue de Delft*, de Vermeer, seu pintor favorito. Joana ficou impressionada com aquele homem de olheiras, doente, flácido, fingindo um ar varonil, respeitável, comportado, emaciado, colarinho alto, nada do ascetismo de que fala Lacretelle, um retrato lamentável, que *Les Nouvelles Litteraires*, samedi, 25 de novembro 1922, uma semana depois de Proust ter morrido, não teve coragem de publicar, preferindo a clássica iconografia da mão no queixo.)

Você está dormindo com alguém mais bonita e inteligente do que eu? Duvido, as mulheres inteligentes que estão aí são um lixo e as bonitas são a mesma coisa. Não encontrei um francês que gostasse de andar como você. (Diariamente Joana saía do hotel, atravessava a Pont des Arts — ela morava na Rive Gauche —, ia para as Tuileries e caminhava pelos Champs-Élysées até o Arc de Triomphe, avenue Maréchal Foch e afinal o Bois de Boulogne, onde ficava vendo o verde das árvores.) Minha bunda está ficando dura como uma pedra e minhas pernas grossas de tanto andar, não é assim que você gosta? Vem, vem, vem — você precisa de dinheiro? (Era assim que ela terminava as cartas, sempre.)

Respondi:

Proust não me interessa. Muito obrigado pela sua carta, querida mme. de Sévigné. Estou nadando em dinheiro e já cansei de Paris. Também estou com saudades, por que você não volta?

Os contrastes salvam da monotonia a vida dos debochados (débauchées).

Outras coisas prendiam a imaginação de Joana em suas cartas: no striptease de Pigalle uma negra alta escapa da melancolia geral; ela está nua, apenas com um cache-sexe idiota que mais parece um emplastro medicinal. Pisa o palco com nobreza, cumpre a sua obrigação e, quando termina, as pessoas presentes — casais de meia-idade, alguns poucos jovens turistas —, todos, sem saber por que, batem palmas respeitosas e a negra sorri, um sorriso enrustido de quem parece dizer: vocês não têm culpa de estarem aqui, neste lugar infeliz, nem eu, nada temos a ver com isto, apenas gastamos a nossa vida, muito obrigada.

No café de Cluny (coin St. Germain — St. Michel) um sujeito mastigava uma banana: contei vinte mastigadas para cada garfada de banana, era um sujeito organizado na maneira de cortar a banana, usando garfo e faca: cortava, pousava a faca, colocava o pedaço de banana na boca, pousava o garfo, mastigava, mastigava, mastigava. Moreno, podia ser francês mesmo, ou da Tunísia, Costa Rica, Brasil, Cuba. Carregava uma pasta preta. Devia estar fazendo doutorado na Sorbonne. Um homem jovem, que um dia seria ministro, ou coisa parecida, no seu país. Do jeito que ele mastigava bananas posso garantir que o dia em que isso acontecesse o país dele estaria fodido.

Era verão, mas fazia muito frio naquele ano em Paris. Joana ficava dentro dos museus e acabou se apaixonando pelo *Banho turco* de Ingres. Você sabe, dizia ela, eu quero fazer coisas de vanguarda, como você; o lixo clássico dos museus não me interessa, mas tive uma vontade irresistível de pintar também o "meu" *Banho turco*, como Picasso fez. (Joana talvez não soubesse que outros, além de Picasso, como Rauschenberg, Mlynarcik, Man Ray, Pounders, também prestaram sua homenagem a Ingres.) Joana ficou dias e dias em frente do quadro, *vendo*. Tenho aqui uma reprodução:

As Quatro Mulheres de Braços Levantados, espalhadas pela tela e, entre elas, principalmente a que fica à direita do observador, uma barriguda sem cabelos no púbis, com um colar de ouro no pescoço, boca carmesim, cabelos ruivos, um ar bovino de imbecil superalimentada ou drogada, enfim, uma fêmea polpuda, admirável.

As Duas Mulheres Abraçadas; uma tem cabelos castanhos, usa na cabeça um fez ornado de pedras vermelhas e verdes, nela se destacando o rosto aristocrático, inteligente, tranquilo, e a mão esquerda, mão possessiva, dominadora, sádica, agarrando com firmeza o seio da outra mulher. A Mulher de Fez transmite uma aura de prontidão: alguém que sabe o que deve fazer e aguarda o momento certo. A outra, a Mulher de Seio Espremido, é um ser voluptuoso, de olhos amendoados e a placidez de quem acabou de ter um longo orgasmo; as duas mulheres observam uma terceira que toca um instrumento de cordas, provavelmente um bandolim. (Joana acreditava ser esse quadro uma das poucas produções eróticas da arte visual ocidental.) Ingres jogou a luz nas costas da Mulher do Bandolim. Eu joguei no seio e na mão. Trabalhei o quadro este mês inteiro. Deixei aparecer o interior e o avesso, do seio e da mão, o osso e o tecido glandular, cartilagens diáfanas, finos vasos sanguíneos, linfas douradas, tudo luminoso, transparente, embricado, superposto. Em volta apenas se pressentem os olhos das outras mulheres. Um clima sinistro, misterioso, excitante. (O quadro acabou não sendo tão bom quanto a literatura de Joana.) E você? Está amando alguém?

Respondi:

Não aguento mais de saudades de você. Nada de importante acontece aí nesse velho deserto. Você já viu a tumba bordeaux de Napoleão nos Inválidos? É de morrer de rir. Volta logo, sua puta.

8

Matos convida Vilela para jantar.

São vinte pessoas.

Vilela evita ficar a sós com Matos, escapa de vários ardis.

Ao se despedirem, na porta, Matos diz: "Quando eu quiser — veja bem: eu direi quando — você me mostra o que Morel está escrevendo".

"Vamos ver essa hora."

"Você vai ver."

Os dois homens conversam tranquilamente.

Matos tem um trunfo escondido.

Quinta-feira. Na penitenciária. Vilela diz a Morel para não mostrar o relato a Matos.

"Ele veio aqui mas não falou no assunto", diz Morel.

O Astúcia, pensa Vilela.

Vilela evita fazer perguntas a Morel. Detesta quebra-cabeças de peças marcadas.

Um toque rápido de campainha.

Elisa parada na porta.

"A casa é sua", eu disse, fazendo um gesto convidativo.

Elisa entrou.

"O professor Khaiub já chegou?"

"Ainda não, mas não deve demorar."

Elisa ficou de pé observando os quadros da sala.

"O Vassarely é original, comprei em Paris uns anos atrás; os outros são reproduções. Prefiro a reprodução do trabalho de um artista que eu goste do que um original medíocre. É claro que os snobs não pensam assim. Para os snobs, a pintura, como tudo mais, é um símbolo de status."

Elisa olhando as paredes: "Alechinsky?".

"Você gosta mesmo de pintura?"

"Que artista cruel, o Man Ray", disse Elisa, fingindo ignorar a minha pergunta. "E ele chama isso de *Cadeau*..."

Estava surpreendido com Elisa. O *Cadeau*, de Man Ray, era conhecido, mas o Alechinsky era uma reprodução que eu mesmo havia feito.

"Eu mesmo fiz essa reprodução."

"Estão muito boas", condescendeu Elisa. "Eu imagino que todas essas fotos também são suas."

"São."

"Nem uma criança, um homem, um animal, um objeto — só mulheres...", disse Elisa.

"Eu gostaria que você me deixasse fazer uma foto sua."

"Você já me disse isso."

"Um close preto e branco, o rosto cru, todo o canibalismo do seu rosto."

Elisa deu uma gargalhada. Eu estava chegando perto dela. Ninguém resiste ouvir falar de si.

"Fale mais", disse Elisa.

A campainha tocou.

Era Khaiub. Estava todo de negro. Caminhou até onde estava Elisa e, depois de olhá-la fixamente nos olhos, durante algum tempo, disse com voz profunda: "Tenho pouco tempo".

Sentamos.

"Escreva neste papel hora, dia, mês e ano do seu nascimento", disse Khaiub.

"A hora eu não sei."

"Dia, mês e ano, então."

Elisa escreveu e Khaiub guardou o papel no bolso.

"Professor, eu não duvido dos seus poderes, mas apenas com esses dados o senhor está em condições de descobrir o meu futuro?"

"Minha senhora, há milhares de anos, quando saiu da Mesopotâmia e foi para a Grécia, onde recebeu os seus fundamentos científicos, a astrologia tem como objetivo descobrir verdades que unam a humanidade e elevem o indivíduo acima das suas preocupações egoístas. Não sou um cigano ambulante que se aproveita da credulidade das pessoas. Meus estudos são baseados em Kepler, Copérnico, Brahe..."

"Quer dizer que o senhor é um cientista?", perguntou Elisa, uma ponta de ironia na voz.

"De certa maneira", respondeu Khaiub.

"O senhor não vai ler a minha mão?"

"Tricassus Mantuanos enumera oitenta variedades de mãos. Porém, acredito, como Corveus, que elas são apenas setenta", disse Khaiub segurando na mão de Elisa.

Durante algum tempo Khaiub ficou olhando a mão de Elisa.

"Caridade misturada com impulsos voluptuosos e alta dose de orgulho estão aqui, nos montes de Vênus e Júpiter... Saturno mostra prudência, sabedoria, boa fortuna, mas o monte de Mercúrio indica preguiça e também ambição pelos ganhos... Vejo ainda em Sol e Marte o sucesso, a audácia, junto com uma inesperada timidez... Uma grande sensibilidade..."

Elisa ouvia tudo sem dizer palavra.

Khaiub apertou as frontes com as duas mãos. Não se pareciam com as que eu havia descrito para Elisa, eram finas, sem pelos, frágeis. Mas talvez Elisa não se lembrasse mais do que eu havia dito.

Não tenho esperanças no futuro de nosso país. Nossa juventude é insuportável, sem educação, terrível.

Hesíodo, 720 a.C.

"Existem mais de cem marcas que podem ser lidas nas mãos", disse Khaiub. "Aqui, na falangeta do seu indicador, está a marca do idealismo... na falange do anular, o amor pela verdade... na falanginha do mínimo, a prudência..."

Elisa continuava em silêncio.

"Vejo uma longa vida... O amor percorre caminhos atribulados e afinal encontra a sua realização... Isto está acontecendo ou irá acontecer dentro em breve... A senhora não ama o seu marido... Mas continuará com ele... são amigos... O homem que está surgindo na sua vida..."

"Sim...?"

"Meu tempo acabou...", disse Khaiub, parecendo ouvir uma convocação interior... "outro dia..."

Zé levantou-se e saiu correndo da sala.

Elisa começou a rir.

"Você é um idiota", disse Elisa.

"Por quê?"

"Porque pensa que *os outros* são idiotas."

"Não estou entendendo."

Elisa pegou a bolsa e antes de sair disse, irônica, "desta vez não deu certo".

Eu não disse uma palavra, não fiz um gesto para impedir que ela fosse.

Fiquei bebendo cerveja e depois fui para a cama. Quando Elisa ficar velha ela vai sofrer muito, pensei com satisfação. Resolvi saborear a minha longa vingança: a Grande Dama envelhecendo, as pernas afinando, enquanto aumentava a rotunda flacidez abdominal; Elisa perde o equilíbrio e desaba na rua de pernas para o ar; vejo cair o cabelo ralo e seco pelo uso da tintura e surgirem rugas, queixo duplo, sebo nos seios, olhos empapuçados, burrice, medo, rancor, inveja, desespero, mesquinhez, mofo no hálito; ovário avariado; a enfermeira tira a dentadura de Elisa com medo de que ela a engula, na infecta cama do hospital de velhos; a catarata não a deixa mais ver os antigos retratos gloriosos; a memória de Elisa dói de maneira insuportável e ela sente frio nos pés.

Dormi satisfeito.

Tempo.

No mês de setembro, dois acontecimentos importantes: ganhei um prêmio na Bienal, com *Conexão*, e Joana voltou de Paris. Logo que a notícia saiu nos jornais comecei a receber telefonemas de marchands e pessoas interessadas nos trabalhos que eu fazia. Nada disso, porém, teria influência na minha vida. A volta de Joana, isso sim, virou minha vida pelo avesso. Mas eu nem sequer suspeitava do que ia acontecer.

Magalhães telefonou.

"*Vênus R. B.* está te esperando."

"Eu não quero mais fazer coisas de encomenda. Chega de fotografia de cerveja."

"Paul", disse Magalhães, dramaticamente, "eu dou toda a liberdade para você fazer o que quiser. O mundo só pensa em sexo, tudo é sexo, regime para emagrecer, cirurgia plástica, cosméticos, moda, cultura, religião, política, poder, ciência, arte, comunicação, está tudo a serviço do sexo!"

"E o que tenho eu com isso?"

"Eu pago bem. Vai me dizer que você não precisa de dinheiro?"

"Não preciso não." Tive vontade de dizer: enfia o dinheiro...

"Vou pagar a você como se estivesse pagando ao Picasso. Um bocado de grana."

"Enfia o dinheiro no cu", afinal eu disse.

"Pronto: zangou-se", respondeu Magalhães, rindo.

Depois de meia hora ele acabou me convencendo.

Na literatura o pênis é sempre comparado a um instrumento de agressão. Comecei a imaginar a primeira ilustração para *Vênus R. B.* Um pênis que fosse ao mesmo tempo clava, lança, espada, cacete (bordão), pau (árvore), aríete.

A vagina: gruta, nicho, concha, flor, ninho.

Numa tarde apenas, desenhei a vagina. Uma flor (não figurativa) com um fulcro negro no centro, contendo todas as indicações indiretas de suas possíveis plenitudes. A flor tinha movimento, tensão, ritmo.

Suspeito que o universo não é apenas mais estranho do que supomos: é mais estranho do que somos capazes de supor.

O pênis acabou ficando assim: uma espécie de trave-êmbolo — pistão-verga, tendo num dos extremos uma massa que parecia ao mesmo tempo um diamante, fácies de um ser humano e uma glande; o outro extremo terminava numa engrenagem, de molas, eixos, embreagens, cavilhas.

A função real da arte, mais do que exprimir sentimento, é transmitir compreensão.

Fiz ainda: ânus, mares de sêmen, seios. O mundo não queria sexo? Um dos ânus era o globo terrestre. Isso era misturado com cruzes, cifrões, triângulos e outros símbolos.

Estava trabalhando quando a campainha tocou.

Era Joana. Estava linda, sorrindo alegremente. Carregava duas malas e uma bolsa grande.

"Posso ficar aqui alguns dias?", perguntou, depois dos beijos e abraços.

"E a tua casa? Também venderam a tua casa?", brinquei.

"Não quero ir para casa. Quero morar longe da minha família. Se eu voltar para casa, não saio mais, fico presa na engrenagem."

A ideia não me agradou muito.

"Prometo que não demoro muitos dias. Só até arranjar um apartamento."

Enquanto Joana abria as malas, conversamos sobre o meu prêmio da Bienal, Paris, Rio, a arte contemporânea, o trânsito, comida etc.

"Em Paris a moda não é mais a hyper-figuration, a art conceptuel, a art d'attitude. É a trans-figuration, uma coisa parecida com o que você fazia há séculos. Bacana mesmo é o que os austríacos estão fazendo. A Documenta, de Kassel, vai reformular tudo."

Fiquei calado. Sentia raiva e inveja desses sujeitos que tinham uma dose de cretinice e idealismo suficiente para continuar tentando tudo, inclusive *acabar* com a arte.

Joana tirou da mala uma calça de veludo. Da bolsa tirou uma garrafa de vinho tinto. "Isto aqui é para você. Chateau-Lafite."

Joana me pediu que experimentasse a calça. Estava perfeita.

"Sabe o que eu fiz para escolher a calça? Eu não sabia o seu número, mas havia um rapaz na loja, eu o abracei, senti o corpo dele, corri as mãos pelos seus quadris e disse: dois centímetros menos na cintura."

"Depravada."

"O lojista ficou tão assustado que nem respirava."

"Você estava com saudades minhas?", perguntei.

"Morrendo."

"Então tira essa roupa", eu disse me despindo.

"Que coisa linda! Você deixa eu fazer um modelinho dele, durinho, em ouro, para carregar no pescoço?"

Ela riu com a boca fechada, como as pessoas que não têm um dente na frente. Depois abriu a boca e os dentes surgiram como um jato de luz no seu rosto moreno.

Na cama.

"Quero que você passe essa coisa linda na minha nuca, depois no meu sovaco, depois na dobra da minha perna, depois...", disse Joana.

Não bati em Joana. Amei-a delicadamente, sem violência.

Joana, enquanto fazia café: "Por que você não deixa eu ficar aqui? Até a gente enjoar?".

"E os teus pais? O que vai dizer Sua Excelência, o embaixador?"

"Não interessa o embaixador. Eu sou maior, tenho vinte e um anos..."

"Vinte."

"Faço vinte e um na semana que vem."

"Está ficando velha..."

"Deixa... Eu tomo conta de você, arrumo a casa. Ensino você a pintar..."

"Eu preciso mesmo de alguém que me ensine a pintar" (esgoto).

"Então você concorda?"

"Não, não tenho mais saco para viver com uma mulher apenas, novamente."

"Não precisa ser uma única mulher. Você pode viver com quantas mulheres quiser, desde que eu seja uma delas."

"Você está falando sério?"

Joana me fitou um longo tempo. Depois olhou as próprias mãos, como se estivesse examinando as unhas.

"Estou."

Fiquei imaginando: eu vivendo, na mesma casa, com várias mulheres. Quanto mais eu pensava, mais a ideia me agradava.

"Como se fosse uma família", eu disse.

"Como se fosse um harém." Joana não parecia tão entusiasmada com a ideia quanto eu.

"Não", insisti, "uma família."

"Está bem. Uma família."

Eu morava numa enorme casa velha, em Santa Teresa. Sempre gostei de casas grandes. Talvez para compensar o período esquálido em que toda a minha família morava num sobrado, com dois cômodos, em cima da loja do meu pai. Ou então saudade da casa de minha infância. Ou as duas coisas.

Joana foi tirar as roupas da mala. Ela ia ficar num quarto de onde se via a cidade: uma massa de blocos de cimento armado, ao longe.

"Já sei quem serão as mulheres de nossa família", eu disse.

"Quem?"

"Carmem, Ismênia e Lígia."

"Não conheço..."

"Carmem é um modelo; Ismênia é pintora; Lígia... não sei bem o que ela é..."

"Essa é que vai ser nossa família?"

"Estou pensando também em Elisa..."

"Cinco então?"

"...Elisa Gonçalves..."

"Elisa Gonçalves? Essa não!"

"Por que não?"

"Você quer que a sua *família* saia nas colunas sociais?"
"E as outras? Você tem alguma coisa contra as outras?"
"Não. Nem contra nem a favor."

Comprei uma aliança de ouro para Joana. Mandei gravar dentro: *Paul ama Joana.*

9

Vilela telefona para Dulce.

"Vamos sair?"

"Você acha que vale a pena?"

"Precisamos conversar."

"Ainda há algo a dizer?"

Jantam em silêncio.

"Hoje faz seis meses que você disse que me amava. Você lembra o que eu fiz?", pergunta Dulce.

"Lembro."

"O que foi?"

"Você beijou minha mão", diz Vilela.

"Por que eu fiz isso?"

"Eu te amo", diz Vilela.

Dulce não responde. Seu rosto pálido, imóvel, não exprime qualquer emoção.

Chegam na quarta boîte um pouco antes do sol raiar.

"Muito bem, uma noite inteira comigo. Meus parabéns", diz Dulce.

Vilela pede chá com torradas. O maître desculpa-se, mas não tem chá na boîte. Vilela escolhe uma sopa. Dulce vai ao banheiro.

Um homem de branco, gravata preta, na mesa ao lado, após acompanhar Dulce com o olhar, inclina-se, segura a mão de Vilela: "Permita que lhe diga, com respeito e consideração, essa é a mulher mais linda que já vi em toda a minha vida".

É um homem de setenta anos, de longos cabelos brancos ondeados e mão quente. Ao seu lado uma mulher de idade indefinível, de cabelos pintados de louro.

"Dançaremos um tango em sua homenagem", diz o velho.

Dulce volta. Nesse instante, a sopa é servida, o casal de velhos se levanta, o homem grita para o pianista, que dirige o pequeno conjunto de três elementos. "Um tango!"

O tango é dançado com todos os seus rebuscados floreios. Dulce não presta atenção ao que está acontecendo. "Ele foi um médico famoso, um grande cirurgião", explica o garçom.

O médico e a mulher voltam para a sua mesa.

"Muito bem", Vilela cumprimenta o médico.

"Um magnífico exercício, ótimo para a saúde", o médico, ofegante. Saem.

Dulce na porta de casa antes de entrar: "Estou cansada de ser a mulher de sua vida, enquanto você continua casado com outra mulher, que além de tudo não te ama".

Dentro do carro, na avenida Atlântica, Vilela espera o dia raiar. Ele está cansado, mas não quer ir para o novo apartamento onde mora. Quando o bar em frente abre, às dez horas, Vilela ocupa uma das mesas da calçada e bebe cerveja. As pessoas que passam, em direção à praia, são feias e tristes. Uma mulher sardenta, carregando uma menina no colo, pede "o senhor quer me ajudar? Esta menina não pode ver batata frita". A menina geme, confirmando.

Vilela dá dinheiro à mulher.

"Onde é que a senhora mora?"

"Em Caxias, venho aqui só para arranjar dinheiro", ela responde, com candura.

Numa mesa próxima um homem come linguiça e bebe chope. Ele e Vilela são as únicas pessoas solitárias no bar.

"Essas mulheres são umas vigaristas", diz o homem, "o senhor conhece aquela dona que fica na rua do Ouvidor, com um menino no colo o dia inteiro? O menino é alugado, a mulher carrega ele no colo para enganar os bobos."

Vilela não responde. Paga a despesa e volta para o automóvel. Ele gosta de ficar isolado em seu carro, dirigindo livremente pelas estradas. Repassa a sua vida. Quase cinquenta anos, dois casamentos fracassados, uma amante nova que não o ama mais.

À noite, ao chegar em sua casa, vê os operários nordestinos (que trabalham na conclusão do edifício e dormem na garagem enorme) portando porretes, paus, barras de ferro e outros instrumentos contundentes. Um deles (são oito), que parece comandar o grupo, está espiando por baixo de um carro.

"Está aqui", diz ele.

"O que é?", pergunta Vilela.

"Um gato", respondem.

Vilela está com pressa. Quer telefonar para Dulce.

"Lá vai ele", gritam. O gato corre todo arrepiado. Um pedaço de pau é jogado nas costas do animal, uma pá bate violentamente no seu corpo. Sente-se o entusiasmo, a alegria dos homens, perseguindo o gato.

Tenho que telefonar para Dulce, pensa Vilela.

Dulce atende, apática.

"Vamos conversar", diz Vilela.

"Não há mais o que conversar..." Dulce, com tristeza na voz.

"Então, adeus", diz Vilela. É um homem orgulhoso, que só gosta de quem gosta dele.

Vilela desce. A garagem está em silêncio, os operários dormem em suas redes. Vilela encontra o gato na lixeira, os olhos abertos, brilhando na penumbra, o corpo frio. Se fosse uma pessoa eu também a abandonaria para telefonar para Dulce; o amor é isso — pensa Vilela.

Dulce. O cabelo dela é negro, mas brilha em volta de sua cabeça como uma tocha de fogo.

Foi muito desesperante o primeiro encontro. Ele não queria as coisas instantâneas, queria que não tivessem fim — a intrusão, a paixão, a entrega, o fundo.

Levou-a para o banheiro e acendeu o aparelho de gás (defeituoso, mas não sabia). Tomaram banho quente juntos e tão logo achou que havia vencido sua surpreendente inibição, deitou-a, para não perder tempo, no chão frio de ladrilhos. O olhar assustado dela tentava entender o que estava acontecendo. Nada aconteceu, com exceção do chuveiro, que caiu estrondosamente na banheira, ao mesmo tempo que um jato fervente de água escapava do cano da parede.

Muito frustrante.

Vilela de volta ao apartamento vazio adormece, sentado numa poltrona. De madrugada acorda, vai para a cama, porém não consegue dormir novamente. Assiste, impaciente, a noite findar, tem vontade de beber, resiste ao impulso. Lembra-se do tempo em que, quando tinha insônia, ia para a máquina escrever. Dois anos haviam passado, desde que escrevera o seu último livro. Agora, só produzia, com enorme esforço, pequenas peças de encomenda, cuja publicação em revistas o deixavam deprimido. Estou vazio, pensa Vilela, recordando-se logo que Morel havia dito a mesma coisa. Tenho estado vazio a vida toda. Vilela levanta-se, vai ao banheiro. Toma banho, faz a barba; esses gestos o integram novamente no mundo. Passa a manhã escrevendo um artigo sobre violência — citação: "Quem de fato cometeu o assassinato é questão sem importância. A psicologia apenas se preocupa em saber quem o desejava emocionalmente e quem acolheu com agrado o seu cometimento. Dessa forma todos os irmãos (da família Karamazov e da família humana) são na realidade culpados". Depois vai à agência especializada em empregos de modelos, onde obtém as informações que procura.

Ao sair da agência encontra o sr. Gonçalves Silva, que escreve ensaios eruditos sobre literatura inglesa.

"Você acredita que Shelley, ao escrever 'Sometimes the Devil is a gentleman', teria plagiado Shakespeare, que escreveu 'The Prince of Darkness is a gentleman'?"

O diabo não é uma boa figura para ser examinada com Gonçalves Silva.

"Creio que Shelley estava corrigindo Shakespeare."

Gonçalves fez uma cara pensativa: literatura inglesa é coisa séria, é preciso refletir.

Vilela se despede antes que Gonçalves possa prosseguir, entrando às pressas num táxi.

10

"Você teve alguma dificuldade?"

"Nenhuma. Procurei o inspetor Rangel, como você mandou. Ele me levou até a cela do Morel."

"Ele lhe deu alguma coisa?"

Hilda tira de dentro da bolsa folhas de papel dobrado.

"Como foi tudo?"

"Eu cheguei lá e disse que trabalhava com você. Você é Hilda, ele me disse."

"O que mais?"

"Fiquei muito deprimida, vendo aquela criatura presa... Eu fazia outra ideia dele..."

"Como?"

"Eu... esperava uma pessoa debochada... um rosto cínico... Acho que é por causa das coisas que ele escreve..."

"As palavras..."

"Ele olhou para o meu corpo... de uma maneira... melancólica... Eu fiquei muito perturbada, não por ele me olhar, pelo resto, nunca havia estado em uma prisão, junto de uma pessoa presa..."

"Fale mais dele."

"Ele estava muito triste e, não sei como explicar, parecia me puxar para perto dele, ele estava quieto, mal se mexeu o tempo todo em que estive lá, mas mesmo assim era como se dentro dele houvesse uma armadilha e a qualquer momento ele... fosse..."

"Atacar?"

"Não, me abraçar, mas não sei que espécie de abraço... Ou talvez eu é que quisesse abraçar ele." Hilda ri. "Que horror!..."

Lúcido e cansado, acordei tendo uma daquelas revelações imbecis que a ressaca dá.

Na véspera, na casa do editor Pedro Magalhães, uma noite de loucuras. Um sujeito havia escrito um livro chamado *Vênus R. B.* e Magalhães queria que eu ilustrasse o livro.

"O livro conta todas as perversões, sadismo, robofilia, bestialismo, fetichismo, necrofilia, parafernalismo, bissexualismo, gregarismo libidinoso."

"Nem sei o que é isso", eu disse.

O apartamento cheio de mulheres. Também alguns homens.

"O que é robofilia? E parafernalismo?", perguntei.

"Eu inventei apenas as palavras. As perversões já existiam."

Magalhães devia ter apertado uma campainha, pois surgiu uma negra alta, vestida de preto: "Traz Gretchen".

A negra voltou trazendo uma boneca de vinil, da altura dela.

"Você já comeu uma boneca dessas?", Magalhães perguntou.

"Não."

"Um número cada vez maior de pessoas anda comendo bonecas. Isso é robofilia. Uma palavra inventada por mim. Ela tem dois orifícios, como *as outras*, um na frente e outro atrás, forrados de matéria esponjosa muito macia." Magalhães segurou a boneca no colo. "Você gradua as dimensões dos orifícios, maior ou menor constrição. Alguns colocam lá dentro substâncias aquecidas, pode ser vaselina, leite condensado, sangue, visgo de jaca. Uma invenção da sociedade industrial."

"Interessante."

"Eu sou um moralista, quero atacar a hipocrisia, precisamos de mais perversão para moralizar o país. Que acha você dessa teoria?"

"Interessante", repeti. "O que é parafernalismo?"

Logo surgiu a negra. Parecia telepatia.

"Traga os instrumentos da mala preta."

A negra e a mala tinham a mesma cor profunda. Magalhães abriu a mala.

"Parafernalismo consiste no uso de instrumentos orgasmo-inducentes. Este vibrador", Magalhães mostrou um objeto de cerca de quinze centímetros de comprimento e cinco de largura, "é alimentado por pilhas de mercúrio. Quando ligado, a sua cabeça (glande) gira com uma velocidade maior que a de uma broca de dentista. Não há zona erógena feminina que resista à sua sofisticada tecnologia. Ele tem cabeças trocáveis, em quatro formatos diferentes. A cabeça Clássica, essa que você está vendo; a Flute, a Glossiana e a Paixão Roxa — é claro que são apenas denominações comerciais do produto."

"Interessante."

"Este pseudopênis", mostrou Magalhães, "é para ser usado como couraça de um pênis de carne-e-osso verdadeiro. Veja as saliências, os ressaltos, os esporões espalhados por sobre a sua superfície corrugada. Sua simples visão aterroriza. É capaz de causar prazeres horripilantes nas pessoas mais experimentadas e veteranas."

"Interessante." Que outra coisa eu podia dizer?

"Os anéis, olhe, você coloca em torno do pênis, que ao inchar fixa os aros, impedindo, ao mesmo tempo, que o sangue reflua do membro. Corre-se o risco de uma necrose. Mas antes um pau amputado do que mole. Esta caixinha é conhecida como Belle de Jour, não preciso dizer o que tem dentro dela, todo mundo sabe. Você ilustra o livro?"

"Deixe eu ler primeiro."

"Eu mando os originais para você."

"Hoje vai ter aqui gregarismo libidinoso?", perguntei.

Magalhães pensou um pouco.

"Você pode comer quem quiser, menos a minha mulher, que é aquela morena de verde, e a negra."

"Por que não posso comer a negra?"

"Eu tive uma infância muito pobre e via os outros meninos nos colos das babás. Eu não tinha mãe e pensava que ninguém tinha mãe, e que os felizes tinham babás. Por isso, quando fiquei rico, a primeira coisa que arranjei foi uma babá. Ela me dá banho, lê histórias para mim na cama e escolhe a minha roupa, me veste. Nossa relação contém uma alta dose de erotismo reprimido. Reprimido, entendeu? Ela é virgem, diga-se de passagem."

"E você está feliz, agora que tem babá?"

> *Portanto, é a justiça de Deus que nos julga e nos salva. E essas palavras tornaram-se uma suave mensagem para mim. Este conhecimento me foi dado pelo Espírito Santo, na privada desta torre.*

"Não completamente. Mas um dia chego lá."

"Posso usar qualquer quarto?"

"Pode. Usa o meu. É todo forrado de espelhos, cetim, aparelhos de som, fotos e estátuas de gente nua, uma mistura de bordel de Macau, lupanar romano e Sears Roebuck."

Não consegui entrar no quarto de Magalhães. Fui para outro, com uma garota que me disse:

"Você é um exemplo típico da nossa cultura. Uma pessoa que teve todas as oportunidades na vida e chega na idade adulta sendo o quê?"

"Não sei. Você me diz."

"Uma pessoa incapaz de um pensamento original, um único, apenas um."

"Isso é a pura verdade", eu disse.

"Você pode ser médico, advogado, engenheiro, economista, arquiteto. Até mesmo dentista. Pode ser banqueiro ou padre ou jornalista. Mas não tem a menor capacidade de examinar ou entender coisas fundamentais como justiça, moral, beleza, amor, verdade."

"Você tem toda razão."

"Você está me gozando? Como é o seu nome?"

"Não estou gozando nada. Meu nome é Paul Morel."

"O artista... Mas é cretino como os outros. Garanto que você vive com medo de perder a virilidade."

"Eu vou tirar a roupa. Como é que você se chama?", perguntei.

"Não interessa o meu nome. Você apenas quer me usar e jogar fora."

"Vou te chamar de Kate", eu disse.

> *Isto é assim porque nossa sociedade, como todas as outras civilizações, é um patriarcado. O fato torna-se evidente desde logo se for lembrado que as forças armadas, indústria, tecnologia, universidades, ciência, política, finanças, em resumo, todo caminho para o poder dentro da sociedade, incluindo a força coerciva da polícia, está inteiramente nas mãos dos homens.*

"Por que você também não me usa e joga fora?", perguntei.

"Eu desconfio muito dessas figurinhas que falam macio como você."

"Sim, mas isso não impede que você tire a roupa. Eu não vou fazer nada com você, só vou te foder."

"Quer me ajudar?", disse Kate virando as costas para mim.

Abri o fecho do vestido. Kate tirou o vestido pelas pernas. Estava só de calcinhas.

"Você tem um peito bonito." Tinha mesmo.

Nesse momento bateram na porta.

Abri uma fresta.

Um sujeito careca, magro, muito pálido, apenas de sunga. Duas mulheres com ele.

"Ei, companheiro, tem uma vaguinha aí?"

"Vaguinha?", perguntei.

"Os quartos estão todos cheios. O único lugar que ainda tem para fazer umas piruetas é aí", ele disse, olhando pela fresta para dentro do quarto.

"Por que você não vai fazer umas piruetas na sala?"

"As salas estão ainda mais cheias", disse uma das moças.

"Deixa a gente entrar, deixa", disse a outra. "Vamos fazer uma surubinha legal."

"Só falando com a Kate."

"Ela não gosta?", perguntou o homem.

"Ela nunca fez", eu disse.

"Uma ova que eu não fiz!", gritou Kate.

"Está bem, entra todo mundo", eu disse.

Os três entraram.

"Esta aqui é Kate. Eu sou Paul."

"Meu nome é Guilherme. O nome dessa é... é..."

"Mônica."

"...e esta é..."

"Diana."

"Alguém está comendo aquela negra?", perguntei.

"Que negra?", disse Guilherme.

"Aquela negrona grande de preto. O nome dela deve ser Lurdes." (Carregando a bandeja de prata.)

Nada temos a temer.
Exceto as palavras.

"Não vi", disse Guilherme.

O negócio chato em suruba é que você acaba sempre comendo quem não quer.

"Hoje não vou comer ninguém, quem quiser pode ir para a cama", eu disse deitado no chão. O chão era forrado por um tapete macio.

Guilherme deitou na cama abraçado com Mônica.

Kate sentou-se numa cadeira.

Diana deitou-se ao meu lado.

"A Mônica é a sua amiga?", perguntei.

"Somos conhecidas."

"Como foi que vocês vieram parar aqui?"

"Ouvimos falar que ia haver um embalo ouriçado e viemos. Você não quer nada mesmo?"

Enquanto isso Guilherme comia Mônica. Fiquei olhando um pouco, mas não achei a menor graça. Positivamente, eu não era um voyeur.

"Que tal um sessenta e nove vertical?", perguntou Diana.

"Hoje não, estou muito cansado", respondi.

"Quer ver eu levantar isso?", perguntou Diana.

"Quero."

Diana estava vestida. Pensei que ela ia começar tirando a roupa. Não. Pensei que ia começar pela felação. Começou beijando os meus olhos. Depois nas orelhas. Diana usava os lábios, os dentes bem de leve, e a língua. Desceu pelo pescoço até chegar ao meu peito.

Olhei na direção de Kate, na cadeira.

Descobri que eu não gostava de ver os outros, mas gostava que os outros me vissem. Gostava também de falar dessas coisas.

A boca de Diana estava na minha barriga. Eu já apresentava uma ereção completa. Sua língua rápida pulou para minha perna, a coxa, depois os joelhos. Meu corpo se encrespou todo.

Ouvi os gemidos de Mônica na cama.

Kate, na cadeira, começou a se masturbar.

"Deita aqui", eu disse para Kate.

Kate deitou-se ao meu lado. Sua boca procurou a minha. Enquanto isso a língua de Diana deslizava entre os dedos dos meus pés. Aquilo me deixou arrepiado. Diana enfiou o dedo grande de meu pé na sua boca. Kate segurou o meu pau. Senti a língua de Diana, subindo. Os dedos da mão de Kate também eram lambidos. A boca de Diana me envolvia. Sentia a mucosa, o cuspe, o calor.

"Para um pouco", pedi, "não estou aguentando."

Diana tirou rapidamente a roupa e com as costas voltadas para mim pôs-se de cócoras sobre o meu corpo, segurando as minhas canelas, e desceu o tronco lentamente. Por uns momentos eu vi o seu pequeno esfíncter rosado entre as duas massas glúteas. Observei o meu pau entranhando. A cintura estreita e o dorso magro de Diana contrastavam com as suas pernas grossas.

Mônica levantou-se da cama perguntando "onde fica o banheiro dessa casa?".

Diana, sem sair de mim, girou o corpo e ficou cara a cara comigo. Apoiando os joelhos no chão ela se mexia compassadamente enquanto dava um gemido fino.

"Agora vem você por cima", disse Diana.

Kate continuava ao nosso lado.

Quando Diana saiu de cima de mim, eu virei sobre Kate, entrei nela. "Hei!", protestou Diana.

> ...*Transformou-se em um Latah tentando aperfeiçoar o POA. Processo de Obediência Automática. Um mártir da indústria*... (*Sadios, a não ser por isso, os Latah imitam compulsivamente todo movimento para o qual sua atenção é despertada com um estalo dos dedos ou uma chamada*

incisiva. Eles às vezes se ferem tentando imitar os movimentos de várias pessoas ao mesmo tempo.)

Mônica, que continuava no quarto, abraçou-se com Diana, procurando uma posição em que as duas bocetas se roçassem.

Guilherme estava na cama de olhos fechados. Talvez estivesse dormindo.

Diana e Mônica falavam excitadamente, entre os beijos que trocavam.

Esses acontecimentos duraram algum tempo até que terminaram, como sempre, em cansaço e desinteresse.

"Onde é o banheiro dessa casa?", perguntou Kate.

"Vamos procurar. Hei, Guilherme, você vem?"

Guilherme não respondeu. Estava dormindo profundamente.

"Ele já chegou aqui alto", disse Mônica.

"A gente deixa ele aí", disse Kate.

"Espera que eu vou apanhar meu óvulo de dexametazona com diedohidroxiquina e cloreto de benzalcônio. Eu não deixo de usar isso nunca, depois de me lavar", disse Mônica.

"Me arranja um", disse Kate.

"Eu também quero", disse Diana.

"A água está cheia de germes", disse Mônica apanhando os óvulos na bolsa.

"E os homens também", concluiu Kate.

Quando saímos, Kate trancou a porta: "Assim ninguém mexe nas nossas coisas".

Na sala, uma meia dúzia de pessoas nuas, mas apenas dois estavam abraçados em um sofá. Os outros, descansando, conversando, dormindo.

Sobre um aparador, várias garrafas de uísque, gelo, soda e outras bebidas.

Preparei uma bebida para cada um de nós, e, de copo na mão, prosseguimos em busca do banheiro. Abrimos vários quartos cheios de gente nua.

De repente, a negra.

Who is not engaged in trying to impress, to leave a mark, to engrave his image on the others and the world? We wish to die leaving our imprints burned into the hearts of others. What would life be if there were no one to remember us when we are absent, to keep us alive when we are dead? And when we are dead, suddenly or gradually, our presence, scattered in ten or ten thousand hearts, will fade and disappear. How many candles in how many hearts? Of such stuff is our hope and our despair.

"Depois eu encontro vocês", eu disse. Exit Diana, Kate e Mônica.
"Alô", eu disse para a negra. Ela estava com o mesmo vestido preto longo.
"Nesta parte da casa o senhor não pode ficar assim."
Estávamos na cozinha. Eu, nu. Sobre a mesa uma garrafa e um copo. A negra estava bebendo sozinha.
"Por que não pode?"
"Ordens do doutor Magalhães."
O meu copo estava vazio.
"Você me dá licença?", peguei a garrafa, botei bebida no meu copo.
"Estou meio bêbado, e quando estou assim fico amável com as pessoas."
A negra não respondeu.
"Teu nome é Lurdes?"
"Não. É Rosário."
"Você está sozinha?" O fato de estar sozinha me deixava intrigado. Ela não respondeu, me olhando com os seus olhos amarelos quietos.
"Antes de você nascer, você era a minha babá. Não a dele."
Uma bola ou círculo amarelo com fundo castanho.
"Eu também quero ter a babá que perdi."
A cara negra parada.
"Ele, o Magalhães, nunca teve, sofre menos."
Estava sentindo um forte tesão pelas coisas bonitas da vida, o corpo das pessoas. Uma vontade de contatos físicos. Meu corpo e o dela juntos.
"Não faz isso comigo", continuei.
Enchi e esvaziei o meu copo várias vezes.

Rosário calada, sem tirar os olhos de mim.

"Não quero iniciar uma sequência erótica gratuita com você", eu disse.

Segurei a mão de Rosário.

Ela se deixou segurar, comportada e distante, como uma criança ante um amigo da família.

"Assim não é possível", eu disse.

Saí da cozinha. Não sei como cheguei em casa.

11

Vilela dá a Morel as folhas datilografadas por Hilda.
    Morel termina a leitura. Estende-se no chão e começa as flexões.
    "Você me espera chegar para começar a fazer as flexões?"
    "Faço de hora em hora. Cinquenta vezes."
    "Quantas horas?"
    "Oito horas. Cinco vezes oito, quarenta: quatrocentas flexões."
    "Daqui a pouco você passa o Pantera Negra."
    "É isso que me mantém vivo, aqui dentro. As mil flexões. Chegar lá. Não é o livro. E você? O que te mantém vivo?" Morel olha Vilela do chão, uma veia em forma de V aparecendo em sua testa.
    "É a primeira vez que você chama o que está escrevendo de livro."
    "É mesmo?"
    "Creio que sim. Mas eu não tenho a sua memória."
    "Você não vai responder?"
    "O quê?"
    "Por que você continua vivo?"
    "Porque quero."
    "Considero esta resposta uma evasiva. E um cachorro? Por que se mantém vivo? Por que quer?"
    "Eu não sou um cachorro."
    Morel ri. Ri um longo tempo.
    "Você escreveu alguma coisa?"
    "Escrevi."
    Morel dá os papéis a Vilela.

A primeira a ser escolhida para a nossa família, depois de Joana, foi Carmem.

Ela estava muito agressiva.

"Não estou agressiva, sou assim mesmo. Apenas me defendo."

"Eu queria conversar com você."

"Então conversa."

"Sim, mas você está tão áspera que até me constrange. Você sabe que sou um homem tímido."

Carmem riu.

"Se você fosse tímido, não se entregava tanto. Tímida sou eu, por isso é que me defendo."

"Por que você é tímida?"

"Ah!, se você tivesse levado a vida que eu levei..."

"Que vida?"

"Ah!, não vou contar a minha vida para você, é muito chata."

"Está bem. Se você não quer contar, não conta. Que tal se nós fôssemos almoçar?"

Fomos almoçar.

Comemos e bebemos muito.

"Eu já disse a você que tenho um filho, não disse?"

"Disse."

"Também já disse que o filho não tem pai, não disse?"

"Não me lembro dos detalhes."

"Você quer ouvir os detalhes?"

"Quero."

"Meu filho é filho do homem que é casado com a minha irmã."

Carmem parou de falar. Também fiquei calado.

"Minha irmã é a favor dele, contra mim. Ele queria ficar com as duas irmãs, dentro da mesma casa."

"Sua irmã aceitava essa situação?"

"Aceitava."

"E você? Não quis viver com os dois? Ou queria viver apenas com ele?"

"Eu o odiava. Só queria o meu filho. Ele me possuiu praticamente à força."

"À força?"

"Quase. Eu tenho uma cicatriz que ele me fez com uma faca."

"No dia em que te possuiu?"

"Não. Isso foi na segunda vez. Eu só fiquei com ele duas vezes."

"Ele te possuiu esfaqueada?"

"Foi, sangrando."

"O ferimento doía?"

"Doía."

"Você teve prazer?"

"Não."

"E tua irmã?"

"Ele batia nela. Mas no fundo ela não se incomodava com aquilo tudo."

"Que idade tem a tua irmã?"

"Trinta anos."

"E você."

"Vinte e três."

Carmem parou de falar. Ficou riscando a toalha da mesa com a faca.

"Cheguei a pedir a um sujeito para matar ele."

"Quem?"

"Um sujeito com quem eu andava. Polícia."

"Isso acontecia onde? No Rio?"

"Começou em Minas. Depois eu vim para o Rio, sem o meu filho. Foi quando quis matar o meu cunhado. Recorri à Justiça, mas o juiz me enganou. Ele disse que o meu filho ia ficar com os avós, meus pais. Mas um dia voltei lá, o garoto estava com o meu cunhado, na casa dele e da minha irmã."

"Você desistiu de matar o seu cunhado?"

"Minha irmã tem quatro filhos. Ela não pode sustentar os filhos sozinha."

"Você ainda o odeia?"

"Mais que tudo. Mas a minha maior tristeza é não poder ter o meu filho perto de mim."

"Mas ele não ia atrapalhar você?"

"Não. Eu vou buscar ele de qualquer maneira. Já decidi. Lá ele é criado igual a um cachorro. No ano passado encontrei meu filho magro, esquelético, comendo cocô de galinha. O pai não gosta de crianças; ele trata mal também os filhos que tem com a minha irmã."

"Como é a tua irmã?"

"Magrinha, pelo sofrimento que passou com o marido. Parece ter mais de quarenta anos. Virou um trapo, vendo as infâmias que o marido comete, andando com as empregadas, trazendo prostitutas para casa, gastando o dinheiro em jogatina."

"Ele tem empregadas?"

"Duas. Ele anda com elas, descaradamente. Uma é pretinha, de nove anos, babá das crianças. Ele é tarado. Já andou com minha outra irmã, a mais velha. Nós somos três e ele comeu todas."

"Ele queria viver com as três?"

"Queria. Mas preferia a mais velha, que tem 36 anos. Mas acabou desistindo e ficou com a mulher dele mesmo."

"Sua mãe está viva?"

"Na época em que eu me perdi minha mãe estava viajando. Ela vendia ouro, joias. Eu nunca mais a vi, não sei se está viva ou morta, não quero saber."

"E seu pai?"

> *A trama e a sequência tradicionais não têm mais significação... o escritor tende a uma consciência mais aguda de si mesmo no ato de criar. O exterior torna-se menor e o escritor afasta-se da realidade objetiva, afasta-se da história, da trama, do caráter definido, até que a percepção subjetiva do narrador é o único fato garantido na ficção.*

"Meu pai era um vagabundo, só queria saber de beber. Minha mãe, coitada, tinha que arranjar uma maneira de ganhar dinheiro."

"Sua mãe viajava para onde?"

"Bahia, Minas, São Paulo, o Brasil todo."

"E seu pai? Morreu?"

"Não."

"Como é ele?"

"Nunca deu uma agulha para os filhos. Vivia me jogando praga quando era menina, dizendo que eu ia ser uma prostituta. Acabei sendo mesmo. Mas, quando voltei lá, bem-vestida, cheia de dinheiro, eles se ajoelharam aos meus pés, esquecidos de que tinham me expulsado como uma cachorra."

"Como foi que você veio para o Rio?"

"Quando fui ao juiz, resolver o problema de meu filho, conheci um advogado. Ele disse que me empregava e me trouxe para a casa dele. Ele era casado."

"Ele te comia?"

"Uma vez só. Eu deixei. Ele veio de noite, quando a mulher dormia, e fez isso. A mulher nunca soube. Eles eram muito bons, mas fiquei pouco tempo com ele. Uma vizinha vivia dizendo que se eu fosse para a casa dela eu não seria uma empregada doméstica e sim uma irmã, que me daria todo o conforto e por aí afora. Ela tinha muito dinheiro. Depois soube que era amigada com um banqueiro de bicho. Ele proibia ela de sair de casa. Ela precisava mesmo de companhia. O banqueiro era um velho muito feio, que chegava de Galaxie, usava uma medalha de são Jorge no pescoço, um sujeito repugnante."

Carmem ficou outra vez em silêncio.

A primeira cor que me impressionou foi o azul de um casaco que me deram de presente quando eu era criança. Não sei qual era o tecido, talvez veludo. Nunca mais vi essa cor. Misturei tintas durante anos, sem conseguir fazê-la.

"E depois?"

"Um dia o banqueiro me cantou para sair com ele. Disse que faria de mim uma mulher muito rica. Me levou para um apartamento, me deu champanhe e começou a me chupar. Eu nunca tinha feito isso. Eu quis ir embora e ele não deixou, queria que eu também chupasse ele."

"Você fez o que ele queria?"

"Metade: deixei ele fazer."

"Você gostou?"

"Não. Era a primeira vez. Ele tinha uma cara muito feia, cheia de cicatrizes. No dia seguinte eu voltei para casa. A amante dele perguntou onde eu tinha dormido, eu disse que tinha sido na casa do advogado que me trouxe para o Rio. Ela acreditou. Alguns dias depois, nós estávamos os três na sala, eu, o bicheiro e a amante, quando ele botou um bilhete no meu colo, pensando que a mulher não via. Mas a mulher viu e fez um escândalo. Me expulsou da casa dela na hora. Eu acabo sempre expulsa da casa dos outros. Quando eu estava parada na rua, de mala na mão, sem saber o que fazer, o bicheiro apareceu no carrão dele, dizendo que me levava para a casa de uma amiga. Quando chegamos na casa, uma moça muito bonita e bem-vestida abriu a porta. Eu perguntei quem era a moça e o bicheiro disse que ela trabalhava lá. Eu nunca tinha visto uma empregada tão bem-vestida. O bicheiro respondeu 'ela trabalha com o corpo'. Ele tinha me levado para um bordel."

O restaurante esvaziara. Um garçom, em pé, vez por outra olhava em nossa direção.

"Você quer um licor?", perguntei.

"Quero."

Pedi o licor.

"Eu fiquei assustada. O bicheiro me disse 'eu sou um homem de mais de sessenta anos, não vou alugar apartamento para menina bonitinha que vai acabar me chifrando, toma aqui esse dinheiro para voltar para sua terra, se você quiser'. Me deu dinheiro para a passagem. Achei que voltar para casa ia ser pior. Eu tinha dezessete anos. Fiquei quatro anos no bordel. No princípio do ano passado um cliente me sugeriu ir a uma agência de publicidade para arranjar emprego de modelo. Fui e arranjei. Saí do puteiro. Como disse a você, sou uma putana part time, agora."

"Você quer ir morar na minha casa?"

"Na sua casa?"

"Eu tenho uma casa grande em Santa Teresa."

"Depois de tudo que eu lhe contei, você quer me convidar para a sua casa?"

"Quero."

"Para você me comer não precisa me convidar para morar na sua casa."

"Mas eu não quero apenas te comer. Eu quero fazer uma experiência. Quero morar com várias mulheres. Já tenho uma. Você seria a segunda. Vou convidar mais duas."

"Acho essa ideia meio maluca."

"Você pode trazer o seu filho. Que idade ele tem agora?"

"Cinco anos."

"Ótimo. Aumentará ainda mais o clima de família do nosso grupo."

"Você está falando sério?"

"Claro que estou. Você poderá continuar trabalhando, haverá sempre alguém para tomar conta do menino."

Ao sairmos do restaurante, Carmem perguntou: "Quando posso ir a Minas apanhar o menino?".

"Quando você quiser."

"Amanhã, está bem? Volto direto para tua casa."

"Está bem. Toma nota do endereço."

Em seguida, Ismênia.

Num deserto, morrendo de sede, uma mulher arrumadinha, cabelos lisos, bonita, abraçada a um homem barbudo, cansado, perguntava com voz sofrida: "Franz, o que vai acontecer com a gente?". Saí. Não ia acontecer coisa alguma com eles. Além disso, a atriz, quando acordava pela manhã, em sua casa, tinha a cara muito mais amassada do que naquele deserto escaldante.

Na rua era pior que dentro do cinema. Eu estava criando coragem para procurar Ismênia. Chovia, e as pessoas olhavam para mim querendo conversa — um vendedor de apartamento de quarto e sala na Zona Sul, um homossexual procurando companhia, um forasteiro de Minas querendo saber onde ficava a rua Álvaro Alvim, um contrabandista de relógios japoneses: minha imaginação vagava. Chegar na casa de Ismênia, tocar a campainha, alô, me dá outra chance? e ela com pena na voz, está bem...

Fiquei algum tempo parado numa esquina sem saber o que fazer.

"Que tal ser um artista laureado?", perguntou Ismênia, abrindo a porta.

Olhei o rosto dela para descobrir algum traço de desdém, ainda que inconsciente. Sentada no sofá da sala, Ismênia sorriu.

"Você não parece muito feliz com o prêmio."

"Não estou."

"Pois eu teria ficado."

"Esses prêmios não valem nada."

"Eu fiquei muito contente e orgulhosa. Digo para todo mundo, Paul Morel? — muito meu amigo. Nós somos amigos, não somos?"

Eu estava surpreso com o rumo de nossa conversa.

"É claro que somos amigos."

"Você quer ver o quadro que estou pintando?"

Respondi que queria. Cores quentes, apenas: pintura naïve me aborrecia.

"Você hoje está muito calado."

Eu tinha muita coisa na cabeça, isso me desarticulava. Os melhores conferencistas são aqueles de uma única ideia. Os melhores professores, aqueles que sabem pouco.

"Minha cabeça está uma balbúrdia."

"Não estou entendendo."

"Antes de vir aqui fui ao cinema, depois fiquei andando pelas ruas, preparando o meu discurso... apenas porque não sei dizer, simplesmente: você quer vir morar na minha casa com outras mulheres — uma puta, uma jeune fille com pendores artísticos, uma grã-fina que não sei se topará..."

Pausa.

"Quem vai lavar os pratos?" Ismênia não acreditava.

"Sei lá. Eu. Rodízio. Nós todos."

"Você está falando sério?"

"Lembra do meu pai? Ele tinha morrido, eu falava sério e você não acreditou. Acredita hoje?"

"Hum, hum."

"Por favor."

"Está bem. Acredito. Mas eu gosto da minha casa. Por que vou morar com um monte de mulheres e um artista louco, desculpe, neurótico, quer dizer, difícil?"

"Lembra da declamadora?"

"Você só me faz convites pra lembrar..."

"Lembra?"

"Lembro. Eu mesma contei a você."

"Agora você pode saber."

Ismênia acendeu um cigarro.

Eu disse: "Não fala, vamos ver se conseguimos ficar calados pelo menos dez minutos, dez miseráveis e fodidos minutos".

Ninguém mais sabia ou queria ficar calado. Morel perto do Instituto dos Surdos e Mudos. Passava na porta do prédio centenas de vezes e os mudos conversavam furiosamente, em gestos violentos. Gritavam como loucos.

"As outras mulheres são bonitas?"

"Lindas. Realmente."

"Tenho dúvidas..."

"Faz de conta que você está tirando férias. É uma experiência interessante. Teremos longas conversas sobre arte, o mundo, as pessoas."

"Eu fico lá alguns dias, se achar chato volto para a minha casa."

"Como se fosse uma família", continuei, "uma família diferente, que não existe ainda, onde todos os integrantes são livres, em que os laços não são os de proteção, mas os de amor."

Merda pura, a minha conversa.

12

Telegrama:

SIGO HOJE BRASILIA PT VOLTO DEZ DIAS PT AVISE QUANDO MOREL TERMINAR PT VOCE TERA SURPRESA INTERESSANTE PT MATOS

Vilela mostra o telegrama para Morel.
"Não entendo. O horror de ficar preso é que isso torna o sujeito, aos poucos, um oligofrênico."
"Eu entendo", diz Vilela.
Morel, deitado na cama, olha o teto.
Vilela folheia um livro. Poesia grega. Não encontra Simônides. Citado de memória?
Vilela abre a pasta. Entrega a Morel folhas datilografadas. Morel joga as folhas no chão, displicentemente.
"Quer me dar o que você escreveu?", pede Vilela.
"Enchi o saco."
"Continua. Não desiste agora."
Morel não responde, olha Vilela inquisitivo. Apanha as folhas datilografadas que jogou no chão. Põe as folhas sobre a mesa.
"Volto quinta-feira", diz Vilela.

Na casa de Joana.

A governanta, uma espanhola magra, hostil, me levou à biblioteca, onde estava Joana, abstrata, escrevendo num caderno grosso, de capa verde.

"Você usa óculos?", perguntei.

"Uso quando não tem ninguém perto. Você acaba de me pegar em flagrante."

"Quando é que você se muda?"

"Fala baixo. Você quer que a Amparo descubra tudo?"

"Descubra o quê? Você vai se mudar secretamente?"

"Não quero que ela saiba que eu vou para a sua casa."

"Estou com saudades de você", eu disse.

"Eu também."

"Vou sair com Lígia hoje."

"Para que tanta mulher?"

"Posso telefonar daqui?"

"Pode."

Joana voltou a escrever. Peguei o telefone e liguei para Lígia. Saí.

O encontro foi na minha casa.

Começamos imediatamente a beber. Embriagada, Lígia falava sem parar: "Se um homem chegar para mim e disser 'vem comigo', e eu notar que é uma pessoa sensível e atraente, não resisto. Qualquer um me apanha na rua. Já andei com todas as letras do alfabeto".

"Ípsilon?"

"Ípsilon não tem; só Ivan, se ainda se escrevesse assim."

"K?"

"Primeiro nome não tem. Existe Klein. Vale?"

"Vale."

"Eu tenho remorsos. Quando chego em casa e vejo meu paizinho, fico no maior arrependimento. Tomo longos banhos de chuveiro. Me lavo, aquela coisa psicopática, mas no dia seguinte começo tudo de novo. Não me interesso muito tempo pelo mesmo homem. Só quero uma vez. Se ele não insistir muito, se não me implorar, eu não vou na segunda vez. Só me fixo nos intelectuais, esses sim, eu tenho medo de perder."

"Quantos anos você tem?"

"Vinte e cinco. Tenho complexo de velhice. Faço ginástica três vezes por semana. Dieta. Medo de ficar velha. Sou uma perdida. Meu pai é muito bom, os meus amantes tremem na frente dele, lambem os seus pés. São uns pobres-diabos. Todos os homens que foram para a cama comigo são uns infelizes. Se o meu pai mandar, comem merda. Sou uma perdida. Este vestido é francês, um costureiro famoso o desenhou para mim, talvez me desprezasse, uma subdesenvolvida gastando fortunas com roupas enquanto as criancinhas morrem de fome."

Lígia levantou-se e começou a tirar a roupa.

Se a realidade pudesse entrar em contato direto com o nosso consciente, se pudéssemos comunicar imediatamente com as coisas e com nós mesmos, provavelmente a arte seria inútil, ou melhor, seríamos todos artistas.

"Por favor, me entende, não é só sexo... É por isso que eu bebo, que eu queimo, tomo bolinha, para me libertar. Eu sou uma puta."

Eu disse que ela era uma mulher generosa e pura.

Apanhei o vibrador.

"Isso não vai me machucar?"

"Não."

Só parei quando os meus braços estavam doendo. Lígia teve vários orgasmos. Foi penetrada, por mim e pelo objeto, em todos os orifícios do corpo.

Continuamos bebendo e ouvindo música. De copo na mão, Lígia dançando em frente ao meu quadro *Cem bundas,* inspirado pelo anúncio de um publicitário francês alucinado, epigrafado por uma frase de mme. de Sévigné, la plupart de nos maux vient d'avoir le cul sur la selle. Lígia não tinha ritmo, dançar com ela exigia uma constante adaptação ao seu descompasso. Só mesmo um bom dançarino pode fazer uma coisa dessas, por isso, quem nos visse dançando não perceberia a falta de equilíbrio de Lígia, que me dava a impressão de um animal de quatro patas querendo imitar os movimentos de um bípede. A música me deixava tenso, esticado como uma corda que vai se romper. Lígia disse "eu te amo, você me faz feliz". Eu a abracei deixando minhas mãos livres por trás dela, juntei os dedos polegar e indicador da mão esquerda fazendo um círculo, em seguida com o dedo indicador da mão direita penetrei o buraco; enquanto Lígia falava, eu gesticulava obscenamente, nas suas costas.

Na rua, já dentro do carro para levá-la em casa, ela me avisou que esquecera o compacto. Voltei, abri portas, acendi luzes, achei o objeto, botei-o no bolso. Quem era mesmo a mulher que me esperava no carro? Eu havia esquecido.

13

"Há algumas incoerências no seu relato", disse Vilela.
"Por exemplo?"
"O vibrador que você usa em Lígia. Este instrumento surge inesperadamente. Eu tive a impressão de que anteriormente você se surpreendera, na casa de Magalhães, ao ver a parafernália da mala preta, que incluía um objeto idêntico."
"Não é idêntico. O meu nem tinha as pilhas funcionando e foi usado como se fosse um pênis convencional, dotado apenas de pressão longitudinal. Não me surpreendi na casa de Magalhães, lamento ter dado essa impressão."
"Vejo que você não escreveu muito desta vez."
"À medida que chego perto vai ficando mais difícil."
"Perto?"
"Perto do pesadelo. Pensei que poderia escrever sobre as coisas que aconteceram comigo, mas agora, chegando perto..."

Um homem tinha medo de encontrar um assassino. Outro tinha medo de encontrar uma vítima. Um era mais sábio do que o outro.

"Tenta..."
"Um filósofo grego, instado a exemplificar o que era difícil e o que era fácil, disse que fácil era dar conselhos e difícil era conhecer-se a si mesmo. Como não posso dar conselhos, estou tentando me conhecer", diz Morel, sarcástico.

"Eu invejo você", diz Vilela, "nesse aspecto, de poder parar de pensar, para pensar".

"Espero que não me diga que há males que vêm pra bem."

"Veja como esses cristãos amam-se uns aos outros", disse Tertuliano.

Não tive coragem de incorporar Lígia à nossa família. Era muito cretina.

Elisa Gonçalves:

Sr. e sra. Ricardo Gonçalves têm o prazer de convidar o sr. Paul Morel para jantar, às 21 horas do dia 16 de novembro. R. S. V. P.

Parei meu carro perto da mansão dos Gonçalves. Um portão de ferro. Do lado de dentro, um guarda uniformizado, armado. Disse a ele que era convidado para jantar. O guarda perguntou o meu nome. Um porteiro, ao seu lado, leu uma lista, que iluminava com uma lanterna de mão. Medo, insegurança. Minha chegada a pé parecia ter perturbado os guardiões.

O portão afinal foi aberto. Entrei. Ao longe, a casa iluminada. Caminhei por um jardim e um gramado coloridos por lâmpadas ocultas na folhagem.

Cheguei a casa ao mesmo tempo que um Rolls-Royce. Dele saltou uma mulher de vestido longo. Subimos juntos as escadas de mármore.

No hall de entrada, um homem de cabelos escuros, os ossos do rosto cobertos por uma camada de carne dourada pelo sol, bem-vestido, recebeu a mulher carinhosamente, beijando-a na face.

"O Luiz não pôde vir, teve que ir a São Paulo, amanhã cedo é a reunião do Conselho..."

"Paul Morel", me apresentei, assim que ele olhou para mim.

"O senhor também está desacompanhado? Vocês dois combinaram?" Gonçalves sorriu para mim e para a mulher. A mulher sorriu de volta, embaraçada. Permaneci impassível. O sorriso na boca de Gonçalves esfriou. Outras pessoas chegavam e o anfitrião se dirigiu a elas.

Havia muita gente. Demorei a ver Elisa.

"Você é um louco furioso", disse Elisa.

"É a pura verdade", admiti.

"Inventar essa história de Khaiub... Louco, mentiroso, farsante..."

Elisa porém não parecia realmente aborrecida comigo.

"Por que você fez isso?"

"Por amor."

"Agora eu quero falar sério. Diga a verdade."

"Por desejo."

"Você me deseja?"

Os olhos de Elisa brilharam, dilatados.

"Desejo. Loucamente", exagerei.

Desconfiei que ela devia estar maconhada. Maconha ainda estava na moda.

"Como foi que você se decidiu a aceitar o convite para este jantar burguês? O grande premiado da Bienal. Foi por mim?"

"Foi."

"Sabe que o meu marido me engana?"

"Ah!, querida, você está linda", disse uma mulher que se aproximara.

"Você está maravilhosa", respondeu Elisa.

"Por que você não engana o seu marido também?", perguntei quando a mulher se afastou.

"Eu não faço outra coisa", disse Elisa.

"Enganar pra valer. Quem é que tem dinheiro na família?"

"Ele."

"Isso modifica um pouco os parâmetros. Eu queria convidar você para participar de uma experiência. Morar comigo e mais três mulheres..."

"Você, o único homem?"

"Prometo cumprir minhas obrigações."

"Ah! Que coisa mais alucinada!"

"Talvez dure pouco. Ninguém sabe."

"Maluquinho, eu tenho um apartamento em Paris, outro em Londres, uma casa de campo em Itaipava, outra em Angra dos Reis, um iate, moro neste palácio. Você acha que eu posso largar isso tudo para me integrar no harém de um pintor de perigoso aspecto magro e faminto?"

"Se citar Shakespeare novamente eu te estupro aqui mesmo", ameacei.

"Não prometa coisas a Elisa, ela cobra impiedosamente." Gonçalves apareceu inesperadamente ao meu lado.

"Hortência e Lulu estão procurando você, querida. Foram na direção da piscina", disse Gonçalves. Ele não parecia feliz.

"Depois do jantar, não vá embora. Você está convidado para um rito secreto", murmurou Elisa.

As pessoas eram elegantes, limpas, portavam-se bem, sorriam amáveis, cerimoniosas, satisfeitas — e me enchiam de ódio por isso.

Fui apresentado a todos os presentes como o prêmio da Bienal. Os ricos sempre gostaram dos artistas visuais, estes são inofensivos, gostam de ser patrocinados, apreciam ter mecenas, como na Renascença. Patrono: do latim *patronus*, na antiga Roma, o senhor, em relação aos libertos. Somos os favoritos dos poderosos. Trataram-se com toda a deferência; as mulheres mostravam-se predispostas; pediam a minha opinião: "Cinco milhões de dólares por um Velásquez não é demais?".

> *Apanhava rosas e introduzia essas flores no seu pênis, ou as inseria no reto e então ficava em pé na frente do espelho e olhava a si mesmo, o psiquiatra disse. Ele obtinha gratificação sexual com isso. No fim comia as rosas. Disse o advogado aos repórteres, mais tarde: Eu nunca mostrarei os escritos dele a ninguém; eram o mais sujo rol de obscenidades que li em toda a minha vida.*

"E o Ticiano?"

"Acabou de chegar da Bahia e pinta assombrosamente."

"Já não tenho mais lugar nas paredes. Nem no porão. Empresto para os amigos. Para aqueles que não têm filhos pequenos."

"Comprei por uma ninharia, de uma moça que ganhou dele em Belo Horizonte, num dia em que ele estava bêbado. Ele vivia bêbado. Esses artistas são uns... oh, desculpe, não me refiro a você, é claro."

Era a conversa. Eu não respondia, mas eles conversavam comigo assim mesmo. Era impressionante o número de pessoas que fazia perguntas sem querer respostas. Era comovente a voracidade deles comendo caviar grátis.

Toalhas de linho, louça importada, copos de cristal. As mulheres eram trabalhadas por especialistas (dente encapado, pele esticada, peso controlado, corpo massageado). A proximidade me corrompia: eu não ia embora, divertia-me, desejava as mulheres, integrava-me, pertencia. Artista.

Ao meu lado sentou-se uma mulher magra, de cabelos louros, as costas nuas, um decote cavado, mostrando seios mínimos, de menina.

"Meu nome é Gigi Joffre."

Ela disse que sabia quem eu era. Respondi, olhando-a apreciativamente, que lamentava ser aquela a primeira vez em que nos víamos.

"Não faça charme com uma mulher que já é avó", ela disse.

"Não acredito!", exclamei, exagerando meu espanto.

"Sou mesmo", disse ela rindo, e curvou-se com os cotovelos sobre a mesa, numa manobra para mostrar os dois limõezinhos.

"Deve ter se casado cedíssimo", eu disse.

"Muito. E a minha filha também. O engraçado é que ambas casamos com homens bem mais velhos."

"Então o seu marido tem cara de avô mesmo."

Gigi Joffre riu, indecisa, como se estivesse pensando: Devo me defender desse sujeito?

"Você conhece o meu marido?"

"Não."

"É um dos maiores exportadores brasileiros."

"Parabéns... E viva o Brasil!"

"Viva!", respondeu ela, seriamente, erguendo a taça de champanhe.

Um dia típico da vida de Gigi Joffre: acordava às dez horas, tomava um copo de laranjada e comia duzentos gramas de ricota. A massagista, uma japonesa ("senhora ter corpo bonito, carne boa, nô?"), já estava esperando. Depois da massagem, aula de ginástica com mme. Kedrova ("uma polonesa maravilhosa que mata a gente de exaustão"). Almoçava um bife grelhado, com verduras cozidas, mesmo nos dias em que tinha que almoçar na casa de amigas, e isso acontecia frequentemente ("mas ao caviar não resisto") — uma estava sempre sendo homenageada porque: ia viajar ou chegara de viagem; o marido fizera ou queria fazer um importante negócio; batizara uma filha, ou (mais raramente) um neto; havia se separado do marido; casado outra vez; fazia anos; ficara curada de alguma doença; acabara de comprar um quadro, ou outra aquisição importante; inaugurara a nova decoração do apartamento; há muito tempo seu nome não saía nas colunas sociais; porque...

"Coitados dos ricos", eu disse.

"Você está brincando, mas coitados mesmo. Ainda outro dia o motorista do meu marido disse 'doutor eu não queria a sua vida com todo o dinheiro que o senhor ganha, saindo todo dia de casa às sete horas da manhã e voltando às oito horas da noite não é mole não'."

Perguntei a ela se o motorista também não fazia mais ou menos a mesma coisa.

"Ah!, mas ele passa as tardes dormindo dentro do carro. E não tem responsabilidades, tensões, preocupações."

"Nem dinheiro. Ter dinheiro é uma coisa muito aflitiva", eu disse.

Chegamos à conclusão que ter dinheiro significava apenas algumas vantagens mínimas. Quem nunca teve dinheiro não sabe disso e não sofre sequer essa pequena frustração. Quanto mais gente pobre houvesse, maior felicidade haveria no mundo.

"Uma conclusão swiftiana", eu disse.

Gigi Joffre ria muito, segurava na minha mão, encostava o joelho na minha perna, me cutucava, olhava no meu olho, mas eu não estava interessado. Não era por ela ser avó, até que seria interessante, eu nunca tinha comido a avó de ninguém, mas mulher daquele tipo me tirava todo o tesão. Eu precisava respeitar a mulher para ter tesão por ela.

"A maioria dos homens na nossa classe social", eu disse para Gigi, "inicia a vida sexual comendo putas ou empregadinhas domésticas, meninas importadas do Norte ou trazidas das favelas, a maioria mulatinhas que o garoto da casa fode com desprezo. Imagina, Laura, ontem meu marido pegou o Eduzinho na cama da empregada, uma frase dita com graça e alívio pelas mães, afinal o menino está aprendendo a ser homem, sem precisar aumentar-lhe a mesada" (Gigi me olhava assustada). "O menino cresce achando que o ato sexual é uma subterrânea experiência indigna, e que as mulheres *que se submetem* não podem jamais ser respeitadas; serão culpadas de tudo que acontece de errado na Casa do Patriarca, serão consideradas débeis mentais, porque somente assim, pela falta de respeito do homem pela mulher, o casamento poderá subsistir. O grande mito brasileiro da mulata como deusa sexual deriva dessa contingência cultural. A mulata é suficientemente preta para parecer inferior às mulheres da família do macho branco, permitindo-lhe refazer as desejáveis condições da primeira experiência sexual, sem qualquer ansiedade. Não há nada como uma mulata para uma boa sacanagem, é uma frase-padrão em todo o país."

Assim eu pontifiquei para Gigi Joffre, a mulher do exportador e criador de divisas. Ela estava apavorada com os rumos da nossa conversa. Quando Elisa surgiu, a sra. Joffre aproveitou para fugir.

"Vem", disse Elisa.

Chegamos a uma sala onde estavam cinco pessoas, três mulheres e dois homens. Um dos homens tinha cabelos brancos longos. Todos os outros aparentavam menos de trinta e mais de vinte.

"Aqui só entra gente jovem", disse Elisa.

O homem de cabelos brancos deu uma gargalhada curta, rouca.

"Para nós você é um garoto, Miguel", disse Elisa.

"Só na alma", disse Miguel.

"Você quer?"

Os outros já estavam fumando.

"Eu sou da picada", respondi. Sabia que ali não havia nada, além de maconha.

"É mesmo?"

"Olha o meu braço", eu disse arregaçando a manga. A penumbra não deixaria ver marcas, se elas existissem.

Fez-se silêncio. Elisa acendeu um cigarro. Todos fumavam laboriosamente, ouvia-se apenas o barulho do ar sendo aspirado junto com o fumo.

"O que você sente, no pico?", perguntou uma das moças. As outras duas começaram a rir.

"É difícil explicar. Uma coisa eu sei: não fico rindo igual um idiota. Eu também comecei queimando, mas depois decidi entrar lá dentro, furar o bloqueio, expor tudo."

"Há quanto tempo você...?", perguntou Miguel.

"Estou na veia."

As moças me olharam com admiração.

"Todo maconheiro é um medroso: pequenos atos ilícitos, pequenas imoralidades, pequenos desconfortos, pequenos riscos. Já passei por isso."

"Eu não acredito", disse a moça que gostava de fazer perguntas.

"As marcas são de quê? Injeção de cálcio? Vitamina? Extrato hepático?", perguntei.

"Uma dessas coisas."

"Está bem, confesso: sou viciado em injeção de cálcio, me arranja uma."

"Não precisa fazer esse ar de... de enfado", disse a moça.

Risos.

Peguei Elisa pelo braço, saímos da sala, descemos as escadas, atravessamos o jardim. Os guardas nos observavam. Um deles fez uma saudação tocando com os dedos a ponta do quepe. Elisa era conduzida impassível, sem dizer palavra, sem olhar para mim. Ao chegar onde estava o meu carro, abri a porta e Elisa entrou, apática, sonâmbula. Sentei ao seu lado. Olhei o seu perfil definido. Ela olhou de volta: como se eu não estivesse ao seu lado.

Chegando em casa, coloquei Elisa na cama, tirei o seu vestido. Beijei os seios dela. Os mamilos endureceram. Apaguei a luz. O luar entrava pela janela. Tirei minha roupa, rápido e dissimulado, como um batedor de carteiras. Deitei, abracei Elisa.

"Eu sou muito difícil de ser comida", disse Elisa, sentando na cama. Ela não estava ali, nem eu estava ali.

Levantei-me, vesti a roupa, coloquei Elisa de pé, enfiei-lhe o vestido pela cabeça abaixo.

Quando chegamos de volta, notei que o porteiro olhava os pés de Elisa. Ela estava descalça.

Quando começou a subir as escadas de mármore, Elisa parou:
"Qual o endereço da sua casa?"

"Rua Almirante Alexandrino, 6.088. Você vai se esquecer", gritei enquanto ela entrava.

14

Tempo.

Eu pensava que odiava crianças. Sempre achei que elas eram estúpidas e chatas.

Quando Marcelo chegou, me enchi de paciência para aturá-lo. Mas tenho que admitir que no fim de uma semana estava encantado com o menino. Ele era estúpido e chato, mas eu gostava dele. Joana e Ismênia também gostavam de Marcelo. Vivíamos em paz. Eu não me interessava por nenhuma outra mulher além de Joana, Carmem e Ismênia. Às vezes eu dormia com Carmem e Ismênia ao mesmo tempo.

Carmem e Ismênia às vezes dormiam juntas. Joana, quando não dormia comigo, dormia sozinha. Todos cozinhavam. Eu apenas sabia fazer bife com batatas fritas, mas estava aprendendo mais coisas. A melhor cozinheira do trivial era Carmem. A pior, Ismênia. Joana era a que tinha mais imaginação, porém às vezes a sua criatividade falhava e éramos obrigados a mandar buscar uma pizza no restaurante.

Ismênia estava preparando com entusiasmo sua exposição que seria feita em Buenos Aires. Trabalhava o dia inteiro e à noite, na cama, era uma agradável companhia, fosse comigo ou com Carmem. Carmem estudava inglês e taquigrafia e trabalhava como modelo de uma fábrica de tecidos e malhas. Os meus trabalhos, feitos anteriormente ao prêmio, estavam sendo vendidos a bom preço. Eu tinha um encalhe grande em casa, mas vendia apenas um por mês, não queria saturar o mercado.

Quase todos os dias eu saía com Joana e caminhávamos pelas praias da cidade. Gostávamos de andar. Às vezes dormíamos na areia.

Éramos felizes, todos nós — eu supunha.

Um dia, quando fazíamos uma de nossas longas caminhadas, Joana disse: "Essa vida de xeque fez de você um idiota".

"Como?"

"Você perdeu a sensibilidade e a inquietação. Outro dia estava vendo você tomar banho; até o teu corpo está diferente, você não tem mais aquela musculatura enxuta, você está poluído e diminuindo, feliz com as suas mulheres e o seu filho, pensa que a promiscuidade o curou da apatia. Você só tem feito porcarias. Você está fodido."

(A frase final era exatamente o que eu havia dito ao meu pai, de mim mesmo, pouco antes de ele morrer.)

"Tudo isso só porque eu não bato mais em você?"

"Deixa de ser bobo."

Mais tarde, depois de termos andado alguns quilômetros, Joana perguntou: "Por que você não é mais o mesmo comigo, na cama?".

Expliquei que a nossa casa estava cheia de gente.

"Então me leva num desses hotéis aqui da Barra e me fode como antigamente."

"Vamos deixar para outro dia."

"Não, hoje."

"Vamos para casa."

"Pelo menos me leva para comer alguma coisa."

"Tenho vinho na bolsa", eu disse.

Joana queria cerveja. Fomos para um bar.

Passamos a tarde bebendo, em silêncio. Então saímos e Joana deitou na areia. Ficamos olhando o pôr do sol. Depois espanquei Joana a pontapés, como se ela fosse uma lata vazia.

"Viu o que você me fez fazer?"

Ela não respondeu.

"Tenho horror de crueldade", eu disse, quase chorando.

Joana abriu os olhos e fitou o céu, tranquilamente. Sua boca estava manchada de sangue, mas ela não parecia sentir dor.

"Não quero mais te ver", eu disse.

Fui para casa.

Não dormi bem durante a noite. Acordei várias vezes, fui à janela ver a rua vazia.

Nada temos a temer.
Exceto as palavras.

Descrevo novamente o que aconteceu, com mais detalhes. (Rememorei tudo à noite.)

Havíamos passado a tarde bebendo.

"Quero ver o mar", Joana.

Fomos andando.

"Você está bem? Esse sapato é confortável?", ela perguntou.

Respondi que sim. Perguntei: "E o seu? A bolsa está pesada?".

Joana estava de sandálias, carregava, a tiracolo, uma enorme bolsa de pano. Fomos andando, ombros bem para trás, pisando firme, passadas rápidas e largas.

O sol estava desaparecendo quando chegamos na praia deserta. Ela disse: "Quero ficar aqui".

Deitamos na areia.

In quanti diversi modi, attitudini, posituri giaccino i disonesti uomini com le donne. 1524.

"Veja quantos tons de luz. Nunca vi um pôr de sol assim", Joana. "Que pena que eu esteja cansado."

Deitei a cabeça sobre a sua barriga. O intestino dela emitiu um som fino.

"Põe o demônio no meu corpo", disse Joana. "Você não quer colocar o demônio no meu corpo?"

"Depois."

"Agora, agora."

O caso Morel

"Deixa eu ver o céu."

"Agora, preguiçoso, egoísta. Arranja um pedaço de pau desses aí e bate em mim até o demônio entrar no meu corpo."

"Depois."

"Agora, agora!"

Apanhei a bolsa e tirei as duas garrafas de vinho tinto.

"Você quer vinho?", perguntei.

"Não."

Bebi enquanto Joana me xingava de todos os nomes sujos.

"Por favor", ela pediu.

"Não tem nada aqui para eu bater em você", eu disse.

"Eu estou morta. Levanta e me dá uma porção de pontapés."

"Você não quer vinho?"

"Não!", Joana gritou, impaciente, rolando no chão.

Levantei-me, fui até onde estava a bolsa, a uns dois metros de distância, apanhei pão para comer com o vinho.

Dei um pontapé em Joana. Ela riu.

Continuei dando pontapés nela, enquanto ela ria e eu olhava o pôr do sol. Era uma coisa linda, indescritível.

Joana parou de rir.

Deitei ao lado dela.

Senti o rosto dela úmido de sangue.

"Viu o que você me fez fazer?"

Joana não respondeu.

Não sei quantos dias se passaram. Eu estava bêbado a maior parte do tempo. Carmem surgiu histérica, com um jornal na mão, gritando "Joana apareceu morta na praia!".

Minha mão tremia quando peguei o jornal. Primeiro vi um retrato de Joana a cavalo, participando de um concurso hípico. Havia também outro retrato, Joana de boné de marinheiro, num barco a vela. "Morta na praia, a polícia investiga."

Comecei a chorar. Dor, pena dela, de mim.

"Coitada", disse Carmem.

Deixei as lágrimas escorrerem pelo meu rosto sem a menor vergonha. Queria chorar.

Carmem perguntava a todo momento "como é que isso pode ter acontecido, meu Deus", também emocionada.

"Acho que devo ir à polícia", eu disse.

"Você quer que eu vá com você?"

Respondi que não precisava.

Delegacia de Homicídios. Mandaram aguardar o delegado Matos, encarregado do caso. Esperei três horas. Policiais passavam de um lado para o outro, sem me dar atenção.

"O senhor está esperando quem?", um sujeito, com coldre vazio na cintura.

"O delegado Matos."

"Ele está no Médico Legal assistindo uma autópsia. Da grã-fina que apareceu morta na Barra."

"É sobre essa moça que eu quero falar com ele."

"Ah, é?" O sujeito pareceu ligeiramente interessado. "Qual é o assunto?"

"Eu, eu sou, era conhecido, ah..."

"O senhor pode prestar algum esclarecimento sobre o fato?"

"Não, não, eu apenas... não, não, nada de importante..."

"Bem, o senhor espera o delegado, ou então deixa o nome com o comissário Gonzaga, eles depois lhe procuram."

Dois dias dentro do meu quarto, sozinho, sem querer conversar com ninguém. Também ninguém me procurava.

Um velho não se importa de morrer. Um doente grave espera que os seus dias acabem rápidos. Eu estava fechado e seco. Não amava as pessoas, nem me amavam. Que fosse tudo rápido e sem dor, como a proposta da trapezista de pés afiados.

Abria-se uma porta, como a de uma geladeira onde se guardassem legumes, ovos, carne, cerveja, leite; de dentro de uma gaveta de aço sai o corpo de Joana, frio, cortado pelo burocrata, um médico-legista que dança tangos nas noites de sábado.

A campainha tocava fortemente.

Abri a porta.

"Paul Morel?"

Um dos seres descritos pela minha mãe, que via fantasmas.

"Sim."

"Vamos."

"Vamos onde?"

Ele riu. Em sua boca havia um dente de ouro. Fiquei comovido... o pobre-diabo... Senti uma grande simpatia por ele.

"Quem é o senhor", continuei.

"Você quer ir assim mesmo ou quer botar um paletó?"

"Para que botar o paletó?"

"Quem vê cara não vê coração", ele disse, misteriosamente.

"Posso deixar um bilhete?"

"Pode. Mas anda depressa."

Carmem. Estou sendo levado por um homem da polícia. Eu te amo. Paul.

Eu precisava amar alguém. Joana estava morta.

Um carro parado na porta da minha casa. Um homem ao volante e outro em pé, numa das portas.

"Aonde é que vocês vão me levar?"

"Entra logo, ó pústula", disse o de dente de ouro, me empurrando com violência.

"Que é isso?", exclamei surpreso.

Recebi a pancada abaixo do ouvido, do lado esquerdo. Ele devia ter um anel enorme no dedo, ou um soco-inglês, pois senti o calor do sangue escorrendo pelo pescoço.

"Que tal, é bom?", ele perguntou, respirando fundo, como se tivesse feito um grande esforço. "É bom?"

Fiquei calado. Também não sentia dor.

"É bom? É bom?", ele persistiu.

Paramos em frente de um prédio velho. Os homens saltaram na minha frente. Eu os acompanhei, como um cão.

Fiquei só, numa sala.

Um homem entrou, mais tarde.

"Meu nome é Matos."

Não vou dizer nada, pensei.

"E o seu é Paulo Morais", ele continuou.

Pausa.

"Também conhecido como Paul Morel."

"Nome artístico", justifiquei, abjetamente — isso não me perdoarei nunca.

Matos colocou os óculos, abriu um caderno de capa verde: "A anca de uma égua é mais dura do que a de uma mulher, Paul me disse, segurando o chicote. Seu corpo magro, musculoso, tremia, ah! meu animal vibrante, teu chicote negro, duro, parece um florete do Zorro... A primeira chicotada fendeu o ar num sopro fino e explodiu na minha carne...".

Matos fez uma pausa.

"O diário de Joana. Quer que eu continue?"

"Não."

"Gosto de ser degradada por ele, sentir que Paul me possui, me pune, me sacrifica. Foi um orgasmo maravilhoso, ele me varou num golpe rápido, meus gemidos foram respondidos com socos no rosto até que meus olhos incharam e eu mal podia ver o rosto do meu amor, me apertando com força, me deixando sem ar entre os seus braços possantes, colando sua boca na minha. Pedi 'me dá sua saliva', e Paul começou a cuspir na minha boca e logo o seu sêmen quente foi ejaculado nas minhas entranhas, uma torrente de lava que me inundava... Quer ouvir mais?"

"Não."

"Interessante a construção da frase. Lava, que é massa ígnea de vulcão e também tempo de verbo significando limpeza; a purificação pelo fogo, como faziam com as feiticeiras. As feiticeiras eram feiticeiras porque queriam ser queimadas, você não acha?"

Deitei a cabeça sobre a mesa.

"Conta como foi que aconteceu tudo", disse Matos, a voz compassiva, "você odeia as mulheres, elas castram a gente, não é isso?"

Fiquei calado.

"Então vou ler mais um pouco: 'Corri dentro do quarto, queria que ele me perseguisse, isso me deixava muito excitada, várias vezes ele me agarrou e eu me desvencilhei, quando cheguei na cozinha Paul me segurou pelos cabelos, mordeu o meu rosto, apanhou uma garrafa em cima da pia, eu coloquei as mãos para a frente, a pancada atingiu o meu braço, senti o osso partir, você vai me matar, eu disse, vou sim sua puta, eu quero te matar, mas o segundo golpe não me acertou, a garrafa estourou de encontro à parede, o barulho despertou Paul. Meu bem, ele disse carinhosamente...'." Pausa de Matos: "Etecétera, etecétera...".

"Eu não matei Joana. Nem quebrei o braço dela."

"Então é tudo mentira? As surras de chicote, o undinismo, as degradações, as depravações, tudo imaginação da moça? Quer que eu leia um pouco mais?"

"Não, por favor."

Matos tira os óculos.

"Você conhecia este diário?"

"Vi uma ou duas vezes Joana escrevendo nele. Não sabia que era um diário."

"Sabe como ele veio parar nas minhas mãos? Uma mulher o entregou lá embaixo, dentro de um envelope com o meu nome. Havia um bilhete que dizia: *O assassino é Paul Morel*. Foi assim que chegamos a você — caguetagem. Nenhum mérito para nós... mas enfim, o que interessa são os resultados."

"Vou ficar preso aqui?"

"Aqui ou em outro lugar. Estou pedindo ao juiz a sua prisão preventiva."

"Mas sou inocente!", exclamei. Na minha cabeça, como num filme em câmera lenta, eu chutava o rosto de Joana.

"Acho muito difícil alguém acreditar nisso depois de ler o diário da moça, ainda mais o juiz criminal."

"Eu vou-me embora, vocês não podem me prender sem ordem judicial."

Matos me olhou, divertido, sem se mexer do seu lugar.

Fui até a porta. Matos continuou imóvel, parecia um gato gordo.

"Eu não matei Joana", disse, me despedindo. Saí e fechei a porta.

No fim do corredor estavam dois homens. Um deles era o policial que me havia espancado. Entendi então a tranquila condescendência de Matos. Pensei em voltar para perto dele. Sentia na minha boca o medo da minha infância. Mas era melhor enfrentar tudo outra vez, começar novamente, a vida era isso mesmo.

"Aonde é que você vai?", perguntou o tira, encostando as próprias costas na porta do corredor.

"Vou embora", eu disse, a voz fraca.

"Sabe quem é esse cara, Alfredo? O rei do chicote, especialista em espancamento de meninas, é o maior, já matou uma. Não matou, pústula?"

Eu era a pessoa ideal para ele exercer o seu sadismo, sem risco de sentimentos de culpa ou reprovação social. Sabia o que me esperava.

"Pústula é você..."

O tira me agarrou. "Aqui não", disse Alfredo. Os dois me seguraram e foram me empurrando aos trambolhões até uma sala, sem janelas, fracamente iluminada por uma lâmpada amarela dependurada por um fio. Durante o trajeto eles me deram socos nos rins.

Fui algemado, curvado num banco de pernas ligadas por uma trave, as mãos encostadas no chão.

"Nós não temos chicote, você vai nos desculpar, vamos ter que bater com isso aqui mesmo." Uma vara fina, que da minha posição eu não avistava, apenas ouvia o seu zunido, rente às minhas orelhas.

"Começa na canela, Ventura."

Nós humanos carregamos dentro de nós as sementes, continuamente alimentadas, de nossa própria destruição. Precisamos amar, assim como odiar. Destruir, e também criar e proteger.

Um sofrimento lancinante e rápido: um flash de luz disparando na minha cabeça junto com a dor, relâmpago — relâmpago: um grito preso entre os meus dentes trincados. Houve um instante em que o golpe pegou minha cabeça. Me curvei mais ainda para receber as pancadas na nuca. Doíam menos. Mas logo cessaram.

"Filho da puta! É bem capaz de estar gostando", disse Ventura.

"Não abriu o bico", disse Alfredo.

"Um pulha desses só matando. Você tem um cassetete aí?"

Exit Alfredo.

Esperando Alfredo, Ventura me deu chutes nos joelhos, cuspiu na minha cara, deu socos no meu corpo todo, com exceção do estômago e dos testículos, a minha posição não permitia. Ventura ofegava. Ele era grande, mas meio gordo, talvez não estivesse em boa forma física. Provavelmente fumava demais, sofria de enfisema; nas vezes em que o pude ver me espancando, fumava sem parar, sofregamente, passando o cigarro de uma para outra mão, dependendo de qual estivesse usando em mim.

Alfredo voltou, segurando um cassetete de borracha, grosso, escuro.

"Vou enfiar nesse puto pra ver se ele gosta", disse Ventura.

"É melhor passar vaselina. Você não quer matar o cara, quer?"

"Isso não mata ninguém", disse Ventura.

Barulho de porta abrindo.

Voz de Matos: "Chega".

Fui levado para um quarto onde havia uma cama. Trancaram a porta. Deitei-me. Eu estava vivo! Que sensação boa, a da dor passando. A melhor coisa do mundo! Dormi imediatamente.

15

Vilela telefona para Matos.

"Quando você quer ver os papéis de Morel?"

Matos marca um encontro com Vilela, que não precisa lhe dizer para levar o diário de Joana. É a surpresa que Matos queria lhe fazer. O trunfo escondido na manga.

"Eu sabia que você acabaria tendo que me dar estes papéis para ler", diz Matos. Na cara, o mesmo sorriso de anos atrás, quando ganhou de Vilela nas eleições para o Diretório Acadêmico da faculdade.

Trocam largos envelopes pardos.

"Eu gostaria de ler o auto de Exame Cadavérico."

"Eu arranjo."

"O Exame Pericial também."

"Mando tudo amanhã."

"Morel ainda não acabou."

"Mas eu quero ver o resto assim que ele escrever. Trocamos as figurinhas todas", diz Matos.

"Morel não confessa nada."

"Você mesmo disse que ele ainda não chegou ao fim."

"Não acabou de escrever. Mas o inquérito policial terminou, não?"

"Sim. A prisão preventiva já foi decretada. Meu pedido foi conciso. Bastava juntar a cópia do diário."

"É evidente que o juiz tinha que decretar", diz Vilela. "Morel é artista e assim, por definição, suspeito; além do mais, promíscuo sexualmente, o que faz dele, no mínimo, uma ameaça. Aposto que a fiança dele foi negada com base no parágrafo quarto do artigo trezentos e vinte e três — a incaucionabilidade dos vagabundos."

"Você não se lembra mais do Código — o crime dele é inafiançável", diz Matos.

"Mas não ficou provado que ele seja um homicida."

"Não se esqueça dos indícios..."

"O diário?"

"O diário, a presença no local onde apareceu o corpo de Heloísa, admitida pelo próprio Morais — você acha isso pouco?"

"Isso é pouco."

"Os atos de Morais são inconciliáveis com a possibilidade de sua inocência."

"Então por isso ele terá que provar que não é culpado. Isso é contra a lei, você também não se lembra mais do Código?"

Matos ri. "Daqui a pouco você puxa da manga o Mittermayer, eu replico de Manzini, você treplica de Malatesta." Matos gesticula como um italiano de caricatura: "La scienza privata del giudice, elemento spesso insidioso e incontrolabile, non puó aver valore decisivo e sostitutivo della prova ma puó ammettersi soltanto per illuminare il libero aprezzamento dei risultati della prova medesima".

"Você ganharia uma fortuna, se tivesse escolhido o teatro", diz Vilela.

"Certamente mais do que na polícia."

Os dois homens se calam. Vilela pensa no seu tempo de polícia, o percurso através da miséria, do medo, do nojo. Matos na aposentadoria.

Vilela telefona para Matos.

"Leu o diário?", Matos pergunta.

"Parte. Li o laudo de Exame Pericial* e o auto de Exame Cadavérico.** Tenho dúvidas."

---

* Estado da Guanabara
Secretaria de Segurança Pública
Instituto de Criminalística
Departamento Técnico-Científico

"Que dúvidas?"
"Não acho muito sentido nas coisas."
"Homicídio, quando não é por dinheiro, não tem sentido. Lê o diário. Eles gostavam de se excitar das mais estranhas maneiras. Morais amarrava a moça e depois a possuía, ela gritando que não, fingindo que estava sendo estuprada."
"Vamos almoçar?", convida Vilela.

Ocorrência n° 716/72
Laudo de Exame de Local de Homicídio

Aos 20 (vinte) dias do mês de setembro do ano de mil novecentos e setenta e dois, neste Estado da Guanabara e no Instituto de Criminalística da Secretaria de Segurança Pública, de acordo com o art. 1° do Decreto Federal n° 23.030, de 2 de agosto de 1933, art. 159, combinado com o art. 178, do Decreto-Lei n° 3.689, de 3 de outubro de 1941, e art. 249 do Regulamento aprovado pelo Decreto n° 37.008, de 8 de março de 1955, "ex-vi" do Decreto n° 40.047, de 27 de setembro de 1956, pelo Diretor, dr. José Henrique Fonseca, foram designados os Peritos Criminais Leonel Sebeck e Martim Bastos para procederem a exame em local de homicídio a fim de ser atendida a requisição do Ilmo. Sr. Delegado da 16ª Delegacia Policial, descrevendo com verdade e com todas as circunstâncias o que encontrarem.

HISTÓRICO: Às onze horas e vinte e cinco minutos do dia vinte de setembro do ano de mil novecentos e setenta e dois, o sr. Comissário da 16ª Delegacia Policial solicitou exames periciais para o local de homicídio ocorrido na praia da Barra da Tijuca. Em consequência, tais exames foram realizados e são relatados nos termos do presente laudo. DOS EXAMES. A) DO LOCAL: O local fica situado a duzentos metros da estrada, uma zona deserta frequentada apenas nos fins de semana. Sobre a areia uma bolsa de lona bege, contendo pente, escova de cabelo, vidro pequeno de perfume Empreinte, carteira de identidade de Heloísa Wiedecker. Na areia não existiam marcas que pudessem ser identificadas. B) DO CADÁVER: Era o de uma mulher de cor branca que aparentava haver alcançado, quando em vida, a idade de 20 (vinte) anos. Vestia calça de listas vermelhas e brancas e uma blusa estampada com motivos florais coloridos. Apresentava-se em posição decúbito ventral; no pescoço um lenço de seda verde. C) DOS FERIMENTOS: À simples inspeção ocular não tiveram os signatários condições de fazer análise dos ferimentos, pois o corpo já estava em adiantado estado de putrefação. Somente em uma sala de necrópsia, em ambiente favorável a exames dessa natureza, seria possível a determinação e caracterização dos ferimentos; eis a razão pela qual deixam os Peritos a cargo exclusivo dos srs. Médicos-Legis-

Matos, logo ao chegar: "Estou morrendo de sede, o médico disse que eu posso tomar qualquer bebida, menos cerveja. Mas eu gosto é de cerveja, entendeu? Daqui a mais um pouco estarei pesando exatamente o dobro do que eu pesava no tempo da faculdade".

Matos era magro e pálido, no tempo da faculdade. Agora é gordo e vermelho. Vilela era gordo e vermelho. Agora é magro e pálido. O tempo agiu diferentemente sobre os dois.

"Li a coisa de Morais", continua Matos, "o sujeito te imita, pensei que estava lendo o teu último livro, igualzinho. Joana é Heloísa. Você acha que as outras mulheres existem? Várias ocorrências do livro são verídicas, ele ganhou mesmo um prêmio na Bienal, se sepa-

---

tas esse item responder, o que evidentemente farão com maior propriedade. D) DE OUTROS ELEMENTOS: Dos exames realizados também temos a assentar o seguinte: 1 — Que possivelmente o fato ocorrera antes do dia dezoito; o estado de putrefação do corpo reforça essa hipótese; 2 — Que a busca papiloscópica resultou infrutífera. CONCLUSÃO: Face ao relato nos capítulos anteriores, são acordes os Peritos em afirmar que, no local em apreço e objeto do presente laudo, ocorreu uma morte violenta; nada se podendo dizer quanto à arma ou instrumento utilizado, o mesmo também ocorrendo em relação à dinâmica do fato, que somente poderá ser determinada pela soma deste ao exame de necrópsia, coadjuvados às demais investigações policiais. DAS FOTOGRAFIAS: Anexo, enviam os Peritos 10 (dez) fotografias assim legendadas: Foto 1 — mostra o cadáver como foi encontrado; Foto 2 — mostra o rosto do cadáver; Foto 3 — complementa foto 1; Foto 4 e Foto 5 — mostram praia, vendo-se barraco ao fundo; Foto 6 — mostra bolsa; Foto 7 — mostra a vítima quando colocada em posição dorsal; Foto 8 — complementa foto anterior; Foto 9 — mostra detalhes fisionômicos da vítima, evidentemente alterados pela putrefação do corpo; Foto 10 — complementa foto anterior. Nada mais havendo, encerrei o presente laudo que relatado e mecanografado por mim, primeiro perito, lido e achado conforme pelo segundo, assinamos acordes. Leonel Sebeck — Martim Bastos.

** Estado da Guanabara
Secretaria de Segurança Pública
Instituto Médico Legal
Departamento Técnico-Científico
Prot. 789.984
Auto de Exame Cadavérico

rou da primeira mulher... No interrogatório na polícia, Morais declarou que vivia sozinho com Heloísa na casa de Santa Teresa. Estava mentindo? Não sei... Tenho que investigar isso. A merda é que estou muito desfalcado de gente, todo dia acontecem novos homicídios. Como se mata nesta cidade!"

"Pode também ser tudo imaginação de Morel", diz Vilela, sem convicção.

O almoço é ordenado.

"A imaginação dos dois é a coisa mais alucinada que vi em mil anos de polícia", diz Matos. "O Morais escreveu no relato dele:

Diretor do IML: Marcos Meireles
1º Médico-Legista: Paulo Martins
2º Médico-Legista: João E. Coutinho
Autoridade Requisitante: 16ª Delegacia Policial.

Requisição nº 50 de 20 de setembro de mil novecentos e setenta e dois. Pelo Diretor foram designados os peritos acima para proceder a exame no cadáver de Heloísa Wiedecker a fim de ser atendida a requisição supra, descrevendo, com verdade, todas as circunstâncias, o que encontrarem, descobrirem e observarem, e, bem assim, para responder aos seguintes quesitos: PRIMEIRO — Se houve morte; SEGUNDO — Qual a causa da morte; TERCEIRO — Qual o instrumento ou meio que produziu a morte; QUARTO — Se foi produzida por meio de veneno, fogo, explosivo, asfixia ou tortura, ou por meio insidioso ou cruel (resposta especificada). Em consequência, passaram os peritos a fazer o exame ordenado e investigações que julgaram necessárias, findos os quais declararam: deu entrada no serviço de Necrópsia deste Instituto às 17 (dezessete horas) e quarenta e cinco minutos do dia 20 de setembro do ano de mil novecentos e setenta e dois, um cadáver acompanhado de guia nº 50 da 16ª Delegacia Policial, assinada pelo Comissário Joaquim Araujo, na qual consta: "Cadáver de Heloísa Wiedecker, filha de Otto Wiedecker e Cecilia Wiedecker, do sexo feminino, prendas domésticas, vinte e hum anos, branca, brasileira, solteira, residente à avenida Vieira Souto, 322. A morte ocorreu no dia 18 de setembro de mil novecentos e setenta e dois, em consequência de crime nas seguintes circunstâncias: corpo encontrado em decúbito ventral, nas areias da praia. INSPEÇÃO EXTERNA: É apresentado aos Peritos o cadáver de uma mulher de cor branca, em estado de putrefação, cadáver este que mede cento e setenta centímetros de estatura, e que tem tonalidade esverdeada no tronco, pescoço, cabeça, membros superiores e inferiores, até a parte superior das pernas, com presença de flictenas putrefativas; o couro cabeludo, de implantação de

Suspeito que o universo não é mais estranho do que suponho; é mais estranho do que somos capazes de supor."

"Sim, isso é literatura, mais uma das citações dele. Quem morava naquele barraco, mencionado no laudo de Exame de Local? Vocês investigaram?"

"Uma mulher chamada Creuza que vivia com um sujeito chamado Félix Assunção Silva. Ele morreu afogado no verão, em fevereiro. Dizia-se um biscateiro mas era um ladrão ordinário de terceira categoria. Foi Creuza que achou o corpo de Heloísa."

"Por que desta vez Morel bateu tanto em Heloísa que lhe arrebentou nove costelas, estourou a cabeça dela, furou o pulmão?"

---

cabelos negros, levemente ondulados, revela algumas lesões contundentes; córneas opalescentes, tumefação/enfisemação da face, nas pálpebras e lábios; dentes em bom estado de conservação; o pescoço mostra escoriação alongada, na metade esquerda da região subaracnoidea, que se estende até a metade esquerda da região subaracnoidea, não se observando sulco devido a tumefação/enfisemação; na parte inferior da região masseterina esquerda, nota-se pequena escoriação vermelho-escura; no exame do tórax e abdômen, notam-se pequenas escoriações na parte mais alta e externa, na região peritoneal esquerda e no hipocôndrio esquerdo; os membros superiores e inferiores não têm movimentos anormais; notam-se escoriações pardo-avermelhadas escuras na face externa do braço direito, ao nível do cotovelo, na face anterior do joelho esquerdo, na face anterior do terço médio da perna direita ao nível dos tornozelos, órgãos genitais externos sem lesões violentas; o dorso do cadáver não revela lesões violentas; grãos de areia são encontrados sobre a pele, nos membros e no torso; CAVIDADE CRANIANA: A face profunda do couro cabeludo está embebida por sangue e apresenta áreas de infiltração hemorrágica; o músculo temporal esquerdo revela pequenas infiltrações hemorrágicas e está embebido por hemoglobina; o músculo temporal direito está embebido por hemoglobina; a abóbada craniana está íntegra; a dura-máter está íntegra; o encéfalo está recoberto superficialmente por substância avermelhada em toda a sua extensão, que se mistura com o tecido encefálico, apresentando-se como massa amolecida putrilaginosa de tonalidade verde-acinzentada para o interior; a base do crânio está íntegra; CAVIDADE TÓRACO-ABDOMINAL — pescoço: Da abertura da cavidade peritoneal não há saída de líquido e percebe-se alças intestinais distendidas por gases; a musculatura da face anterior do tórax mostra área de infiltração hemorrágica; percebe-se fratura dos arcos costais, de três a seis do lado direito e de três a seis do esquerdo; o externo mostra movimentos anormais, em sua parte média; as cavidades pleurais contêm sangue; os pulmões de consistência diminuída revelam petéquias subpleurais, e do

"Quem sabe o que se passa na cabeça de um sádico? Ou de um masoquista? Gilles de Rais, marechal de França, que lutou ao lado de Joana D'Arc em Orléans, matou e torturou centenas de pessoas para obter gratificação sexual; Febrônio, um modesto patrício nosso, sacrificou uma porção de meninos para poder chegar ao orgasmo, e esse eu conheci no Manicômio Judiciário, um infeliz que sofria de fimose e não podia ter relações sexuais com ninguém, um ignorante e confuso, fechado para o mundo."

"Para com essa conversa de Émile Zola para cima de mim", diz Vilela, "eu sei que você apenas finge preocupações com problemas sociais e psicológicos, chega de demagogia, deixa essa treta para o chefe de polícia ou para os jornalistas."

Matos ri, coloca mais cerveja no seu copo.

"Além da mulher, essa Creuza, morava mais alguém no barraco?", pergunta Vilela.

"Não."

"Está tudo sem lógica nessa história. Você leu o relato de Morel?", pergunta Vilela.

"Claro que li. Já disse que ele escreve como se fosse você."

---

lado direito mostram ruptura e apresentam superfície de corte vermelho brilhante escura; a secção dos vasos da base não dá saída a sangue; o coração mostra-se amolecido e não apresenta petéquias subepicárdicas, e ao corte está embebido por hemoglobina; os rins têm tamanho normal, do lado direito apresentam infiltração perirrenal e ao corte não revelam alterações a não ser embebição hemoglobínica; o fígado tem tamanho normal, com superfície de corte pardo-avermelhada, embebida por hemoglobina; o estômago tem mucosa embebida por hemoglobina; os demais órgãos da cavidade abdominal estão embebidos por hemoglobina; os órgãos do pescoço apresentam o processo de embebição hemoglobínica; não se observam fraturas dos elementos ósseos cartilaginosos; percebe-se solução de continuidade, com infiltração hemorrágica, na comissura labial direita; a carótida não apresenta alterações. Terminada a necrópsia, respondem aos quesitos: AO PRIMEIRO, sim; AO SEGUNDO, contusão da cabeça, com hemorragia subdural e contusão torácica, com fratura de costelas, ruptura do pulmão direito e hemorragia interna; AO TERCEIRO, ação contundente; AO QUARTO, prejudicado. Nada mais havendo a lavrar-se, é encerrado o presente auto, que, depois de lido e achado conforme, é assinado pelos srs. Médicos-Legistas e rubricado pelo Diretor. Paulo Martins — João Coutinho.

"Ele não confessa."

"Você também esqueceu o Mittermayer?", pergunta Matos. "A confissão é a prostituta das provas. Lembre-se do Crime da Arca que você mesmo investigou. Havia uma confissão falsa, por exibicionismo patológico. No seu tempo de tira, você viu pessoas confessarem por medo, por ambição, por amor, por vergonha, e outras que não confessaram por nada... Morais estava represado, contido por aquelas mulheres, pelo menino, quando começou a bater em Heloísa não se controlou, talvez Morais não quisesse usar tanta força, apenas representar o seu papel; Heloísa, por seu turno, representava o dela, os dois fingindo um para o outro, Morais achando que Heloísa queria apanhar muito e ela supondo que Morais queria bater com violência. Ambos acabaram sendo coisas que não queriam ser: assassino e vítima..."

Na cabeça de Vilela um trecho do diário: "Comprei um chicote no Au Bon Marché. Não foi fácil, procurei na seção de esportes, vi tênis, barras de ferro, mochilas, tendas, afinal perguntei, envergonhada, e me responderam 'au fond, à droit' e no meio de selas inglesas, freios e bridões, lá estava ele, o chicote que povoava os meus sonhos, duro, para a anca de uma égua no cio, para Paul, o amor de minha vida. Tenho um chicote, eu disse. Mentira, ele respondeu, me mostra. Estávamos nus na cama. Teu corpo esguio, disse Paul, teu corpo luminoso, vibrante, ele dizia coisas assim e os olhos dele brilhavam; ele tinha sempre um ar febril de quem estava com pneumonia, teu corpo enxuto, magro, de bicho solto na floresta, teus peitos pontudos, ah, minha querida... Passei o chicote para ele. Ah, meu bem, ele disse, meu amor, e segurava o chicote, negro e duro, meu amor, como um florete, quando ele me deu a primeira chicotada na perna, e outra no peito, o meu coração era só dele, minha vida era dele, dei-lhe as costas, mas Paul me virou de frente, os olhos cheios de lágrimas, e da sua boca saía um silvo fino como de uma chaleira de água fervendo."

Vilela, para Matos: "Gostaria de ter conhecido Joana".

"Heloísa? Eu a conheci na mesa de autópsia. Isso te interessa?"

"Eu li o auto de Exame Cadavérico", diz Vilela.

"Aquela frieza técnica... O corpo dela, podre e fedorento, inchado, na mesa do necrotério, como se fosse um detrito nojento, era algo acima da capacidade descritiva de qualquer legista."

Vilela se despede de Matos, pega um táxi, vai para casa.

"Você podia ter tomado café comigo hoje de manhã. Depois de tudo que me disse ontem à noite, você poderia ter sido mais gentil hoje", diz Isabel. Está arrumando roupas em duas valises.

"O que foi que eu disse?", pergunta Vilela.

"Se você não sabe o que disse, realmente a nossa situação não é boa", suspira Isabel.

"Não vamos brigar no dia da sua viagem", diz Vilela.

Na noite anterior eles haviam jantado num restaurante, com dois casais conhecidos. Durante o jantar, Isabel ficara conversando em surdina com uma das amigas, Marina. Esta, várias vezes, olhara para Vilela, visivelmente constrangida, receosa de que estivessem sendo ouvidas.

Isabel continua fazendo as malas.

"Dulce Soares... Eu conheço?"

"Não", responde Vilela.

O rosto de Isabel é o de uma mulher estranha. (O que faria Morel naquela situação?)

Isabel termina de fazer as malas.

"Você está feliz?", pergunta Vilela.

"Não sei. Você está?"

"Não."

Vilela carrega as malas de Isabel. Apaga as luzes do apartamento, fecha a porta. Descem pelo elevador, em silêncio.

De volta, deitado na cama, o diário de Heloísa ao lado, Vilela divaga.

Caçava bandidos, mas era feliz. No vazadouro de lixo, no meio do fedor e dos urubus, obrigou Jorginho a ficar nu, se ajoelhar, os dentes do prisioneiro batendo de frio e medo. "Eu não sei de nada", ele soluçou.

Ao ser acordado, no xadrez, ele perguntara, mordendo o grosso lábio inferior, num tique nervoso que mostrava seus dentes arruinados pela cárie, "Já é de manhã?". Ajoelhado, facilitava o meu trabalho, bastava esticar minha mão que empunhava o revólver, encostar o cano na sua cabeça trêmula, iluminada pela lanterna de Washington. Após o estrondo, ouviu-se apenas, na escuridão, o rufar das asas dos urubus. Não, não era feliz naquele tempo. Apenas tinha um objetivo definido: escrever. Enquanto os outros se divertiam, dormiam — escrever obsessivamente.

E agora? Horas em frente da máquina, bebendo, sem gravar uma linha.

Abre o diário.
Primeira página.

Fui ao vernissage de Ana. Sentia-me asfixiada dentro daquela sala abafada, cheia de gente, saí um pouco para respirar, estava chovendo; um homem me pegou pelo braço e disse: você não pode apanhar chuva. Ele se chama Paul Morel. Um rosto melancólico (às vezes), mas quase sempre rindo e fingindo, sorrindo, enganando que estava alegre. Vou começar a escrever um diário das coisas que acontecerem comigo, a partir de ontem, Paul Morel me pegando pelo braço, me levando para dentro da multidão. Depois uma mulher chegou perto dele, uma loura dessas que se pintam toda, que têm a cara de uma cor e o braço de outra, falou baixinho com ele, os dois saíram e quando chegaram na porta Paul olhou para mim, seu rosto inteiro me dizendo coisas, no olho fundo dele um recado que entendi. De noite sonhei com ele, assim: no renomado restaurante, caro e cheio de tradições (aqui sentava o conde Cagliostro, ali o Balzac, lá o Napoleão), as velhas pessoas que não podiam mais mexer as pernas comiam acepipes preparados com imenso refinamento. Um ou outro estrangeiro conseguia ser rico e jovem ao mesmo tempo. Os garçons (em sua hierarquia ainda mais rígida do que a dos sacerdotes e militares) serviam silenciosamente. Trepado nas minhas costas, Paul Morel fazia mirabolescos malabarismos até que, irritado, disse "meu pé escorregou!", e quando respondi "comporte-se!" ele chorou, magoado; depois Paul foi dormir e eu fiquei acordada, apenas para os turistas.

Meio.

Ontem, ao chegar em casa, de noite, com Chico, vi o carro de Morel parado na porta. Fiquei toda arrepiada. Beijei C. na boca (ele ficou surpreendido com o meu gesto inesperado). Morel se aproximou e, sem tomar conhecimento da presença de C., me levou para o carro dele. C. ficou parado na calçada com aquela cara de idiota que ele tem. C. vive me seguindo, diz que é para me proteger, mas ele é mais medroso do que um camundongo... Quer casar comigo... Eu disse que ele devia casar com uma burguesinha tradicional, uma dessas cadelinhas discretas e respeitáveis, que protegem a imagem (e as posses) do casal com unhas e dentes, pensando nos filhos e na velhice.

16

Vilela para o carro na praia. Para chegar ao barraco tem que ir a pé. Através da sola do sapato, sente a areia quente.

A porta do barraco está fechada. Empurra a porta. O homem deitado na cama dá um pulo. Uma mulher, de cócoras ao lado de um fogareiro de querosene, levanta-se. Os dois estão assustados.

"Eu queria umas informações", diz Vilela.

"O barraco é dela", diz o homem, apontando a mulher com o dedo.

"Ele morreu afogado", diz a mulher.

Por instantes, pausa tensa.

"Uma mulher foi encontrada morta aqui perto. Foi você quem encontrou o corpo?"

"Foi, doutor, a polícia falou comigo, uma moça de família. Foi o homem dela que matou."

"Como foi que você achou o corpo?"

"Os urubus estavam rodeando ali em cima, fui ver o que era, a moça estava lá caída."

"A senhora já a havia visto alguma vez?"

"Nunca."

"Nem notou nenhum movimento do suspeito?"

"Não. Tinha os moços tocando violão nas barracas."

"Você mora aqui?"

"Eu andei fora uns tempos, com minha mãe, em Mangaratiba, logo que o Félix, meu marido, morreu. Agora voltei. Esse aí é o meu primo."

Atemorizada.

"Como foi que o seu marido morreu?"

"Ele morreu afogado, doutor."

"O senhor é da polícia?" O homem, tórax largo, coberto de pelos, fita Vilela, olhos subservientes.

"Sou."

O homem passa as costas da mão na boca.

"Afogado como?"

"Ele tinha acabado de apanhar uns tatuís pra gente fazer um arroz e disse que ia nadar um pouco, entrou na água e não voltou mais."

"Você viu ele se afogar?"

"Vi. Ele caiu numa correnteza e ficou lutando para voltar, não conseguiu e acabou sumindo."

"Você não tentou socorrê-lo?"

"A praia estava vazia, era cedo ainda, eu não sei nadar."

"Você sabia que ele estava sendo procurado pela polícia? Por furto?"

"Doutor, ele era um homem bom, trabalhador. Era pobre, mas não era ladrão."

"E você?", Vilela para o homem.

"Senhor?"

"Como é o seu nome?"

"O nome dele é... José", gagueja a mulher.

"José de quê?"

"José da Silva."

"Você é mesmo primo dela?"

O homem e a mulher se olham.

"Não, senhor. Eu conheci ele na semana passada, quando voltei para o barraco."

Uma mulher magra, feia, os cabelos presos por um elástico, os dentes cariados. Um homem que mal consegue falar e talvez nem mesmo saiba usar a força dos seus braços. Duas pessoas habituadas a temer. O medo dos dois enche Vilela de repugnância.

"Você não tem um retrato do seu marido, do outro, do que morreu?"

"Não, senhor."

"Qual era mesmo o nome dele?"

"Félix."

"E você? Como ganha a vida?"

"Sou faxineiro no Hotel Nacional."

"Ele está vivendo comigo agora, a gente não pode ficar sozinha", desculpa-se a mulher.

"Vou voltar qualquer dia desses para fazer mais perguntas."

"Sim, senhor", a mulher responde.

Vilela sai do barraco, sente o sol bater no seu rosto. Ondas de espuma branca quebram na praia. O mar, uma imensa ondulante massa azul.

Rua Ministro Viveiros de Castro, 54. É dia de feira, duas mulheres e uma menina carregando sacas atulhadas de alimentos enfileiram-se no estreito corredor. Com dificuldade, roçando nas pessoas, Vilela e as mulheres sobem. Uma das sacas exala um nauseante cheiro de peixe.

Na porta do 909 há um olho mágico. Vilela aperta o botão da campainha várias vezes. Não se ouve som algum. Vilela bate na porta. Imediatamente uma voz de mulher, do lado de dentro, pergunta:

"Quem é?"

"Polícia. Quero falar com dona Lilian Marques."

"Ela não está."

"Quer fazer o favor de abrir a porta?"

"Para quê?"

"Quero falar com a senhora."

"Eu não estou vestida."

"Então vá se vestir. Eu espero."

Um homem, todo de preto, com a solenidade barata de um papa-defuntos, abre a porta no fim do corredor e observa Vilela.

"O senhor quer alguma coisa?", pergunta Vilela irritado.

"Eu moro aqui."

"Então vá para casa. Ou vá passear. Deixe a polícia trabalhar em paz."

O homem volta para o seu apartamento. Deve estar com o ouvido colado na porta.

A porta do 909 é entreaberta, presa por uma corrente; uma mulher loura, jovem, pergunta: "Qual é o assunto?".

Vilela demora a responder. Depois de olhar a mulher fixamente, diz em voz baixa: "Dona Lilian, abre a porta. A senhora já me fez esperar muito tempo".

Lilian fecha a porta. Barulho de corrente. A porta é aberta.

Vilela entra no apartamento. Quarto, minúscula saleta, kitchenette embutida na parede. A cama, de casal, ocupa quase todo o espaço. Sobre a mesa de cabeceira um rádio de pilha; estante pequena, com livros; aparelho de televisão de catorze polegadas; guarda-roupa; posters na parede — Greta Garbo, em *A dama das camélias*; uma criança negra seminua e suja, acocorada ao lado de dois adultos, um homem e uma mulher, mortos; Lilian.

"Bonita fotografia", diz Vilela apontando para o poster de Lilian.

"Foi feita por um fotógrafo maravilhoso."

"E esse?"

"O senhor veio aqui para fazer perguntas sobre os meus posters?"

"Não, senhora", diz Vilela gentilmente, querendo ganhar a confiança de Lilian, "apenas fico imaginando por que alguém coloca na parede uma fotografia tão triste."

"Para me lembrar que o mundo é isso."

"Se a senhora precisa ser lembrada... Eu queria lhe fazer algumas perguntas sobre a morte de Heloísa Wiedecker."

"Não sei quem é."

"A senhora sabe sim. Morou com ela na casa de Paul Morel. Ele é acusado de tê-la assassinado."

"Mas eu não sei de nada. Quem foi que lhe deu o meu endereço?"

"O Morel me disse que a senhora era modelo..."

"O Morel fez essa sujeira comigo?"

"Ele não fez sujeira nenhuma. Ele está escrevendo um livro. Nesse livro existe uma Carmem, modelo de uma agência inexistente. Mas o modelo existia. Não tive dificuldade em encontrar a pessoa descrita por Morel."

"Ele lhe deu o livro para ler?"

"Tenho certeza que o Morel não esperava que eu a identificasse."

"Ele é muito ingênuo. Ele acredita nas pessoas. Às vezes chega a ser infantil", diz Lilian. "Que nome mais bobo ele inventou para mim."

"Todo escritor tem dificuldade de arranjar nomes."

"E para as outras? Que nomes ele arranjou?"

"A Heloísa Wiedecker ele denomina Joana Monteiro Viana; a pintora Aracy, de Ismênia. As outras duas eu ainda não localizei. No livro elas se chamam Elisa Gonçalves e Lígia. Qual é o nome verdadeiro delas?"

"Não sei."

"Sabe sim, pode dizer sem medo. Eu quero ajudar Morel."

Lilian, aflita: "Não sei, não sei!".

"Fique tranquila... O nome delas não tem importância..."

"Ele está bem, o Morel?"

"Está."

"Eu não tinha coragem de ir lá... Agora que vocês me descobriram, acho que vou."

"Ele ficará feliz com a sua visita. Tenho a impressão, pelo que li, que ele gostava da Carmem... E o seu filho?"

"Está novamente com a mulher que tomava conta dele. Ele não podia ficar aqui comigo, entendeu? Enquanto morei na casa de Morel, não tinha problema, deixei de trabalhar, podia tomar conta dele."

"Como é que funcionava a família de vocês?"

"Heloísa era uma pessoa muito doida. Ou estava muito alegre ou muito triste, toda esculhambada ou na maior elegância, muito gentil ou muito grosseira, com ela não havia meio-termo. Acho que ela não gostava da gente. Odiava a... grã-fina."

"A grã-fina morava com vocês?"

"Não, não morava, ela era casada. Mas passava dias inteiros na nossa casa, participava das nossas brincadeiras, cozinhava, aprendia a pintar com a Aracy."

"Que brincadeiras vocês faziam?"

"Brincávamos de teatrinho, cada um inventava uma história que todos tinham de representar, era muito engraçado. Fazíamos filmes. Era bacana."

"Morel participava?"

"As ideias eram dele."

"E Heloísa?"

"Às vezes ela brincava. Ela gostava mais de fazer cinema e de cantar, sabia todas as músicas, tinha uma voz muito bonita. Tocava violão muito bem. Nós viveríamos muito felizes, se a Heloísa não fosse tão ciumenta. Passávamos filmes, daqueles bem... sabe como é..."

"Ela gostava muito de Morel?", pergunta Vilela.

"Todas nós gostávamos muito de Morel. Eu estava apaixonada por ele."

"Vocês não se incomodavam dele ir para a cama com outra?"

"No princípio aquilo me perturbava um pouco, mas nas nossas conversas esse assunto era sempre discutido, até no teatrinho nós representamos a nossa situação. Eu acabei vendo que aquilo não tinha nada de mais. Nós éramos uma família."

"Mas quem mandava era Morel."

"Ninguém mandava, apenas a casa era dele. Ele queria ter várias mulheres e nós estávamos cansadas de homem, um chegava para nós. Eu tive muitos e enchi."

"Você leu o diário de Heloísa?

"Que diário?"

"Um diário que ela estava escrevendo, num caderno grosso de capa verde."

"Não. O que é que estava escrito nele?"

"Essas coisas que existem em todos os diários."

"Sabe de uma coisa? Pra policial, você até que é simpático."

"Muito obrigado."

"Os tiras que eu conheci antes eram muito estúpidos. Você é detetive?"

"Sou."

"Deve ser uma vida difícil."

"É sim."

"A sua mulher gosta que você seja polícia?"

"Ela também não gostaria se eu fosse bancário ou escritor."

Lilian sorri. Um corpo perfeito, uma cômoda (e atraente) impressão de vulgaridade.

Batem na porta. É um homem de cabelos compridos, pálido. Agarra-se ao batente, parecendo ter dificuldade de se manter em pé.

"Desculpe, eu não sabia que você estava ocupada."

"Entre, eu já vou embora", diz Vilela. Um gesto de despedida, ao sair.

Num restaurante, Vilela almoça. Acende um charuto, lê no pequeno invólucro vermelho — *Romeo y Julieta*, Rodrigues Arguelles y Cia., Habana. É o último e Vilela está decidido a saboreá-lo lentamente, mantendo o fumo por longo tempo dentro da boca, o gosto acre na língua, engrossando a saliva. Qual das mulheres teria enviado o diário de Heloísa para a polícia? Ismênia-Aracy? Elisa? Carmem-Lilian?

Aracy está esperando por Vilela. "A senhora não precisa vir à delegacia, eu irei à sua casa, apenas esclarecer alguns pontos."

O charuto acaba.

Aracy, logo que abre a porta: "Qual é o assunto?".

"Alguns detalhes, coisa rápida. Posso entrar?"

"Entre", Aracy, sem esconder sua impaciência.

"Posso sentar?"

"Não. Prefiro falar com o senhor de pé, assim será mais rápido."

Vilela diz a Aracy que a polícia sabe que ela morou com Heloísa na casa de Morel. Enquanto fala com Aracy a mente de Vilela divaga lembrando pedaços do texto de Morel e do diário de Heloísa. Tem vontade de pedir a Aracy que cozinhe macarrão para ele, mas controla o seu surpreendente impulso.

"Gostaria que a senhora me falasse sobre Paul Morel."

"Falar o quê?", Aracy limpa as mãos sujas de tinta na calça de brim azul. "Eu mal o conhecia."

"A senhora morou na casa dele quando era um jovem estudante. Como foi isso?"

"Acho melhor o senhor se sentar." Aracy cai numa cadeira com um suspiro. "Como foi? Eu vim do Norte e aluguei um quarto na casa da mãe dele. Paul era um garoto inexpressivo que me seguia dentro de casa, como um cachorrinho. Morei lá, mais ou menos um ano, e quando o reencontrei, anos mais tarde, não o reconheci."

"Por quê?"

"Ele estava mudado, não era mais um rapazinho tímido... era um homem cínico e amargo. Mudara de nome."

"A senhora acha que ele seria capaz de matar Heloísa?"

"É chato ter que dizer isso, mas acho que sim."

"E Heloísa? Que tipo de pessoa ela era?"

"Uma moça mimada, rica. Logo que a conheci, Heloísa me disse: 'É preferível ser comida pelo lobo do que passar a vida dentro da casa de tijolos, como o porquinho prudente'."

"Foi a senhora quem enviou o diário de Heloísa para a polícia?"

"Que diário? Nem sei do que se trata."

Vilela sabe que Aracy está mentindo.

"Um caderno de capa amarela."

"Nem amarela, nem verde. Aliás não gosto da combinação, parece bandeira do Brasil."

"Dona Aracy, eu não quero descobrir nada que a prejudique, eu estou interessado apenas na trama", Vilela.

Vilela se acha parecido com Morel — a mesma vida marcada pela pobreza, a solidão, a repugnância pela violência. O sadismo de Morel perturba Vilela. Ele sente o mesmo impulso vital para a violência, não uma selvagem manifestação de atavismo, mas o desejo maduro e lúcido, que permitia a Morel a consciência da própria crueldade.

Diário:

Ele me bate e abre para mim o cofre fechado dos meus tormentos. Meu corpo começou a ficar marcado de roxo, meus lábios estão inchados, eu estou muito cansada e ele me perguntou, com a respiração ofegante (coitadinho, ele também está exausto), se eu queria que ele batesse mais e eu respondi que sim e ele continuou me dando socos, cada vez mais fracos, talvez eu sentisse menos por estar anestesiada, o que sei é que as pancadas já não doíam tanto. Depois ele parou e limpou a minha boca, eu levantei, fui olhar meu rosto no banheiro, minha boca inchada sangrava, apertei bem os lábios, para que o sangue esguichasse bem em cima do ferimento, abri um buraco na carne, o sangue descendo pelo queixo, pingando no ladrilho branco do chão do banheiro, cuspi sangrento na parede e quando tudo estava muito sujo gritei Paul! Paul! e ele veio correndo, parou ante toda aquela imundície, assustado, dizendo meu bem, amor da minha vida, parecia que ia se ajoelhar pedindo perdão, fingi que estava praticamente morta, abri a boca como um peixe fora d'água. Paul me abraçou, me levou para a cama, com uma toalha limpou novamente o meu sangue, vi que ele queria chorar, um desejo secreto mantido insatisfeito por muitos anos aflorava com toda a força, as lágrimas descendo pelo seu rosto másculo, uma extasiante sensação de fraternidade no sacrifício e na dor, nossas almas satisfeitas, Paul dizendo, meu amor divino, meu bem, eu estou muito só e infeliz, querida, me ajuda, deitou o rosto no meu peito, ele estava trêmulo e frágil, como uma pessoa cheia de inimigos dos quais tivesse fugido apenas alguns instantes, os músculos do seu rosto tensos; não me mexi longo tempo, meu corpo doendo da posição imóvel, mas não queria despertá-lo e aguentei até de madrugada, quando ele estremeceu fortemente dizendo, o que foi? o que foi?, saindo de um pesadelo; eu respondi, não foi nada, não se preocupe, tudo está bem, você está sentindo alguma coisa?, fica sossegado, bobão, você está com fome, brinquei e falei muito para que ele acordasse, e saísse do meu colo e eu pudesse me espreguiçar, descansar sem aquele peso em cima de mim.

"Paul não conseguiu fugir de sua vítima", diz Vilela.

"Heloísa me disse uma vez que toda mulher era masoquista", diz Aracy, mostrando um ressentimento não aliviado pela morte. "Ela supunha que o mundo era feito à sua imagem e semelhança. Mas eu não deixaria nunca que um homem me batesse daquela maneira, nunca!"

"Nem tudo que Heloísa conta no seu diário é verdade", diz Vilela, astuciosamente.

"Ninguém teria imaginação suficientemente doentia para confessar falsamente aquelas ignomínias", diz Aracy.

"A senhora acaba de admitir que leu o diário. Por que não reconhece também que o enviou à polícia", Vilela secamente, como um médico instruindo um doente.

"Bem", suspira Aracy, "eu li sim e fiquei horrorizada. Heloísa era muito descuidada e deixava o diário jogado pela casa. Mas não fui eu quem entregou o livro à polícia."

"A senhora tem ideia de quem possa ter sido?"

Aracy: "Eu realmente não posso perder mais tempo com isso. Já falei tudo que podia interessar a vocês, gostaria que me deixassem em paz".

Na porta, Aracy para Vilela: "Eu gosto muito de minha casa, das tábuas largas enceradas no chão, dos tapetes, dos objetos, dos quadros, do banheiro com tudo lá dentro, dos meus discos e minhas fitas, meus livros, poltronas, sofás, cortinas".

Enquanto fala, ela percorre com o olhar os cantos de sua sala.

"Nunca mais pretendo sair daqui."

Ao chegar em casa, Vilela encontra a carta.

Fernando,
Sei que deveria dizer isto tudo pessoalmente, mas não tive coragem. Não quero continuar vivendo com você. Não nos amamos mais e nossa separação será um alívio para ambos. Minha vida tem sido um tormento. É tudo que sei.

Isabel

17

Vilela a Morel:

"Quem é Francisco?"

"Um sujeito apaixonado por Heloísa. Nós não resistimos ao seu envolvimento, ele nos divertia. Eu o conheci assim: ele me convidou para almoçar e levou uma jovem com ele, muito bonita, que só abria a boca para enfiar o garfo com comida. Olha, ele foi logo dizendo, a menina aqui, linda, doce, submissa, é minha, eu comprei... estou pagando à prestação, evidentemente... esta joia estou dando a você, chama-se Nádia e junto com ela, de bonificação, uma moto Suzuki 750 e mais uma parte em dinheiro vivo — tudo isso em troca de Heloísa. Estou apaixonado por Heloísa e serei capaz de cometer todas as vilezas, ser o seu bobo da corte, qualquer coisa. Eu respondi dizendo que antigamente os brasileiros apaixonados ateavam fogo às vestes (onde anda essa gente maravilhosa?) e perguntei a Francisco, essa moça é do plantel do Gaston? Ele respondeu, plantel? Pelo amor de Deus, comprei em Santa Catarina, num lugarejo perto de São Joaquim, onde neva, uma paisagem linda, comprei diretamente do pai, é neta de alemães, lê Goethe no original!" Enquanto isso, a putinha fazia um ar de ingenuidade, aprendido em novelas de TV.

"Quem é Gaston?"

"Gaston Damian, casado com uma tal Doris Hesse. Nomes falsos. Todo mundo os conhece."

"Não é do meu tempo. O Francisco seguia vocês, nas caminhadas que faziam?"

"Tinha que correr para nos acompanhar. Ele era gordo e baixinho. Nós fingíamos que não o víamos."

"No dia da morte de Heloísa ele seguiu vocês até a praia?"

"Não sei. Acho que não."

"Você tem fotos de Heloísa?"

"Um monte: slides, prints, filmes em super-oito."

"Eu podia ver isso? Tenho muita vontade de ver fotos de Heloísa."

"Está tudo dentro de um arquivo no estúdio de minha casa. A maioria dos slides é em trinta e cinco, mas tem muito seis por seis, que eu fiz com a Hasselblad. Os slides estão arquivados em lâminas de plástico transparente. Os prints ampliados, entre folhas grandes de papelão cinza. Os filmes estão dentro de latas numa das prateleiras da estante de livros. Você tem os projetores?"

"Tenho. Como é que eu faço para apanhar os filmes?"

"Uma empregada toma conta da casa, uma senhora chamada dona Benedita, que foi cozinheira da nossa casa quando eu era menino e voltou quando eu fui preso. Escrevo um bilhete para ela."

D. Benedita,
O portador, sr. Fernando Vilela, está autorizado por mim a entrar em casa e apanhar filmes, fotos, livros e outros objetos. Favor ajudá-lo. Obrigado. Paulo.

"Livros?"

"Para mim. *O enigma socrático*, de um tal Spiegelberg. Tenho esse livro há mais de dez anos. Pelo menos isso o sujeito pode fazer na prisão — ler os livros que deixou para amanhã."

"Os livros estão colocados em que ordem?"

"Nenhuma. Vai ser difícil encontrá-lo."

Na casa de Morel.

D. Benedita é uma mulher branca, de cabelos grisalhos. Vilela mostra a ela o bilhete de Morel.

"Como vai o Paulinho? A última vez que estive na cadeia ele estava tão magrinho..."

A mulher tira um lenço do avental, preparando-se para chorar.

"Ele está bem..."

"A maldade que fizeram com ele! Ele vai ficar muito tempo preso?" A mulher funga, leva o lenço aos olhos, limpa o nariz.

"Não sei. A senhora quer me levar ao estúdio?"

A casa tem dois andares, um ao nível da rua, outro abaixo, na encosta do morro. O estúdio fica no primeiro andar.

"O senhor quer ver o jardim?", pergunta d. Benedita.

"Obrigado, mas não tenho tempo."

Num engradado de madeira, as pastas cinzentas. Vilela apanha uma foto. O rosto de uma mulher jovem, o lado direito iluminado por uma pálida claridade amarelada; a outra face emerge de uma penumbra sépia. São dois rostos diferentes, um o reverso do outro; o modelo olha para o homem atrás da máquina e vê ela mesma como seria agora, revelada. Vilela examina outra foto. A mesma mulher loura, nua, numa cama de lençóis brancos. A mulher deve ter acabado de acordar, o corpo ainda lânguido do torpor do sono; o corpo da mulher e os lençóis desarrumados parecem envoltos numa nuvem de pó de açafrão.

Vilela coloca as fotos na pasta cinzenta. Não quer ver os outros, naquele instante. Com a ajuda de d. Benedita, transporta as fotos e os filmes para o seu carro. Parte, esquecendo-se do livro pedido por Morel.

Vilela em casa. Foto: mulher loura, agora de cabelos negros. *Depois abriu a boca e os dentes surgiram como um jato de luz no seu rosto moreno. Os mamilos cor-de-rosa.* Podia ser a mesma mulher. Joana. Foto: três mulheres nuas, sentadas em meditação ioga, a do meio, os braços abertos, segura delicadamente, entre os dedos indicador e polegar de cada mão, os seios das outras duas. Vilela reconhece Lilian e Aracy. A do meio só pode ser Joana. Uma mulher de muitos rostos, que Vilela contempla, foto após foto, fascinado.

Filme. Na lata está escrito *Apresentação da família*. Joana, cabelos pretos, segurando um microfone.

JOANA: Alô, meu nome é Heloísa Wiedecker. Esse Wiedecker é suíço. O que é que eu digo mais? (Heloísa interroga a câmera, vira as mãos para cima. Off: palavras não identificadas.) Está bem. Meu pai é embaixador e minha mãe já foi a hostess do ano. Sou membro da família Morel, mas até agora ainda não matamos nada, nem artista de cinema, nem mosca, pois nosso chefe é muito bonzinho... Não somos uma família famosa, nunca teremos nossos retratos nos jornais e nem mesmo seremos artigo na revista brasileira de sociologia, se é que isso existe. Acabou. Hoje não estou com muito saco. (Joana estica o braço com o microfone. Surge Lilian.)

LILIAN: Meu nome é Lilian. Eu era puta... O quê? (Lilian chega o corpo para a frente, para ouvir melhor. Off: palavras não identificadas.) Não sou mais não, tá? Fui salva por esta família. Depoimento para a posteridade: ser puta é muito chato, é muito melhor ser mulher de família... Tenho dito. (Lilian passa o microfone para Aracy.)

ARACY: Meu nome é Aracy Batista, mas sou conhecida apenas como Aracy, só. Sou pintora, ingênua, primitiva, naïve, o que quiserem. Gosto de pintar porque amo as formas coloridas; sou ignorante, como todo mundo. Me sinto protegida pela família. Família é necessário. Espero que a gente fique para sempre juntos. Amém. Agora você. (Aracy passa o microfone para Morel.)

MOREL: Eu poderia começar dizendo... E assim o inimigo do homem será sua própria família, Mateus dez, trinta e seis, porém Mateus estava enganado, ter uma família grande como a minha, cheia de mulheres maravilhosas, é sensacional, e seria melhor ainda se vocês não me dessem tanto mingau de aveia.

18

Vilela telefona a Matos e pergunta se eles investigaram a mulher do barraco.

"Claro."

"E o homem que vive com ela? Um sujeito que ela arranjou depois que o marido morreu? Ele ainda não morava lá, quando Heloísa foi assassinada. A mulher o conheceu depois."

"Você está gostando de brincar de polícia?"

"Não muito."

Identificar Elisa fora uma surpresa excitante.

"Você conhece todas as mulheres do society. Existe alguma com essa cara?", Vilela pergunta a um colunista social, seu conhecido.

"Ossuda? O que você quer dizer com isso?"

Não havia sido fácil. Pela descrição de Morel ela poderia ser: Bebel Azambuja, Cléo Vargas, Marta Cunha, Eunice Araujo.

"Todas fingem gostar de arte, têm maridos cornos e casa com escadas de mármore", dissera o colunista.

Marta Cunha. Vilela sonha com o passado.

Vilela visita Morel. Transcorreu um mês, desde que estiveram juntos da última vez.

"Pensei que você não vinha mais aqui", diz Morel.

"Eu estava ocupado."

"Eu também", irônico-irado.

"Escreveu muito?"

"Você sabe que não. Desisti. Rasga aquela merda toda."
"Está bem."
"Eu exijo, entendeu?"
"Trarei tudo aqui. Você mesmo rasga."
"Literatura é uma tolice. Raymond Chandler é melhor que Dostoiévski, mas ninguém tem coragem de dizer isso."
"Você já disse isso da arte, no seu livro."
"Rasga aquela merda!", Morel enfurecido.
"Eu li o diário de Joana. Há muita coisa ali que eu não entendo e quero entender. Você podia me ajudar."
"Por que eu haveria de te ajudar? Por que você está me ajudando?"
"Gostaria muito de saber se as coisas que aconteceram com você poderiam ter acontecido comigo."
Morel, sarcástico: "Oh!, não, cada um tem o seu próprio destino traçado com exclusividade pelos Deuses, como numa tragédia de Eurípides".
"Eu não vim aqui para brigar com você, Morel, eu vim..."
"Me chama de Morais, como o doutor Matos."
"...eu vim para conversar com você, eu quero te ajudar e quero que você me ajude."
Morel examina o rosto de Vilela. "Está bem, não vamos brigar."
"Terei que fazer perguntas que talvez façam você sofrer."
"Eu não sou assim tão delicado..."
"Serão perguntas desagradáveis."
"Pode fazer."
"Quando foi que você bateu em alguém pela primeira vez, durante o ato sexual?"
"Foi com essa moça."
Pausa.
"Continue..."
"Heloísa... Heloísa..."
"Como foi?, no princípio?"
"Um dia ela me pediu que eu a apertasse com força, foi pedindo mais força e de repente mandou que eu batesse nela..."
"Mandou?"

"Mandou... pediu..."
"E você bateu?"
"Bati, bati e depois senti uma enorme repugnância. Não quis vê-la durante muito tempo."
"Mas acabou voltando a se encontrar com ela."
"Eu a amava..."
"Como foi que vocês reataram?"
"Ela telefonava sempre para mim, apesar de eu ter me afastado... Um dia atendi o telefone... Da segunda vez já não achei ruim; não tive tanto nojo."
Longa pausa.
"Cada vez eu batia com mais força nela. Depois de algum tempo isso já não me incomodava mais..."
"E você sentia prazer?"
"Não sei... sentia e não sentia..."
Pausa.
"E Heloísa?"
"Ela atingia o orgasmo no instante em que eu batia nela. Eu não."
"Você nunca teve orgasmo batendo nela?"
"Não. Mas bater nela me excitava."
"E você batia cada vez com mais força?"
"Eu gostava muito dela, fazia tudo que ela me pedia. Nós queríamos satisfazer um ao outro. Eu não queria sentir apenas o prazer de unir o meu corpo ao dela, queria fazê-la gozar alucinadamente. Nós sempre dizíamos depois, um ao outro, foi bom, maravilhoso, não foi? foi melhor do que ontem, não foi?, esperando que o outro respondesse que sim, que tinha sido incrível, melhor do que nunca. Eu batia nela cada vez com mais violência, para ser continuadamente melhor do que nunca, do que ontem."
"Você tomava a iniciativa?"
Pausa.
"Muitas vezes." Com azedume, "eu disse que me excitava, não disse?".
"Disse. Como é que você batia nela?"
"Com a mão..."

"Só com a mão?"

"Não... às vezes usávamos coisas, instrumentos..."

"Que coisas?"

"Chicotes, coisas assim..."

"Alguma vez ela pediu que você a amarrasse?"

"Sim... bater nela foi virando uma liturgia, uma cerimônia eucarística, a crucificação, recriada com as suas bênçãos..."

"Você pode desenvolver esse ponto?"

"Isso me veio agora, em nossa conversa, não sei dizer bem, era como se fosse uma ação de graças, o espírito tomando consciência do corpo, um se inteirando do outro, algo assim... Eu sentia que ali havia um caminho, mas não sabia para onde... Houve um momento que pensei que aquela crueldade intermitente fazia de nós pessoas melhores, nos redimia... Um dia deixei de bater nela, pouco antes de... não, naquele dia eu bati..."

"Ela pediu?"

"Ela gritava, me mostra que você está aqui do meu lado, prova que você existe, me mata!"

"Você escreveu diferente, nos papéis que me mostrou."

"Só agora me lembrei. Eu me sinto morta, ela disse, mas se você me matar eu estou viva. Anda, vem, me arrebenta, põe o demônio no meu corpo."

"Você matou Joana?"

"Não."

"Você escreveu que a deixou no chão, ferida, e foi embora. Ela podia ter morrido."

"Ela foi morta por alguém que chegou depois que eu me afastei."

"Você pode ter se esquecido, bloqueado a memória, inconscientemente."

"Eu me lembro de tudo, com muita lucidez. Deixei Joana viva, tenho certeza."

"Você escreveu mais alguma coisa?"

"Não."

"Você não pode parar agora."

"Nada tenho para dizer."

"Mas você escreveu, ou não?"

"Escrevi. Joana pediu para eu arranjar uma mulher para sair com a gente. Ela não queria nada com Ismênia e Carmem. Uma intermediária me arranjou o telefone de uma garota que topava um programa duplo. Eu liguei para ela e combinei o encontro. A garota disse que estaria usando calça branca e blusa roxa."

"Você escreveu esse episódio?"

"Escrevi. Achei importante, para explicar Joana."

"Então me dá. Eu leio e rasgo, com as outras coisas."

"Você rasga mesmo?" Vilela sente que Morel não quer mais que ele rasgue os papéis; talvez nunca tivesse querido.

"Depois a gente vê. O nome Paul Morel foi tirado do livro do Lawrence?"

"Não. Mera coincidência."

Ela disse que estaria usando calça branca e blusa roxa.

"Espero você dentro de um carro vermelho, na esquina", eu disse. Ao longe, ela caminhava iluminada pelas luzes da vitrine da loja.

"Que tal?", perguntei para Joana ao meu lado.

"Serve", disse Joana.

"O nome dela é Sônia."

Saltei do carro.

"Oi", disse Sônia. Os dentes eram certos, brancos e agudos como os de um cachorro novo.

"Entra por aqui mesmo." Mostrei a porta aberta do banco dianteiro. Do outro lado os carros passavam em alta velocidade.

Enquanto seguíamos para o restaurante, as duas conversavam animadamente. Pareciam velhas amigas, trocando informações úteis.

"Você é casada?", perguntei.

"Fui. Como é que você adivinhou? Eu só tenho dezenove anos, acho que não tenho cara de mulher casada."

"A marca branca no dedo."

"Eu nunca tiro a aliança. Tirei para mandar polir."

Sônia disse que no fim da semana ia para o interior, onde morava o pai.

"Tua mão é igual à minha", estendi para ela a minha mão aberta, na vertical. Sônia, do outro lado da mesa, encostou a mão na minha. Era do mesmo tamanho.

"Mão de trabalhador do campo", eu disse.

"Eu trabalhei mesmo no campo", Sônia sorrindo, divertida. "Você sabe tudo."

"Ele é um gênio", disse Joana.

"Você vai fazer o quê, na casa do seu pai?"

"Ele é abatedor de animais."

"Ele abate o quê?", perguntou Joana.

"Porcos, carneiros, cabritos, galinhas, tudo."

"E você vê", a mão de Joana tocou a de Sônia.

"Vê? Eu *ajudo* ele."

"Você mata?", Joana interessada.

"Claro. Matei meu primeiro leitão aos dez anos."

"Como é que se mata um leitão?" A mão de Joana que segurava o cigarro tremia, mas o rosto não mostrava sua crescente excitação.

"Você segura o focinho, põe o joelho em cima e mete a faca aqui", Sônia mostrou a própria omoplata esquerda.

"Fascinante", murmurou Joana.

"Cabrito é mais difícil. Você mata no pescoço, e pescoço de cabrito é ossudo como o de galinha, e muito mais duro. Galinha eu mato que é uma perfeição. Seguro com a mão as duas asas, usando estes dedos, e com estes eu seguro a cabeça. Assim." Um gesto rápido. "Depois é só cortar o pescoço com a faca na outra mão."

"Quando você mata, o sangue esguicha?", Joana.

"Esguicha."

"Vermelho?"

"Claro que é vermelho."

"E você fica suja de sangue?"

"Um pouco."

"Nas mãos?"

"Nas mãos, nos braços, na roupa."

"E o cheiro do sangue?"

"Engraçado, eu não sei mais como é o cheiro de sangue. Me acostumei."

A boca muito aberta, Sônia começou a rir. Logo estávamos todos dando grandes gargalhadas. Os outros fregueses do restaurante olhavam disfarçadamente para nós.

"Como é a faca?" Joana, quando o riso acabou.

"É assim": a ponta fina se alargando nas duas longas linhas que Sônia traçava na toalha.

Bebemos martíni, whisky e vinho.

"Se você não segurar o focinho do porco, ele dá um grito horripilante na hora de morrer."

"Você mata boi?" Joana segurou a mão de Sônia.

"Não. O que nós sabemos é usar a faca. Boi não se mata com faca. Porco grande, que tem que tontear antes, nós gostamos de matar. Papai toma um cuidado enorme na hora de bater na cabeça dele, para não estragar a cabeça. Se arrebentar a cabeça, eles não compram. Então papai bate com uma barra de ferro na orelha. A gente tem que correr e enfiar a faca, não pode perder um segundo."

"E sua mãe? Ela também abate?"

"Mamãe? Não. Ela era alta e musculosa como eu, mas não sabia matar. Não gostava."

"Você gosta mais de seu pai?", perguntei.

"Ela gosta mais da mãe", disse Joana.

"Mamãe morreu quando eu tinha quinze anos."

"Mas você gostava mais dela."

"Ela me batia. Papai nunca me bateu."

"É bom ter um pai", Joana, reminiscente.

"Papai faz tudo que eu quero. A melhor coisa que aconteceu foi eu me separar do meu marido e voltar para ele."

"Meu pai", disse Joana, "prometeu me levar ao cinema com as minhas primas. Eu era pequena, ele disse 'vou levar você ao cinema com as suas primas', me vesti toda, fiquei esperando, mas ele não me levou. Ele disse que ia, mas não foi. Deve ser bom ter um pai que cumpre o que promete."

"Meu pai cumpre o que promete", disse Sônia.

Quando saímos do restaurante as duas estavam bêbadas. Cochichavam abraçadas. Saltaram do carro de braço dado.

No apartamento de Sônia ligaram a vitrola no volume máximo e dançaram como loucas, nuas. Eu também tirei a roupa, sentei no sofá e fiquei olhando as duas. Ambas tinham o mesmo corpo longo, de carnes rijas. Joana fazia ginástica e balé; Sônia, na infância (e na adolescência), abatera animais, plantara e colhera legumes e verduras. A visão dos corpos perfeitos em movimento me emocionou fortemente. As duas começaram a bater nas paredes, jogaram quadros no chão, arrebentaram o abajur.

Acendi a luz do teto, "calma, meninas!".

Elas dançaram abraçadas, beijando-se.

"Vamos para a cama", eu disse.

Foi uma loucura.

Estava no banheiro depois, quando a música parou na sala. Fechei a torneira. Ouvi o murmúrio das vozes delas, falando em surdina, como conspiradores. Tive a impressão de insetos roendo alguma coisa. Na kitchenette havia um facão afiado, de cabo negro. Senti medo.

Quando saí, as duas estavam em pé, abraçadas, ligadas, cara a cara. "Me morde", dizia Joana. Foram juntas para o banheiro.

Sobre a mesa havia restos de flores. Saudades, num pote de barro.

"Você me mostra mesmo?" Joana, ao saírem do banheiro.

"Mostro", Sônia.

"Deixa eu fazer?"

"São quatro horas de viagem", Sônia.

"Você quer vir?", Joana me perguntou.

Eu não estava interessado. Elas marcaram a viagem para o dia seguinte, antes do fim da semana.

19

Diário:

Quando Morel me convidou para a família eu concordei. Acreditava que era possível existirem laços de família que não fossem de arame farpado. O casamento institucionaliza a ideologia burguesa da segurança, corrompe a vida emocional das pessoas. Não conheço um casal feliz, um sequer. Conheço os hipócritas, construtores de fachadas-do-que-fica-bem, infelizes que à noite se deitam juntos como velhos companheiros de uma miserável hospedaria, ignorando, ou indiferentes aos tormentos que afligem o parceiro. Esses casais têm apenas um objetivo: comprar coisas, ser respeitáveis, eficientes, influentes, todas as formas secretas ou ostensivas de corrupção. Toda esposa é uma mulher frustrada. Sou ainda muito jovem, mas observei muitas mulheres casadas, em casa, no cabeleireiro, na rua, na escola, no supermercado, em todo lugar, e são todas infelizes, umas mais conformadas ou silenciosas do que as outras, mas todas estragando a própria vida, envelhecendo desgraçadas, sem poder sair do buraco em que se meteram. E os homens são também uns infelizes e sofrem tanto no seu papel autocrático cretino quanto a mulher no dela. Sei que quem ler este diário pensará: esta moça está dizendo bobagens. Pois fiquem sabendo (o mundo inteiro) que eu tenho apenas vinte e um anos mas sei das coisas, isso de família coletiva não existe. Como tomar decisões em comum, quando as pessoas são tão diferentes? Como Lilian, Aracy, eu e Morel? A gente quer se libertar da tradição, substituindo-a por receitas de revistas coloridas vendidas nas bancas da av. N. S. de Copacabana? É assim a nossa família moderna — uma fórmula de como adaptar antigas convenções aos novos tempos: "vamos todos participar, viver comunitariamente, repartir" — dá vontade de vomitar. Tem que ser tudo modificado, tudo! Uma família não pode ser substituída por outra família, não importa o qualitativo que se juntar. Tem que acabar tudo tudo tudo!, a vida é curta, minha gente, será que vocês não veem isso? Estou espremida por todos os lados, Paul tem razão; é realmente fantástico existirem tão poucos fugitivos, através da loucura ou da morte, ninguém pode aguentar todas as leis, não faça isso, faça aquilo, o desodorante, o pente, o sapato, a ordem. Quem me dera ser uma mulher primitiva e me preocupar apenas com o sol e a chuva.

Sonho: estou dançando com grande vibração, um homem agarrando a mim, por trás. É Paul, com o semblante triste, estamos os dois num vídeo da televisão, sou entrevistada e digo apontando para Paul: ele é diferente dos outros, eu o chamava de paizinho no instante em que ele fazia sacanagem comigo perante todos os telespectadores. Este é um programa transmitido reservadamente para adultos equilibrados selecionados pelas autoridades governamentais, diz a locutora com voz empontada, de preto e óculos, Canal Cultura.

Vilela está na casa de Gomes, o editor.

"Ao contrário da crença geral, pensar, ver, agir eroticamente com intensidade, constantemente, não diminui o interesse sexual, nem torna sexo uma coisa aborrecida, fatigante ou nauseante", diz Gomes. "Quanto mais comemos mais gostamos de comida e queremos comer. Assim também com o sexo, nunca se atinge um ponto de saturação."

"O que aconteceu com o livro ilustrado por Morel?"

"*Vênus R. B.*? Foi apreendido pela censura, sou uma vítima das forças da repressão, como Protágoras, que fugiu da Atenas de Péricles para não ser preso, mas mesmo assim teve seus livros queimados; como Sócrates, que foi morto porque queria liberdade para discutir suas ideias. Eu sabia isso tudo de cor, uma longa e fundamentada argumentação, cheia de nomes e fatos, mas só me lembro desses dois." Sorriso cínico.

Gomes, sentado atrás de uma mesa inteiramente vazia, abre uma gaveta, retira um livro.

"Uma verdadeira obra-prima, *Vênus R. B.*, que o obscurantismo tenta destruir, com o apoio de defensores oportunistas, como Platão — ou seria Eurípides?, não, esse também foi perseguido, que diabo! Onde anda aquele maldito papel com todas essas informações?" Gomes revira as gavetas, prageja suavemente.

Vênus R. B.

"Um livro debochado, depravado, escabroso, pernicioso e subversivo, disse o censor, mas o livro é acima de tudo patos (a palavra grega, sim?); faz com que o leitor se apiade da condição humana. Você quer editar o seu próximo livro comigo?"

"Já estou comprometido com outro editor", Vilela.

"O que acha você de *Vênus*?"

"Está bem impresso."

"Veja a vagina de Morel."

Os dois homens contemplam o intrincado desenho.

"A cabeça dele já não andava muito boa nesta época", Gomes.

"Como?"

"Um dia eu o convidei para uma reunião e ele ficou andando nu pela casa. Isso foi um pouco antes de ele matar a moça."

"Morel me falou de uma festa na sua casa, que terminou em orgia... É a mesma?"

"Orgia? Ele disse isso, o moralista? Algumas pessoas, de fato, foram para a cama com outras, naquele dia, mas ninguém, como ele, andou nu pelos corredores ou se embriagou a ponto de ter que ser carregado para casa. Morel é um puritano intoxicado pelo sexo. Por isso é que ele consegue ver tanta coisa numa vagina, criando, felizmente, obras-primas como essa."

"Você acha que ele matou a moça?"

"Acho."

"Por quê?"

"Não sei."

Vilela se despede de Gomes. Sente-se frustrado. Decide fazer a visita que vem adiando.

O mordomo manda esperar no escritório. Na estante, livros de arte, dicionários, enciclopédias, coleções coloridas, volumes que nunca foram abertos.

"Até que enfim!", a mulher ao entrar na sala.

Vilela pensa que não a descreveria ossuda e alerta, como fez Morel. A mulher parece frágil e desanimada.

"Você sabe que eu li todos os seus livros?"

Vilela não responde.

"Por que você nunca aceitou os convites que eu fiz para vir à minha casa?"

"Você nunca me convidou quando eu era polícia."

"Você foi polícia? Eu não sabia disso, você sumiu, até que um dos seus livros foi best-seller. Eu não tinha a menor ideia onde você andava. Várias mulheres do seu livro são parecidas comigo, me identifico com elas. Sou eu?"

"Não."

"Nem mesmo uma daquelas mulheres horríveis?"

"Não existe mulher horrível nos meus livros."

"Não vou discutir com o autor os seus próprios personagens. Você quer beber alguma coisa?"

"Whisky com soda."

"Estou fazendo regime, não vou te acompanhar. Vivo fazendo regime."

"Eu entendo."

"Por que você está com esta cara?" Marta, enquanto prepara a bebida.

"Que cara?"

"Como naquele dia em que fomos ao baile e eu perguntei que traje era aquele que você estava usando, e você fez esta cara e não disse mais uma palavra?"

"Eu havia alugado aquela roupa, me sentia ridículo dentro dela."

"Chorei a noite toda depois que você me deixou em casa. Eu queria ficar com você, eu..." Marta sorri. "...eu gostava muito de você..."

"Eu era um jovem idiota."

"Você acha que estamos ficando velhos?"

"Você não. Eu."

"Mas somos quase da mesma idade!"

Marta encostou a nuca na poltrona, os olhos fechados. No rosto não se veem as rugas, que estão debaixo da pele, esperando. Para que exacerbar a verdade?

"Você não sente saudades daquele tempo?", Marta.

"Eu saía para trabalhar às seis horas da manhã e voltava à meia-noite do colégio noturno."

Pausa.

"E Morel?", pergunta Vilela.

"Morel? Paul Morel?"

"Ele está na cadeia, escrevendo um livro."

"Você conhece Morel?", Marta surpreendida.

"Conheço. Estou lendo o livro dele."

"O livro? Ele é pintor!"

"Mas está escrevendo um livro."

"Que tipo de livro?"

"Parece autobiografia."

"E ele fala de mim?"

"Fala."

"O quê?"

"Khaiub, aquela história. Não é muita coisa."

"Ele usa o meu nome? Me identifica?"

"Não. Você é Elisa Gonçalves, mas não é difícil de ser identificada."

"Isso é um absurdo! Você tem que dizer a ele que isso não é possível!"

"Na última vez que estivemos juntos ele me mandou rasgar todos os papéis. Mas não vou rasgar."

"A última coisa no mundo que eu quero é me envolver num escândalo."

"Você frequentava a casa dele?"

"Frequentava. Não vivia lá, como as outras, mas passei vários dias na casa dele. Ele não conta isso no livro?"

"Você leu o diário de Heloísa?"

O caso Morel

"Li. Eu, Aracy, Lilian lemos juntas horrorizadas. Não, acho que estávamos fascinadas, eu pelo menos estava."

"Fala sobre Morel", pede Vilela.

"Andar com Paul era diferente. Ele não pertencia ao grupo, nem era nosso amigo, entendeu?, tinha vindo apenas uma vez na nossa casa e me arrastou logo para a cama. Era um grosso."

"Morel escreveu que você o rejeitou, alegando que era uma mulher difícil."

"E sou mesmo, mas não o rejeitei. Apenas, sabendo que tipo de homem ele era, resolvi ter paciência e esperar. Deixar ele ficar na dúvida, sofrer... sou uma mulher terrível."

"E depois?"

"Foi maravilhoso. Ele se fixou em mim, dominado por uma paixão absurda, batia com a cabeça nas paredes, isso era uma novidade, entendeu?, os outros eram elegantes, preocupados com a própria imagem, Paul era verdadeiro..."

"Uma pessoa séria?"

"Isso mesmo. A coisa que eu mais gostava era de namorar os amigos de meu marido... Depois de Paul, não achei mais graça nisso... eu..."

Pausa.

"Você gostava de Heloísa?"

"Não, nem ela gostava de mim."

"E das outras? Lilian e Aracy?"

"Nosso conhecimento era superficial. Lilian era uma pessoa que temia o futuro. Tinha uma idade tenra, inutilmente. Aracy era uma boa professora de pintura."

"Você e Morel brigavam muito?"

"Nunca. Ele disse que no princípio ficava imaginando coisas horríveis a meu respeito, mas quando me conheceu melhor isso acabou."

Vilela observa Marta, os movimentos tensos da boca, os dentes armados, ameaçando, contidos.

"Você não parece lamentar a prisão dele."

"Estou, oh, estou muito triste." Na verdade a sua amargura é por ter mais de quarenta anos; existir apenas indiferença entre ela e o marido; acabar sempre a paixão pelos novos amantes em chatice ou desprezo; precisar cada vez mais dieta, ginástica e cirurgia para manter o corpo atraente.

"É isso?", pergunta Vilela, sentindo o mesmo prazer amargo de Morel em ofender Marta. Os pobres odeiam os ricos e Vilela naquele momento exerce uma forra vinte anos antiga.

"Não seja bobo", diz Marta, como se Vilela fosse um menino sem educação. Mas seus olhos não conseguem esconder angústias antigas, estragos recentes, futuros pesadelos.

20

"Você perguntou pela família. Nós fazíamos filmes em super-oito, jogo, teatrinho, sexo, mas sexo ia ficando sem importância, era bom ir para a cama com elas, mas não era obsessivo. Eu estava interessado nos trabalhos que Ismênia fazia, era uma merda naïve boba, mas eu queria principalmente que ela fosse feliz, mais do que levá-la para a cama. A mesma coisa com Lilian. Ela trabalhava e eu me preocupava com o que ela fazia, ela era uma moça muito sensível e eu tinha muito cuidado com ela; Lilian foi puta, isso a angustiava muito e eu queria que ela esquecesse o passado. Tudo ia muito bem. Mas Heloísa não estava feliz."

"Quando vamos fazer aqui o teatro de orgia e mistério de Nitsh? Tenho galinhas, um porco e um cabrito", Heloísa.

Eu ri.

Ela: "Banho turco é uma coisa do passado, a arte víscera, sangue, corpo, é nessa que eu estou". O ideal dela, então, era Schwarzkogler, o artista que amputou todo o corpo, começando pelo pênis, até morrer.

"Meu bem, sadomasoquismo é uma coisa velha, clássica, pior que o banho turco, a mais acadêmica de todas as manifestações do comportamento humano."

"O melhor artista que eu conheço é o pai da Sônia."

"Quem? O carniceiro?"

"Ele mesmo, um homem grande e saudável. Sabe o que é uma cabeça boa? É a dele. E sabe por quê? Porque de dia ele mata os porcos, os cabritos, ouve os bramidos e se cobre de sangue e à noite vai para a cama com a filha, a mulher que ele ama e que o ama, e assim, fazendo o que gosta, o inocente e bom homem só pode ter uma mente saudável."

Joana acrescentou que preferia viver com ele e Sônia a viver comigo. Eu disse que ela fosse viver no matadouro. Ao ouvir minha resposta, Joana começou a chorar, da maneira que ela tinha de misturar, no mesmo instante de emoção, tristeza e ódio, em partes iguais.

A primeira vez, encontrei Joana na rua. Talvez não fosse na rua. Num escritório... numa exposição de pintura... numa casa, pouco importa... Acabo de cheirar o pó... engraçado, até dentro da cadeia... Benditos traficantes...

Perguntei se ela queria ir para a cama comigo. Ela respondeu que eu era muito velho...

"E você?", ela perguntou, "por que quer ir para a cama comigo?"

Respondi que ela parecia um tigre ardendo brilhante nas florestas da noite. *A deliciosa energia...* Blake pega sempre bem...

De fato, naquele dia ela parecia muito alta, de pernas finas, ligeiramente corcunda, andava desengonçada, a terrível simetria... Estou vendo Heloísa na fumaça... Benditos...

Joana foi para a sua casa, olhando as placas dos automóveis, procurando o número sete...

Chegando em casa, Joana apanhou um livro na estante: um tigre estava preso na jaula e não sabia por quê; mas Deus, antes que o tigre morresse, concedeu-lhe a graça de saber a razão; nessa época, em Ravena, um poeta chamado Dante morria na miséria, pelo mesmo motivo...

Como era um pássaro, tinha a ética dos puros, só ia para a cama com as pessoas de quem gostava. Ou melhor, não se permitia deixar de ir para a cama com aqueles de quem gostava... Assim, Joana me disse, permito que você me leve ao cinema, ver um velho filme de Godard, por causa da coincidência tigre-tigre, apenas isso... Pegamos um avião até o lugar onde passava o filme... Hotel... A farda dos porteiros... As mulheres têm uma porção de coisas no banheiro, vidrinhos, pós, escovas, lápis, pincéis... Passamos a noite fodendo. Quando a manhã chegou o seu rosto estava cheio de sardas e muito bonito... Te amo, Joana me disse... Depois de tudo que havia acontecido, exigi um documento escrito... Joana escreveu, com tinta azul: "Te amo por tua cabeça absurda, acho que começou quando você pegou no meu pulso dentro do cinema, foda-se o Godard, te amo porque você se preocupa antes do tempo com as coisas, e você não tinha o botão da camisa naquela vez do pileque esplêndido, te amo desde o começo (ainda por cima quando só comia arroz), acredito que vou te amar pelas tuas mãos e todo o resto, fica por perto para ver o que acontece...". Isso ela escreveu... ou sonho que ela escreveu... Fiquei por perto para ver o que acontecia... Os olhos dela eram cor de ouro, amarelo brilhante... Eu lavava o rosto dela com água e sabão e surgiam a palidez, as sardas, a boca. Eu punha um chapéu na sua cabeça, bem sobre a testa de maneira que só pudesse ver a boca de Joana se movendo. Ficava horas vendo a animada boca de Joana, enquanto ela me contava histórias. Depois eu tirava o chapéu e olhava os olhos dela e também o nariz, que era muito bonito. Depois fodíamos, Joana descia as mãos pelas minhas costas, eu grudava nela como se fosse um morcego com muitos braços e o dia raiava.

Vilela recebe um telefonema em casa.
"Posso ir vê-lo?"
"Se você prefere vou ao seu encontro."
"Não, eu vou, me espere, por favor."
Lilian chega.
"Como foi que você obteve o meu endereço?"
"Foi muito difícil. Eu sabia que você era da Delegacia de Homicídios, mas lá ninguém lhe conhecia. Vi logo que você devia ser secreta. Procurei o delegado, um gordo grande, meio maluco, que me deu o seu endereço."
"Matos é o nome dele. Por que meio maluco?"
"Quando eu disse que queria o seu endereço, ele riu muito e eu perguntei qual era a graça, e ele respondeu nenhuma, continuou rindo e disse para eu lhe dar um recado."

"Qual é o recado?"

"Ele mandou perguntar se você não prefere um trenzinho elétrico. Deve ser alguma gozação."

"Deve ser."

"Você parece o Morel, falando."

"Como?"

"Vocês têm a mesma maneira de falar apertando o ar com as mãos, como se as palavras fossem um pássaro querendo fugir."

"O que é que você queria comigo?"

"Não sei... queria conversar..."

Lilian cala-se. Vilela apanha um charuto, lentamente abre o papel celofane, corta a ponta do charuto. Lilian espera. Vilela acende o charuto. Lilian, tensa.

"Ele não confiava em mim", diz Lilian.

"Quem? Morel?"

Pausa.

"Quando Heloísa foi encontrada morta na praia, Morel ficou descontrolado, dizendo que tinha de ir à polícia, e quando eu perguntei para quê, ele respondeu que tinha de contar tudo para os tiras. Eu perguntei, tudo o quê?, conta pra mim. Ele não respondeu, eu praticamente me ajoelhei aos pés dele, eu queria saber o que tinha acontecido, eu era a melhor amiga dele, mas ele não confiou em mim, eu sofri muito, se você soubesse o que aturei — os dois sentados de mãos dadas horas a fio conversando sobre arte e livros, falando em inglês coisas que eu não entendia."

"Os dois quem?"

Pausa.

"Morel e Heloísa. Ele tratava Heloísa de maneira diferente, com mais carinho, e no entanto ela não passava de uma tarada cheia de vícios. Aqueles horrores todos, foi ela que provocou. Eu conheço essas mulheres, vi muita mulher parecida com ela destruir homens mais fortes que Morel... Quando ele entrou em pânico, eu perguntei, foi você, foi você — só podia ter sido ele, entendeu? Ele estava transtornado —, pode contar comigo, eu disse, não me incomodo que ela tenha morrido, até gosto — ele olhou para mim com nojo, aos gritos me mandou calar a boca, trancou-se no quarto vários dias, até que a polícia foi lá buscá-lo... Ele saiu de casa, preso, em mangas de camisa — na rua vazia, os tiras batiam nele..."

Lágrimas descem pelo rosto de Lilian.

"Ele deixou um bilhete dizendo que te amava?", pergunta Vilela.

"Vi tudo da esquina, escondida, sem coragem de me aproximar..."

"Por que você enviou o diário de Heloísa para a polícia?"

"Quando cheguei em casa e vi o bilhete dele, tive vontade de morrer, só não me matei por causa do meu filho... Fui eu sim... Me arrependi, ao ver Morel preso, humilhado, mas já era tarde... Fui eu!"

"Você acha que Morel matou Heloísa?"

"Não, não matou. Mas se matasse, que importância isso tinha? Morre muita gente todos os dias e vocês nem se incomodam, mas ela era rica e bonita..."

"Você também é bonita."

"Mas só tenho os dentes da frente, para poder rir e vender melhor a mercadoria."

Aos poucos a sala escurece. Não se ouve qualquer ruído na rua. Lilian, sentada na poltrona, parece um boneco de cera. Somos todos cúmplices com exceção dos loucos e criminosos, pensa Vilela. A vida é um vazio que tem de ser preenchido diariamente com sacrifícios. Na estante, encadernados em couro preto, estão todos os livros que Vilela escreveu. Tudo para divertir uma porção de cretinos. Miller tem razão, um carpinteiro é mais útil.

"Deixei de estudar inglês, bebo, me encho de comida e engordo — esta é a minha vida, agora", Lilian.

"Esquece", Vilela.

"Não posso. Você acha que ele me perdoará, se eu ajoelhar aos seus pés e lamber o chão?"

"Chega de ajoelhar", Vilela.

"Você me acha bonita mesmo?"

"Acho."

"Onde está a sua mulher?"

"Ela me deixou. As mulheres acabam sempre me deixando."

"Posso voltar aqui outro dia?"

"Pode."

"Você quer mesmo? Você não parece muito interessado."

"Pode sim."

"Eu achei a sua casa muito bacana... eu... puxa, já é de noite... como o tempo passa... bem... então, até outro dia."

21

Vilela acaba de reler a cópia do Exame Cadavérico de Heloísa Wiedecker. Como é que fui me esquecer dos urubus? E Matos? Deixar passar uma evidência destas? Está gostando de brincar de polícia? Vamos ver. Mais tarde. Antes, mais um filme da família Morel. Projetor ligado.

> HELOÍSA: (segurando o microfone)
> O roteiro deste filme é meu. Direção idem. É sobre arte. Agradeço a colaboração do sr. Paul Morel, que conhece essa merda muito mais do que eu.
> (Sorrindo para o espectador)
> Ver e saber. Isto foi discutido em Kassel. A área do visível, da sensação, do mundo de formas sensíveis, da estética — é o ver. A área da cognição, do mundo inteligível — é o saber. Isto está muito chato? Esperem que daqui a pouco vocês verão Paul e Lilian nus, no chão — body art... Mas, estabelecendo os pontos de articulação entre essas duas áreas: o ver, ou a arte, representa a realidade, ou transforma essa realidade, transformando a sua representação, ou cria uma realidade nova e autônoma. O saber, isto é, a ciência, percebe a realidade, ou transforma a realidade pela transformação dos elementos de sua percepção ou também cria uma nova realidade. Estou muito confusa?
> PAUL (off): Deixa de ser besta que esse discurso foi roubado e decorado. Continue.

HELOÍSA: Obrigada pelo estímulo. Temos então aquilo que se pode denominar de realidade da imagem por um lado, e realidade de l'imagé, por outro. Estou falando francês não é de frescura não, é que não consegui traduzir imagé para o português. Em alemão é abgebildeten. Serve?
LILIAN (nua): Ora, vai te foder!
(Gargalhadas, off.)
Corte.
HELOÍSA: Exemplos da realidade — vocês querem guerra? —, da realidade abbildung: realismo socialista, a imagerie publicitária (anúncios, outdoors), a emblemática trivial (o kitsch), a história em quadrinhos, a ficção científica, a propaganda política, a imprensa, a iconografia social (notas, moedas), a iconografia religiosa (os ex-votos, santinhos, aqueles da primeira comunhão). Exemplos da realidade abgebildeten: o hiper-realismo, a fotografia documentária, a arte de ação (teatro nas ruas), a pornografia, a arte pop, as mitologias individuais. Às vezes essas coisas se confundem, como no caso dos desenhos de crianças, ou na arte dos psicopatas, ou no esporte. Ou então não se confundem jamais, como na arte conceitual. Como mostraram Szeeman, Brock, Helz e Bode.
PAUL (nu): Olha, eu sei que o filme é teu. Mas essa babaquice de revistinha especializada enche qualquer um. A crítica da arte é tão supérflua quanto a própria arte.
heloísa (off): Em mim, Aracy.
Câmera passa de Paul para Heloísa.
HELOÍSA: E agora, ladies and gentlemen, Paul Morel e Lilian Marques fazendo l'amour.
Heloísa dança.
Corte, Paul e Lilian, nus, abraçados no chão.
Movimentos em câmera lenta.

Vilela desliga o projetor. Acende a luz da sala. Levanta-se. Abre uma gaveta da mesa. Apanha um revólver. Dois cavalinhos prateados impressos no cabo e um outro no aço, um traço fino, quase invisível, no lado esquerdo da coronha. Trinta e oito especial CTG Cobra.

Na mira, pequenos sinais de ferrugem. As raias do cano estão boas. Memórias misturadas: o chão de terra batida... cheiro de capim... suor... rosto apavorado fugindo. Vilela aperta o negro e duro objeto em sua mão, seus dedos procuram a fácil posição certa e mortífera, estica o braço e durante alguns segundos mira um alvo à sua frente. Meu braço é tudo isto, osso músculo sangue máquina escura peça única. Meu braço acromegálico... Não é tão bom quanto *tua mão protonotária...*

No carro, coloca Mozart no cassete. Sou várias pessoas, ninguém é um só, mas poucos enfrentam essa realidade, deixam-se ser uma corporação de muitos. Estamos todos no carro, um ouve música, outro carrega um revólver com cartuchos de carga dupla. Há também um terceiro que sente pena de si mesmo... Todos, eu e mim... Este outro ainda, que não é o último, olha um rosto gasto no espelhinho do carro...

Vilela bota o revólver no cinto, fecha o paletó, salta do carro. O tempo está encoberto, ao contrário da vez anterior.

A mulher abre a porta do barraco. Surpresa, medo, incerteza. Vilela entra, empurrando o corpo dela com os seus ombros. A mulher fica na porta, indecisa.

"Onde está o homem?"

"Ele..."

"Entra e fecha a porta", manda Vilela.

Creuza obedece.

Vilela tira o revólver da cintura. Olha a mulher e recita, didático:

"Trinta e oito carga dupla, o tamanho de um Smith especial, mas apenas a metade do peso, uma liga de antimônio e outro metal, mas o que sai daqui, do cano, mata com a mesma rapidez, tem o mesmo veneno, por isso o seu nome é Cobra... Criatividade dos homens de marketing... Se encostar na carne de alguém, na barriga, na minha, assim, ou na sua, assim, abre um rombo chamado buraco de mina... A metáfora dos que lidam com a morte é sempre muito seca... As bordas do ferimento ficam chamuscadas, negras... A mina inspiradora deve ter sido de carvão... Você me pergunta por que o senhor me ameaça com essa arma... Eu respondo, porque você mentiu para mim... Por que você mentiu para mim?"

"O senhor está falando comigo?", a voz trêmula.

Creuza não entende o que Vilela diz. Ele ri, uma gargalhada que faz a mulher se encolher, indefesa.

"Onde é que está o homem?"

"Foi fazer um biscate na ilha dos Pescadores."

"O que tem nessa panela?" Pequeno fogão de querosene.

"Feijão."

"Está pronto?"

Com uma colher de pau Creuza prova o feijão.

"Daqui a pouco."

"Vou querer comer."

"Aqui é casa de pobre, o senhor talvez não goste."

"Pobre sabe fazer feijão." Vilela põe o revólver no cinto. Tira o paletó. Senta na cadeira velha de balanço. Fecha os olhos. Joana: Meu nome é Heloísa Wiedecker, meu corpo agora é transparente, você nunca pegou no delicado bico cor-de-rosa do meu peito e só me vê se passar uma luz forte por dentro de mim.

"Está pronto", a voz da mulher mudou, sutilmente.

"Vamos esperar o teu homem. Este feijão não era para ele?"

A porta é aberta. José.

"Entra, Félix", diz Vilela, o braço estendido, o revólver na mão, "rápido!... senta ali no chão... encostado na parede."

José entra lentamente, se encosta na parede, em pé.

"Senta!"

José fica de cócoras.

"Põe a bunda no chão! Você, senta também!"

Vilela coloca a pistola no colo e balança a cadeira, para trás e para a frente, várias vezes.

"Quero saber a verdade. Qual de vocês vai falar? É melhor falar agora, por bem, senão vai ser debaixo de cacete, na delegacia."

José e Creuza se olham.

"Não foi ele não, moço..."

"Você me disse que descobriu o corpo porque viu os urubus voando em cima. O corpo estava podre e não tinha uma marca de bicada de urubu. Chega de mentira. Eu tenho cara de burro, por acaso?"
Pausa.

"Fui eu que descobri — ela ainda estava viva — tinha passado a noite sofrendo — respirava, abria e fechava o olho — quis falar uma coisa — fez aaa!" José fala sincopadamente, medo, ânsia, pressa.

"Anda, Félix, continua."

"Eu — peguei ela no colo — trouxe pro barraco — Creuza — eu disse — essa moça tá morrendo — Creuza disse — botou a mão no peito dela e disse — ela já morreu — morreu no caminho — no meu colo — deve ter morrido na hora que fez cocô no meu braço — bota lá aonde ela estava — Creuza disse."

"Por que você não botou?"

"Era sábado — a praia começou a encher de gente — tirei ela do chão e botei no colo mais de cem vezes — esperando uma hora que ninguém visse — esperando a noite — mas os ripes acamparam perto do barraco — não dormiam, tocavam violão — vieram pedir fósforos — sábado e domingo — ela começou a feder e a gente sem poder levar a moça — segunda-feira — foi horrível — até que os ripes foram embora — a moça parecia que ia se desfazer nos meus braços — eu botei ela na areia e os urubus vieram logo."

A mulher: "Nós não queríamos que ela fosse comida pelos bichos. Nós não tínhamos podido ajudar a coitadinha. O Félix foi condenado pela Justiça, mas eu disse que ele havia morrido e eles acreditaram, mas é como se tivesse morrido mesmo, aquele homem que bebia e roubava, ele se arrependeu, e agora trabalha, e ninguém incomodava mais a gente. Eu disse, fica aí espantando os urubus, nós não queríamos que os urubus comessem os olhos dela e as tripas, os olhos dela estavam abertos, eu fechei uma vez e eles abriram de novo, eu fui no bar e telefonei para a polícia e voltei e disse pro Félix some, e fiquei com a vara espantando os urubus até que a polícia chegou; primeiro os guardas, depois uma porção de outros policiais, tiraram fotografias e um deles me disse para eu ir na delegacia no dia seguinte, eu fui e eles me perguntaram como

O caso Morel

é que foi, e eu disse que tinha visto os urubus voando, fui lá e encontrei a moça morta e eles escreveram isso na máquina e pediram pra eu assinar, e eu disse que não sabia assinar, então eles leram o que eu disse e eles mesmos assinaram e me mandaram embora".

Vilela balança o corpo na cadeira.

"Quero ficar cega se isso não é verdade."

Cadeira de balanço.

"Mais de dois meses o Félix ficou sumido, mas ninguém vinha aqui e eu fui onde ele estava e disse pra ele que ele podia voltar e ele voltou e o senhor apareceu quando a gente menos esperava."

"Você roubava o quê?"

"O que podia — pulava o muro das casas — roupa no varal — bicicleta — se tinha janela aberta eu entrava — nunca arrombei — nunca ataquei as pessoas — um dia uma velhinha acordou e eu disse a ela para não ter medo e fui embora sem levar nada — fio de cobre — cano de chumbo — se a casa estava vazia eu levava tudo que podia carregar mas isso só aconteceu uma vez — eu não tinha muita sorte — já roubei até galinha — fui em cana — apanhei muito — desisti — nunca mais — prefiro morrer."

Cadeira de balanço.

"Vamos comer o feijão?", pergunta Vilela.

"O senhor quer mesmo?"

"Quero."

"O senhor — não vai me prender?", Félix pergunta.

"Não. Você não está arrependido? As prisões já estão cheias demais para caber ladrões arrependidos. Só estou interessado na morte da moça. Vamos comer o feijão."

22

Papai sentado na biblioteca de nossa casa, no tempo em que era rico, lendo, de paletó de veludo azul, segurando o queixo, pensativo e refinado, como convinha. Havia aprendido a ler a língua do país onde nascera quando emigrara, aos doze anos — e ali estava, então, um poliglota, lendo a língua estrangeira daquela gente civilizada e lúcida. As lombadas dos livros eram vermelhas e as capas tinham um desenho de borrões coloridos, parecidos com as ingenuidades psicodélicas dos anos sessenta. Aqueles livros ele comprara num sebo, edições antigas que ninguém queria. Neles, sozinho, sem professor, papai aprendeu francês. Era uma coleção chamada Bibliographie Méthodique et Complete des Livres de Médecine et des Sciences, editada por A. Maloine.

Os livros preferidos pelo meu pai haviam sido escritos por um tal dr. Surbled: *L'amour, Le vice solitaire, Le vice conjugal, L'amour malade et le cerveau.*

Quando me apaixonei por Sílvia, a moça que enfiou a língua dentro da minha boca e depois não quis mais saber de mim, me deixando com o coração partido, papai recitou, para minha edificação, motes inesquecíveis do dr. Surbled — non, l'amour n'est pas le tyran souverain et indiscuté de notre nature, nous ne sommes pas fatalement, nécessairement les vils esclaves dessa paixão.

Isto é que era chato nele, pretender que não era um vil escravo de todas as suas paixões, fingindo o tempo todo de cogito ergo sum.

Ele gostava de sopa de cebola e nunca brigou com minha mãe. Antes de brigar colocava o chapéu na cabeça e saía para a rua. Tinha aventuras com as mulheres altas e audaciosas. Um dia, não me lembro que idade eu tinha, o vi com uma mulher toda de negro, parecendo uma fotografia de Greta Garbo, lânguida e desafiadora, um enorme decote cortando o seu comprido corpo branco, abraçados, bonitos, cheios de vida.

Trabalhavam, ele e mamãe, noite e dia, na época da miséria. Economizando para irem uma última vez à terra deles.

Mamãe morreu lá. Papai voltou. Perguntei se queria morar comigo. Ele me olhou como se eu fosse um estranho, o que eu era, e respondeu que não.

Eu fazia fotografia em batizados, casamentos, festas de formatura. As que mais vendiam eram as de formatura, no Teatro Municipal. Eu fotografava os formandos, sentados no palco, em suas becas ridículas, e parentes de roupa nova, sentados na plateia. Começava da primeira fila do lado esquerdo e fotografava, de cinco em cinco filas, levantando minha velha Rôlei sobre a cabeça, com o visor virado para baixo. Não escapava ninguém. Tudo tinha que ser feito com velocidade, para, antes de acabar a cerimônia e as pessoas se dispersarem, eu poder revelar e vender as fotos. Os pobres (eu sabia pela roupa que usavam) compravam sempre. Eu punha as fotos nas mãos deles, que inicialmente pensavam que era de graça, ou custava barato, e quando eu dizia o preço, tinham vergonha de recusar. Pobre sempre se fode.

> *Os homens odeiam os lobos e há séculos os matam sistematicamente. Hoje, os defensores da ecologia tentam colocar os poucos que restam em reservas distantes, a salvo dos seus implacáveis inimigos. Mas o lobo só sabe viver ao lado do homem. Um mártir da convivência.*

Vilela. Ontem você me disse que Lilian me denunciou à polícia. No dia em que fui preso deixei um bilhete para Lilian dizendo que a amava. Heloísa estava morta, quem morreu acabou, deixa um espaço vazio, o espaço do corpo que enterram ou queimam, ou comem, ou evapora, some de qualquer maneira, e esse espaço é sempre ocupado por outro corpo. O corpo de Lilian.

Lilian pegou um palito (estávamos comendo camarões torrados) e limpou a substância que se estende numa linha preta pelas costas do crustáceo. Eu comia os camarões retirando apenas a casca torrada, mas ela limpava um por um com um palito, trabalhando meticulosamente, os dedos longos e finos à frente dos pequenos seios de bicos duros, apertados na camisa de algodão, o rosto atento de menina — e me disse candidamente "essa coisa preta nas costas do camarão é merda". Foi nessa hora, isto pode parecer incrível, que eu descobri que amava Lilian também. Mas não disse eu te amo porque você chama merda de merda, medo de medo, amor de amor, cuidado de cuidado, as coisas pelo seu nome. Fiquei calado, pois suspeitávamos um do outro. Ela tinha sido puta, eu, artista, dois marginais obrigados a desconfiar um do outro.

Não estou mais escrevendo livro nenhum.

Na nossa conversa você perguntou se o Francisco, aquele idiota, nos havia seguido no dia em que fui passear com Heloísa na praia, quando ela morreu. Ele veio atrás de nós algum tempo, mas creio que ao chegarmos à praia Chico já havia parado de nos seguir, não o vi mais. Contei isso ao Matos. Chico nada tem a ver com esta desgraça toda. É apenas um pobre-diabo obsessivo.

Não quero escrever mais. Quando era artista, eu vivia preocupado com o efeito, nas outras pessoas, daquilo que eu fazia, preocupado em saber se ia vender, ganhar prêmio, ser elogiado pela crítica — era como se eu fosse um cachorro ensinado, um desses animais de circo que executa os seus pobres truques para ganhar um pouco de açúcar. Mesmo como artista de vanguarda, supostamente destrutivo, eu continuava fazendo o que os outros queriam e esperavam que eu fizesse. Ao escrever, mudei apenas de linguagem, continuei querendo aplauso, coroa de louros, admiração. Medalhinhas e torrões de açúcar. Logo que fui preso eu me sentia culpado (pois não estava preso?) e cheguei a considerar justas as torturas que sofri. Agora eu quero ser eu mesmo, não quero aprovação ou estima ou respeito, de ninguém, de nada.

Matos: "Foi viajar. Deve estar na Europa".
Vilela: "Quando?"
"Um mês."
"Alguém falou com ele?"
"Eu mesmo. Não foi ele quem matou Heloísa."
"Como é que você sabe?"
"Porque quem matou Heloísa foi Morais."
"Francisco seguiu Morel e Heloísa até a praia."
"Não. No meio do caminho ele desistiu."
"Foi ele quem contou isso?"
"Foi."
"E você acreditou?"
"Ele apresentou uma testemunha. Um conhecido que encontrou, à tarde, no Leblon, numa hora em que Heloísa e Morais estavam juntos na Barra. Francisco convidou o amigo para almoçar e bebeu tanto que teve que ser carregado para casa."
"Foi você quem interrogou esse sujeito?"
"O Barroso interrogou. A testemunha é idônea."
"Nada temos a temer exceto as palavras..."
Pausa.
"Você tem escrito?"
"Esvaziei. Isso acontece com escritores e artistas em geral ao descobrirem que é tudo uma besteira."
"O quê?"
"Tudo."
"Você tem visto o Morais?"
"Estive com ele ontem. Mas ele não disse uma palavra. Me entregou uns papéis que havia escrito."
"Alguma coisa interessante?", Matos indaga.
"Não... O que eu gostaria de saber ele não fala mais... O jogo entre ele e Heloísa, as regressões infantis, os mimetismos animais, as impersonificações, possessões, abjeções... Morel vestido com roupa do pai de Heloísa, castigando-a antes de irem, pai e filha, para a cama... Heloísa uma cadela de quatro no chão, Morel com as patas dianteiras nas costas dela, penetrando o seu corpo... enganchados de

quatro, um de costas para o outro, como um casal de cães vadios... Heloísa com uma coleira de cachorro no pescoço andando pela casa, latindo... Heloísa cortando o pescoço de Morel e ele fazendo o mesmo com ela e depois, abraçado, chupando um o sangue do outro..."

"Isso te choca?"

"Não. Sim. Nós escritores vivemos sempre chocados com o mundo."

"Você sofria muito quando era da polícia..."

"Tentei ser apático ou cínico, para me defender, mas não consegui."

"Sempre que eu mencionava um crime ocorrido na minha delegacia, você dizia, ainda vai ficar pior."

"Cada vez nasce mais gente. O que você espera? Ainda vai ficar pior."

"Talvez você tenha razão. Neste fim de semana o número de assaltos com morte bateu todos os recordes. Assaltantes de todas as idades, entre dez e sessenta anos. As prisões estão cheias."

"A cidade é um mercado com amplas possibilidades para todos, igualmente", Vilela soturno, "você prende os criminosos que pode e finge acreditar que na prisão eles serão reabilitados e a sociedade, defendida. Mas você sabe que na verdade os criminosos são degradados e corrompidos na prisão e a sociedade não precisa ser defendida, mas sim destruída."

"Não sei de nada." Matos solta uma gargalhada forte. "No Congresso de Criminologia, no ano passado, não se conseguiu nem mesmo estabelecer se havia, e qual era, a diferença entre crime rural e crime urbano. Uma das teses intitulava-se Problemas da Conurbação... Não parece sacanagem? Ninguém sabe muito sobre crime e criminosos, somos todos criminosos em potencial, o difícil é saber por que uns se realizam e outros não. Vamos tomar um chope?"

23

Matos telefona para Vilela.
"Era uma vez uma moça morta, urubus, policiais distraídos e"
"Já conheço essa história."
"Que história?"
"Essa mesmo. Seja breve."
"Você está aflito? Bem, o Oliveira — lembra do Oliveira? Foi seu aluno na Escola de Polícia, no curso de detetive..."
"Isso não interessa. Vamos, conta logo!"
"Mandei o Oliveira ao Hotel Nacional ver os papéis do tal José Silva. Ele estava no pátio de automóveis fazendo faxina e foi reconhecido de longe, o Oliveira já o havia encanado uma vez quando trabalhava na Roubos e Furtos. Os homens da 16ª estavam certos de que o Félix Augusto tinha morrido e ele apenas havia mudado de nome. Mandei trazer o Félix e a mulher. Reli o auto de Exame Cadavérico de Heloísa e vi a burrada que fizemos."
"O Oliveira já chegou?"
"Não deve demorar."
"Olha, eu vou para aí. O Félix e a mulher não estão envolvidos na morte de Heloísa, quer dizer, estão, mas não da maneira que vai parecer a você. Eles a encontraram agonizante e levaram para o barraco. Me espera."

Na Delegacia de Homicídios.
Matos. Vilela. Oliveira (detetive). Pedrosa (detetive). Entram e saem pessoas da sala.

"Eu quero ouvir a história toda de Oliveira. Você não pode trancar essa porta cinco minutos?", Vilela irritado.

Matos aperta um botão no interfone: "Não deixe ninguém entrar até segunda ordem".

"Conta como foi tudo. Do telefonema que você deu para o doutor Matos em diante."

Oliveira limpa a garganta com um pigarro.

"Eu liguei para o doutor Matos e ele disse traz o homem e a mulher. Aí o Pedrosa perguntou se eu achava que o homem ia endurecer."

"Eu estou sendo processado", explica Pedrosa, "por ter chumbado um vagabundo que me desacatou. Tenho que tomar cuidado, senão me ferram."

"Está bem", corta Vilela, "e depois?"

"Nós procuramos o gerente do hotel e dissemos que íamos grampear o cara. O gerente, um gringo meio fresco, ficou apavorado, disse que o hotel estava cheio de cientistas do mundo inteiro, com as mulheres, num congresso, para a gente não fazer escândalo e eu disse, nós dissemos, inventa um pretexto e manda o sujeito vir ao escritório que a gente pega o bicho aqui dentro e se arranca com ele sem os cientistas e as madames perceberem. Nós estávamos a fim de fazer a coisa direito, mas quando o sujeito meteu a cara na porta viu a gente e nem chegou a entrar, se mandou correndo por dentro daquele salão grande apinhado de gente. Nós dois corremos atrás dele, dando encontrões nas velhas.

"Ha, ha!", Pedrosa não se contém.

"Cheguei a jogar uma no chão. Pedrosa correu na direção da porta, no meio do rebuliço deu para eu ver o cara entrando no elevador. Mal tive tempo de entrar junto. Lá dentro estava cheio, tinha até criança, ficamos lutando até que o elevador parou e ele saiu disparado por aquele corredor circular. Uma arrumadeira ia saindo de dentro de um quarto, e ele, como um rato, entrou e trancou a porta. Perguntei à arrumadeira se o quarto tinha comunicação com outro. Ela disse que não. Aí esperei uns cinco minutos até o Pedrosa aparecer."

"Não demorei nem dois minutos", diz Pedrosa ofendido.

"Então mandei a arrumadeira abrir a porta. Ela disse 'tem uma tranca por dentro', mas meteu a chave na fechadura e a porta abriu, dando um susto na gente. Com a arma na mão nós dois entramos, mas não tinha ninguém, revistamos banheiro, armário, debaixo da cama. Foi quando o Pedrosa, da janela, disse que aquele monte de gente na beira da piscina é ele."

"A paisagem lá de cima é uma beleza", diz Pedrosa.

"Descemos, e era ele mesmo", continua Oliveira, "tinha caído de cabeça, quando bateu na pedra estourou e saiu miolo para todo lado. Chamamos o pessoal da 16ª e quando o comissário chegou fomos apanhar a mulher."

"Você esqueceu da aliança", diz Matos.

"É mesmo. Nós vimos no pescoço dele a aliança presa num cordão de metal. Achei melhor tirar e trazer para o senhor. Nos bolsos ele não tinha nada."

Matos abre a gaveta. Retira um cordão de grossos elos de metal escuro enfiados numa pequena aliança de ouro. Dentro da aliança está gravado *Paul ama Heloísa.*

FIM

Um ladrão é considerado um pouco mais perigoso do que um artista.

Matos foi visitar Morel, contou para ele os últimos acontecimentos: a morte de Félix, a reabertura do inquérito, as perspectivas de liberdade imediata.

"No entanto ele não parecia muito satisfeito."

"A condenação de Félix é um final perfeito para nossa história. Vamos esquecer que ele é inocente, pulou da janela com medo (já havia sido preso e sabia o que o esperava). Vamos também esquecer que a mulher foi espancada e não mudou suas declarações. (Quem se agarraria a uma mentira tão inútil?)"

Estamos na mesma cela e nos contemplamos em silêncio.

"Você não sabia como iniciar o seu livro. Saberia como terminar?"

"Não era um livro. Apenas uma pequena biografia, mal escrita. A story told by a fool..."

"E a biografia? Saberia como terminar?"

"Talvez abrir uma porta." Vemos a grade de ferro e sabemos que não é aquela.

Estamos de pé.

Estamos muito cansados.

Na verdade somos uma única pessoa e o que um sente, o outro também sente. Lógico.

Portanto o nosso fim também é o mesmo.

ATRÁS DAS GRADES
SÉRGIO AUGUSTO

O que é mais difícil, escrever romances ou contos? Contos, assegurava Guy de Maupassant, o mais cultuado contista francês.

Poucos discordam disso, mas mesmo entre aqueles de acordo é grande a desconfiança de que escrever um romance não é tarefa fácil para quem se habituou a só criar, ainda que com mestria, histórias de poucas páginas. Daí porque, nos meses que antecederam o lançamento de *O caso Morel*, pela editora Artenova, em 1973, os leitores de Rubem Fonseca perguntavam-se, algo apreensivos, se ele se revelaria tão desenvolto e criativo na narrativa longa, se teria o fôlego necessário para produzir um romance com a mesma qualidade de seus contos. Igual *frisson* precedera as estreias de John Cheever e Donald Barthelme no romance, e, como aconteceu com esses dois grandes contistas americanos, público e crítica se dividiram em relação à *performance* de Rubem Fonseca. Com nítida vantagem para os que não se decepcionaram.

Romance de um romance confessional ou de uma frustrada biografia, escrita atrás das grades por um dublê de artista plástico e fotógrafo intransigente, Paul Morel (que no Louvre só aprecia a *Batalha de Ucello*), com ajuda de um ghost-writer, *O caso Morel* tem, a rigor, três autores: Morel, seu ghost-writer (o ex-delegado Vilela) e Rubem Fonseca. Poeta manqué, assim como seu parceiro, o delegado Matos, que em outro romance do autor, *Agosto*, funcionaria como contraponto ficcional de Getúlio Vargas, Vilela é um personagem recorrente na obra de Rubem Fonseca e, sob vários aspectos, um sucedâneo do escritor, que também foi delegado de polícia e advogado antes de "sujar as mãos" com literatura.

Foi em seu romance de estreia que Rubem Fonseca entronizou a figura do artista-bandido, do fora da lei letrado, pernóstico e armado de citações eruditas até os dentes, retomada com novo enfoque metaficcional nos dois livros de contos que em seguida fez, *Feliz ano novo* (1975) e *O cobrador* (1979). Antecipando a desdita do escritor quando da publicação de *Feliz ano novo*, Morel tem uma obra erótica de sua autoria, *Vênus R. B.*, apreendida pela censura "por atentar contra a moral e os bons costumes". A arte não só imita a vida, como às vezes a antecipa.

"Um puritano intoxicado pelo sexo", atormentado pelo fantasma da impotência, Morel parece um amálgama de Philip Quarles (o protagonista de *Contraponto*, de Aldous Huxley) e Charles Manson, mas um Manson manso, que do original só guardou o gosto pela promiscuidade. Talvez pudesse ter saído da imaginação de Norman Mailer e Henry Miller, alusões irresistíveis nesta diatribe contra a hipocrisia burguesa, a mercantilização das artes em geral, a mediocridade da publicidade, a desonestidade intelectual das vanguardas e a picaretagem sexual. "O mundo só pensa em sexo, tudo é sexo, regime para emagrecer, cirurgia plástica, cosméticos, moda, cultura, religião, política, poder, ciência, arte, comunicação, está tudo a serviço do sexo", desabafa uma das três vozes, não raro unívocas, pelas quais o romance dá os seus recados.

O crime supostamente praticado por Morel é ingrediente secundário na trama metalinguística de *O caso Morel*, mais uma investigação sobre as possibilidades e os limites da arte de contar histórias do que um romance noir de molde tradicional. "Literatura é uma tolice", resmunga Morel, que não tem melhor opinião sobre as demais artes e acredita que a única coisa que devemos temer são as palavras, preocupação transformada em mantra pelo seu incurável ceticismo.

"Um romance inteligente", opinou Wilson Coutinho, no semanário *Opinião*. "Uma alquimia perfeita, burlesca, de sexo e violência", continuou o crítico, atribuindo a façanha ao ecletismo do autor, afeito a leituras sofisticadas como Georges Bataille e ao desfrute, "sem remorsos", das peripécias de heróis populares, numa linguagem "sem afetações vernaculares, desrepressora e muito viva". No semanário *Politika*, Oliveira Bastos proclamou: "É um livro-marco", exemplar como artesanato ficcional e expressão da "nova situação do homem numa sociedade de consumo" dominada pelo sexo; um passo adiante do gênero policial erótico, "cuja linguagem o autor tira da linha do escapismo para o da obra de arte amarga e tensa". Outros, na área acadêmica, se encantariam mais com sua narrativa reflexiva, especular, cujas raízes remontam ao Laurence Sterne de *Tristram Shandy*, escrito na segunda metade do século XVIII.

No *Jornal do Brasil*, Hélio Pólvora reiterou sua admiração por Rubem Fonseca, destacando-lhe a destreza no uso de diálogos como sustentação narrativa, em nada se importando com as obscenidades que tanto desgostariam outro entusiasta de primeira hora, o crítico de *O Estado de S. Paulo* Wilson Martins. "Sim, é um livro de sacanagem", acentuou Oliveira Bastos, porém adulto e lúcido, destinado a pessoas sérias e maduras, como aquelas a quem o autor alude no irônico *avertissement* da abertura: gente que se preocupa "com questões sociais" e procura "frear o movimento de decadência que nos arrasta aos abismos". O objetivo do romance, conclui a advertência, "não é divertir, mas instruir e moralizar".

Voltaire? Sim. Mas também D.H. Lawrence (chama-se Paul Morel um dos filhos de *Filhos e amantes*), Raymond Chandler (que Morel considera "melhor que Dostoiévski"), François Villon (é dele a pergunta "où sont les neiges d'antant?", repetida por Morel a Vilela no capítulo 4), T.S. Eliot, Rainer Maria Rilke, Ezra Pound, Hermann Hesse, Man Ray, Jean Cocteau, Marcel Proust, Jean-Luc Godard, entre outros. Mais que um romance, *O caso Morel* é uma enciclopédia de influências e, sobretudo, referências.

O AUTOR

Contista, romancista, ensaísta, roteirista e "cineasta frustrado", Rubem Fonseca precisou publicar apenas dois ou três livros para ser consagrado como um dos mais originais prosadores brasileiros contemporâneos. Com suas narrativas velozes e sofisticadamente cosmopolitas, cheias de violência, erotismo, irreverência e construídas em estilo contido, elíptico, cinematográfico, reinventou entre nós uma literatura noir ao mesmo tempo clássica e pop, brutalista e sutil — a forma perfeita para quem escreve sobre "pessoas empilhadas na cidade enquanto os tecnocratas afiam o arame farpado".

Carioca desde os oito anos, Rubem Fonseca nasceu em Juiz de Fora, em 11 de maio de 1925. Leitor precoce porém atípico, não descobriu a literatura (ou apenas o prazer de ler) no *Sítio do Picapau Amarelo*, como é ou era de praxe entre nós, mas devorando autores de romances de aventura e policiais de variada categoria: de Rafael Sabatini a Edgar Allan Poe, passando por Emilio Salgari, Michel Zevaco, Ponson du Terrail, Karl May, Julio Verne e Edgard Wallace. Era ainda adolescente quando se aproximou dos primeiros clássicos (Homero, Virgílio, Dante, Shakespeare, Cervantes) e dos primeiros modernos (Dostoiévski, Maupassant, Proust). Nunca deixou de ser um leitor voraz e ecumênico, sobretudo da literatura americana, sua mais visível influência.

Por pouco não fez de tudo na vida. Foi office boy, escriturário, nadador, revisor de jornal, comissário de polícia — até que se formou em Direito, virou professor da Escola Brasileira de Administração

Pública da Fundação Getulio Vargas e, por fim, executivo da Light do Rio de Janeiro. Escritor publicamente exposto, só no início dos anos 1960, quando as revistas *O Cruzeiro* e *Senhor* publicaram dois contos de sua autoria.

Em 1963, a primeira coletânea de contos, *Os prisioneiros*, foi imediatamente reconhecida pela crítica como a obra mais criativa da literatura brasileira em muitos anos; seguida, dois anos depois, de outra, *A coleira do cão*, a prova definitiva de que a ficção urbana encontrara seu mais audacioso e incisivo cronista. Com a terceira coletânea, *Lúcia McCartney*, tornou-se um best-seller e ganhou o maior prêmio para narrativas curtas do país.

Já era considerado o maior contista brasileiro quando, em 1973, publicou seu primeiro romance, *O caso Morel*, um dos mais vendidos daquele ano, depois traduzido para o francês e acolhido com entusiasmo pela crítica europeia. Sua carreira internacional estava apenas começando. Em 2003, ganhou o Prêmio Juan Rulfo e o Prêmio Camões, o mais importante da língua portuguesa. Com várias de suas histórias adaptadas ao cinema, ao teatro e à televisão, Rubem Fonseca publicou 12 coletâneas de contos e 11 romances, sendo o último deles *O seminarista* (Agir, 2009).

DIREÇÃO EDITORIAL
Daniele Cajueiro

EDITORA RESPONSÁVEL
Janaína Senna

PRODUÇÃO EDITORIAL
Adriana Torres
Júlia Ribeiro
Adriano Barros

REVISÃO
Alessandra Volkert

PROJETO GRÁFICO DE MIOLO
Angelo Bottino
Fernanda Mello

DIAGRAMAÇÃO
Futura

Este livro foi impresso em 2023
para a Nova Fronteira.